DIE SCHWIEGERTOCHTER

WEITERE TITEL VON SHALINI BOLAND

In Deutscher Sprache

Die perfekte Familie

Das Kind nebenan

Der Familienurlaub

Ein perfekter Ehemann

Die Schwiegertochter

In Englischer Sprache

The Outside-Serie

Outside

The Clearing

The Perimeter

Vampires of Marchwood-Serie

Hidden

Taken

Hunted

Psychothriller

The Daughter-in-Law

A Perfect Stranger

The Family Holiday

The Couple Upstairs

My Little Girl

The Wife

One of Us Is Lying

The Other Daughter

The Marriage Betrayal

The Girl from the Sea

The Best Friend

The Perfect Family

The Silent Sister

The Millionaire's Wife

The Child Next Door

The Secret Mother

SHALINI BOLAND

DIE SCHWIEGERTOCHTER

bookouture

Die Originalausgabe erschien 2022 unter dem Titel
„The Daughter-in-Law“
bei Storyfire Ltd. trading as Bookouture.

Deutsche Erstausgabe herausgegeben von Bookouture, 2023
1. Auflage Oktober 2023

Ein Imprint von Storyfire Ltd.
Carmelite House
50 Victoria Embankment
London EC4Y 0DZ

deutschland.bookouture.com

Eine erste Übersetzung dieses Buches aus dem Englischen ins Deutsche wurde mit DeepL erstellt und der daraus resultierende Text von einer erfahrenen bilingualen Lektorin bearbeitet.

ISBN: 978-1-83790-980-3
eBook ISBN: 978-1-83790-979-7

Für meine wunderbare Lektorin, Natasha Harding.

Ich danke dir für unglaubliche fünf Jahre. Ohne dich hätte ich das nicht geschafft!

PROLOG

Die Taschenlampe wirft Licht und Schatten auf meinen rostigen Spaten, der sich in den Boden bohrt. Wie er in die Erde sticht, die von wochenlangem Regen schwer und vollgesogen ist. Regen, der immer noch fällt, mein Gesicht hinunterrinnt und durch meine Kleidung sickert, meinen Hals und meine Wirbelsäule entlangläuft, an meinen Wimpern hängen bleibt und mein Haar durchnässt, sich mit dem feuchten, heißen Schweiß meiner Arbeit vermischt.

Das Licht des Halbmonds erhellt kurz die Nacht, als dichte Wolken vorbeiziehen. Der Wald vibriert von einem Gemisch aus Regen und Wind, das auf die Blätter spritzt und durch die Äste heult. Wenigstens ist der Boden durch das viele Wasser weich, was die Arbeit erleichtert. Ich hebe den Spaten und schaufle mehr nasse Erde auf den größer werdenden Hügel neben mir. Das Loch ist jetzt fast zur Hälfte ausgehoben. Oder vielleicht sollte ich es als das bezeichnen, was es ist – ein Grab.

Sie liegt mit dem Gesicht nach unten im Schlamm. Ich habe sie umgedreht, um sie nicht länger ansehen zu müssen. Diese leeren Züge, hinter denen sich all der Schmerz und die Anschul-

digungen verbargen. Aber was hatte sie erwartet? Hatte sie wirklich geglaubt, dass ich nach allem, was sie gesagt hatte, zulassen würde, dass sie alles ruiniert?

Hatte sie wirklich geglaubt, ich könnte sie am Leben lassen?

EINS

CAROLINE

Das Taxi hält vor einem beeindruckenden reetgedeckten Pub, der etwas abseits der Straße liegt. Von Schnee bedeckt und mit funkelnder Festtagsbeleuchtung wirkt er, als wäre er direkt einer Weihnachtskarte entsprungen. Von den Fenstern geht ein warmer Schein aus, und ich erkenne die Umrisse von Menschen, die im Innern sitzen, essen und trinken. Es ist wie in einem Bilderbuch, und mir stockt der Atem vor Ehrfurcht. Seb ergreift meine Hand und drückt sie. Mein Herz klopft so laut, dass der Taxifahrer es sicher hören kann.

»Da sind wir«, sagt Seb stolz, während seine grauen Augen auf meinem Gesicht verweilen. »Zu Hause.«

»Es ist wunderschön«, antworte ich und wende meinen Blick wieder dem verwitterten Kalksteingebäude zu, das längst mein Herz erobert hat. Seb hat nicht übertrieben, als er sagte, Stalbridge sei ein wunderschöner Ort. Im Tal Blackmore Vale, direkt hinter der Grenze zu Somerset gelegen, ist es die kleinste Stadt in Dorset. Sie erstreckt sich von der Kirche auf der Spitze des Hügels über das Marktkreuz aus dem fünfzehnten Jahrhundert bis hin zur schmalen Hauptstraße dahinter. Gleich hinter der Kreuzung befindet sich das Haus und der Familienbetrieb meines Mannes – der Royal Oak Pub.

Es hat keinerlei Ähnlichkeit mit meinem eigenen Zuhause. Oder sollte ich sagen, von meinem *alten* Zuhause. Dieser malerische Pub in einem englischen Dorf könnte nicht unterschiedlicher sein im Vergleich zu meiner Wohnung in der Küstenstadt Byron Bay in Australien. *Nein,* dieser Ort ist direkt einem Märchen der Gebrüder Grimm entsprungen. Das erste Wort, das mir in den Sinn kommt, ist *magisch.*

»Warte, bis du es von innen siehst.« Seb öffnet die Autotür und steigt aus dem Taxi. »Dort herrscht immer eine tolle Atmosphäre.«

Ein eisiger Luftzug strömt zu mir herein. Einen Moment lang bin ich fast gelähmt vor Nervosität. Ich stehe kurz davor, in ein neues, unbekanntes Leben einzutreten. Ich treffe die Eltern meines Mannes zum ersten Mal, vielleicht sogar einige seiner Freunde und Arbeitskollegen. Und das alles, während ich noch unter Jetlag leide. Seb und ich mussten getrennte Flüge nehmen, da ich keinen Platz in seinem Flieger bekommen habe, aber ich konnte am nächsten Tag einen ergattern. Vielleicht hätten wir für ein paar Tage in eine Frühstückspension einchecken sollen, um uns zu akklimatisieren. Jetzt ist es zu spät. Wir sind direkt vom Flughafen hergekommen. Zu dem Ort, an dem mein Mann mit seiner Familie lebt und arbeitet.

Benommen steige ich aus dem Taxi und schlüpfe in meinen neuen Parka – ein Geschenk von Seb –,

ziehe ihn eng um mich herum und die Kapuze über mein gewelltes blondes Haar. Es ist verdammt kalt hier draußen, kälter als bei meiner Landung in Heathrow heute Nachmittag. Wehmütig denke ich an Byron Bay, an meine Wohnung mit ihrem weitläufigen Balkon. An warme Sommerabende und die vertrauten Gesichter meiner Mitbewohner. Aber dann sehe ich, wie mein Mann mich angrinst, während er zum hinteren Teil des Taxis geht, und ich erinnere mich daran, warum ich hier bin. Ich erwidere sein Grinsen mit einem eigenen nervösen Lächeln.

»Guck nicht so besorgt, Caroline«, sagt er und hebt einen meiner Koffer heraus. »Sie werden dich lieben.«

Sebs Eltern sind die Besitzer des Royal Oak, aber seit er vor neun Jahren die Fachhochschule für Gastronomie abgeschlossen hat, sagt Seb, dass er nach und nach den größten Teil der Leitung des Lokals übernommen hat. Trotzdem frage ich mich, was seine Eltern davon halten werden, dass ich, seine neue Frau, hierherkomme und mich in ihr Leben dränge. Ich wollte, dass Seb sie vor unserer Ankunft vorwarnt, aber er bestand darauf, dass es besser wäre, sie zu überraschen. Hier sind wir also, um die frohe Botschaft zu verkünden.

Seb bezahlt den Taxifahrer und hebt die beiden schwersten Koffer – meine – hoch. Ich nehme den kleinsten Koffer – seinen – und folge ihm durch das schmiedeeiserne Tor und über den kurzen, gepflegten Weg hinüber zum Eingang des Pubs. Mein Atem entweicht in weißen Nebelwolken und meine Stiefel knirschen und quietschen im Schnee. Lampen im viktorianischen Stil beleuchten den Weg, und ich habe das Gefühl, als hätte ich Narnia betreten.

»Um die Ecke ist ein privater Eingang«, ruft Seb mir zu und zeigt nach links. »Aber ich möchte, dass du heute Abend das volle Pub-Erlebnis erhältst.«

Ich schlucke und spreche mir innerlich Mut zu, während wir zum Haupteingang gehen. Ich bin müde und nervös nach dem Flug, das ist alles. Das wird schon. Seb liebt mich. Ich werde mich an das Leben hier gewöhnen. Das ist es, was ich wollte. Seine Familie ist jetzt meine Familie. Ich bin sicher, dass sie sehr nett sind und wir uns alle gut verstehen werden.

Seb bleibt vor einer traditionellen Holztür stehen, die mit beeindruckenden Metallnieten besetzt ist. »Bereit?«, fragt er.

»Ja.« Ich nicke entschlossen und folge ihm in den Pub.

Der Lärm und die Wärme schlagen mir augenblicklich

entgegen. Lachen, Geplauder, das Klirren von Gläsern und Besteck. Der Geruch von Holz, Politur, knoblauchhaltigem Essen und herbem Bier überlagert alles. Ich streife die Kapuze ab und lasse den Blick durch den Raum schweifen, nehme die Eichenbalken und den Fliesenboden in Augenschein sowie den Kamin am anderen Ende, in dem ein Holzfeuer lodert. Die lange eichengetäfelte Bar ist mit Weihnachtsgirlanden und Lichterketten behängt. Hinter dem Tresen steht ein gutaussehender Mann in den Zwanzigern, der ein Bier zapft.

Der Innenraum ist viel größer, als ich dachte, und die Einrichtung wirkt wie aus einem protzigen Einrichtungsmagazin. Der ganze Ort hat meine Erwartungen weit übertroffen. Jeder Tisch ist besetzt – Familien, Paare, Freunde, allesamt ziemlich wohlhabend aussehende Leute in Designerkleidung und mit glänzendem Haar. Mehr als ein paar der Gäste nicken oder winken Seb zu. Sie mustern auch mich – nicht gerade diskret –, aber niemand nickt oder lächelt mir zu. Ich bin hier eine Fremde. Das wird sich hoffentlich bald ändern.

»Was sagst du?« Seb wendet sich mir mit Stolz in den Augen zu.

»Es ist unglaublich. Wunderschön. Ich liebe es.«

»Ich wusste, dass du das tun würdest.«

»Es ist ein richtiger Englischer Pub. Ich meine, wir haben auch Pubs in Australien, aber der hier ist anders.«

»Ja, ich weiß, was du meinst. Er stammt aus dem sechzehnten Jahrhundert, man kann die Geschichte spüren.«

Er sieht sich im Raum um. »Mum und Dad sind nicht da. Lass uns nach hinten gehen.»

»Hey, Seb, schön braun bist du geworden.« Eine junge Frau in schwarzen Jeans und einem T-Shirt mit der Aufschrift »The Royal Oak« läuft mit einem Stapel leerer Gläser an uns vorbei. Sie trägt einen dunkelbraunen lockigen Pferdeschwanz, schwarzen Eyeliner, silberne Ringe und eine silberne Kette um den Hals. Sie wirft mir einen kurzen Blick zu und wendet sich dann wieder meinem Mann zu. »Wie war Oz?«

»Unglaublich«, antwortet Seb und stellt meine Koffer ab. »Ich habe ein Souvenir mitgebracht.« Er gibt mir einen spielerischen Schubs. »Das ist Caroline. Caroline, das ist Mariah. Sie arbeitet hauptsächlich im Restaurant, hilft aber manchmal auch hinter der Bar aus.«

»Hi«, sage ich mit einem Lächeln.

Mariah nickt mir zu, lächelt aber nicht. Nicht gerade eine herzliche Begrüßung, aber das ist okay, sie sieht beschäftigt aus.

»Ist Mum im Restaurant?«, fragt Seb.

»Nein, sie ist kurz nach oben gegangen, um einen Happen zu essen. Ich glaube, dein Dad ist auch oben.«

»Okay, bis dann. Wir sehen uns später.« Seb hebt die Koffer an und führt mich an der Bar vorbei. Er versucht, den Blick des Barmanns zu erhaschen, aber der ist damit beschäftigt, einen Gast zu bedienen, und bemerkt es nicht. Seb zuckt unbeholfen mit den Schultern und winkt mich durch eine Tür mit der Aufschrift »Privat«.

Am anderen Ende des Flurs bahnt sich ein blonder Mann in den Zwanzigern mit zwei Tellern den Weg durch eine breite Schwingtür mit einer runden Glasscheibe.

»Seb, du bist wieder da!«, sagt er.

»Hugo, wie gehts?«

»Viel zu tun.« Er grinst.

»Ich will dich nicht aufhalten. Übrigens, das ist Caroline.«

»Hi.« Ich winke.

»Schön, dich kennenzulernen.« Er schenkt mir ein freundliches Lächeln, als er an uns vorbei in Richtung Bar geht.

Seb beugt sich vor und küsst mich auf die Lippen. »Ich werde dich allen richtig vorstellen, sobald wir mit meiner Mum und meinem Dad gesprochen haben.«

»Klar, kein Problem.« Natürlich möchte er, dass seine Eltern als Erstes erfahren, dass ich seine Frau bin.

Seb geht auf eine Treppe zu unserer Linken zu. »Hugo ist jetzt seit einem Jahr bei uns. Er hat als Tellerwäscher angefangen, aber inzwischen gehört er zum Serviceteam. Du wirst bald alle kennenlernen. Wir sind hier wie eine große Familie.«

Ich atme durch und sage mir, dass es ganz natürlich ist, dass ich mich von meiner neuen Situation ein wenig überfordert fühle. Ich habe mich an ein Leben in Australien gewöhnt, das wird sicher eine kleine Umstellung erfordern. Ich wechsle den Koffer in meine andere Hand und folge ihm die Holztreppe hinauf.

»Hier oben ist der Privatbereich, in dem wir wohnen«, erklärt Seb. »Es ist eine Dreizimmerwohnung.«

»Eine Wohnung?«, frage ich. »Ich dachte, es wären nur ein paar Zimmer über dem Pub.«

»Ich dachte, ich hätte dir davon erzählt?« Seb lächelt. »Ich verspreche dir, dass es dir gefallen wird.«

Mein Herz pocht und mein Mund ist trocken. Ich werde gleich meine Schwiegereltern kennenlernen. Laut Seb sind sie großartige Menschen, aber ich habe auch den Eindruck, dass seine Mutter ziemlich streng sein kann. Sie ist die Wirtin des Pubs, also lässt sie sich nichts gefallen. Das ist schon in Ordnung. Ich bin auch geradeheraus. Das bedeutet hoffentlich, dass wir gut miteinander auskommen werden.

Seb stößt die Tür am oberen Ende der Treppe auf, die in einen breiten Flur mit dunklem Holzboden und dicken Teppichen im Berberstil führt. Er stellt meine Koffer neben einem weißen Marmorkonsolentisch ab, auf dem sich eine Vase mit frischen Blumen, eine Schale mit Schlüsseln und ungeöffnete Post befinden. Ich stelle Sebs Koffer neben meine und wische mir die Handflächen an meinem Mantel ab. Ich merke, wie ich schwitze. In der Wohnung ist es wärmer, als ich es gewohnt bin. Wir haben zu Hause eine Klimaanlage und keine Zentralheizung. Sobald ich den Mantel ausgezogen habe, geht es mir bestimmt besser.

»Alles okay?«, fragt Seb, nimmt meine Hand und küsst meine Fingerknöchel.

Ich nicke, aber in Wahrheit bin ich müde, verwirrt und sehne mich nach etwas zu essen und einem Bett. Das Letzte, worauf ich Lust habe, ist, meine Schwiegereltern kennenzulernen.

Seb hält meine Hand fest, als wir den Flur entlang in Richtung Stimmengewirr gehen. Die Wände sind mit hellen, abstrakten Kunstwerken verziert, die, wie ich feststelle, von der hiesigen Gegend inspiriert wurden, mit grünen und blauen Farbtupfern, die Hügel und Himmel darstellen.

Seine Eltern müssen in dem Zimmer am Ende des Flurs sein. Die Tür ist leicht angelehnt. Seb lässt meine Hand los und reißt die Tür auf. Ich bleibe im Flur zurück.

Für einen Moment wird es still. Dann spricht eine Frau. »Seb! Du bist wieder da!«

»Hi, Mum. Hi, Dad.«

Ich kann meine Schwiegereltern nicht ganz sehen, da Seb die Tür versperrt. Als er weiter in den Raum hineingeht, sehe ich seine Eltern an einem weißen, runden Esstisch sitzen, die Reste des Abendessens auf ihren Tellern – ein paar Kartoffeln, Brokkoli und etwas, das wie Brathähnchen riecht. Seine Mutter sieht gut aus, hat glänzendes braunes Haar, das zu einem Dutt hochgesteckt ist, und trägt makelloses Make-up. Sein Vater hat silberfarbenes Haar, breite Schultern und ein freundliches Gesicht – er sieht aus wie eine ältere Version von Seb.

Das Zimmer ist wunderschön – eine perfekte Mischung aus altem Charme und modernem Komfort. Aber ich nehme es kaum wahr, denn meine Aufmerksamkeit gilt vor allem Sebs Eltern, die beide aufstehen, als er sich vorbeugt, um seine Mutter auf die Wange zu küssen. Sie lächelt breit und erschrickt dann, als sie meinen Blick bemerkt. Sie sieht ihren Sohn fragend an, als ich meinem Mann in den Raum folge.

»Hallo?«, sagt Sebs Vater zaghaft zu mir und prüft, ob sein Hemd in der Hose sitzt. Er gibt Seb eine Umarmung.

Mein Blick schweift durch die Küche und bleibt an den eleganten, anthrazitfarbenen Schränken hängen, die selbstbewusst unter Eichenbalken, Bilderleisten und auf dunklen, polierten Dielen stehen.

»Mum, Dad, das ist Caroline. Caroline, das sind meine Eltern, Lilian und Brian.«

»Oh.« Lilian runzelt die Stirn und schenkt mir ein verwirrtes und leicht frostiges Lächeln. Sie wendet sich wieder Seb zu. »Ich wusste nicht, dass du heute nach Hause kommst, Sebastian. Wer ist deine Freundin?«

»Wie war Australien?«, fragt Brian. »Hattest du einen schönen Urlaub?«

»Den besten.« Seb legt einen Arm um mich und zieht mich an sich. Er räuspert sich. »Ich habe Neuigkeiten. *Wir* haben Neuigkeiten.« Sebs Brust weitet sich, und er streicht sich mit einer Hand die Haare zurück.

Brian schaut neugierig, aber Lilians Gesicht verfinstert sich, ihre braunen Augen verengen sich zu Schlitzen.

»Das ist Caroline ... sie ist meine Frau«, erklärt Seb. »Wir haben in Australien geheiratet.«

»Es ist so schön, euch beide kennenzulernen«, sage ich und überlege, ob ich sie umarmen soll, aber dann bemerke ich, dass sich ein Schweigen über den Raum gelegt hat. Es ist mucksmäuschenstill. Nicht einmal die Geräusche aus dem Pub unten sind zu hören. Ich habe das Gefühl, dass ich noch etwas sagen sollte, um die Spannung zu lösen, aber mir fällt kein einziges Wort ein. Lilian hat sich nicht bewegt und Brian nickt wie einer dieser Wackeldackel, die man manchmal in Autos sieht.

»Und?«, fragt Seb und drückt mich ein wenig zu fest an sich. »Wollt ihr uns nicht gratulieren?«

»Seb, können wir einen Moment im Wohnzimmer mit dir

reden?« Endlich rührt sich Lilian und schiebt ihren Stuhl unter den Tisch.

»Äh, ja, okay.« Seb klingt seltsam unsicher. »Lasst uns alle nach drüben gehen, uns hinsetzen und etwas trinken.«

»Nur wir drei«, sagt Lilian zu ihm, ohne meinen Blick zu erwidern.

»Wir drei?«, hallt es von Seb zurück.

Ich mache einen Schritt zur Seite und lasse Lilian und Brian vorbei. Seb dreht sich um und gibt mir wortlos zu verstehen, ihm eine Minute zu geben. Er folgt ihnen aus dem Raum und lässt mich allein in der hübschen Küche zurück, wo ich mich leicht krank fühle und mich frage, was zum Teufel ich jetzt tun soll.

ZWEI

LILIAN

Ich kann nicht glauben, was Sebastian mir gerade erzählt hat. Das muss ein Scherz sein. *Geheiratet?*

Brian legt mir eine Hand auf den Oberarm und versucht, den Orkan, den er in meiner Brust aufsteigen spürt, zu dämpfen. Mit einem wütenden Ruck schiebe ich ihn von mir.

Das Mädchen ist umwerfend, auf eine hippieske Art und Weise. Blondes gewelltes Haar, Ripped Jeans, ein fließendes Oberteil, Nasenpiercing – und ich glaube, ich habe ein Tattoo an ihrem Handgelenk gesehen. Ich bin mir auch ziemlich sicher, dass sie einen australischen Akzent hat. Aber wer in aller Welt ist sie? *Oh, Seb, was hast du getan?*

Wir drei versammeln uns im Wohnzimmer. Brian und ich setzen uns auf das kleine Sofa, doch Sebastian bleibt stehen, mit einem sturen, verletzten Blick. Derselbe Blick, den er als kleiner Junge immer bekam, wenn ich ihm sagte, er dürfe keinen Nachschlag vom Dessert haben.

»Was hat es mit dieser Ehe auf sich?«, frage ich und komme direkt zur Sache. »Das ist doch nicht dein Ernst.«

Sebastian bedeutet mir, still zu sein, und schließt die Wohnzimmertür. »Ich meine es ernst. Wir lieben uns.«

»Du warst nur drei Wochen weg. Wie könnt ihr nach so kurzer Zeit wissen, ob ihr zueinander passt?«

»Wir haben monatelang online miteinander geschrieben.«

»*Was?*« Das ist neu für mich. Als Sebastian sagte, er wolle Urlaub machen, hielt ich das für eine gute Idee. Er hatte monatelang unter Hochdruck gearbeitet und sagte, er brauche eine Auszeit, um den Kopf freizubekommen. Aber jetzt weiß ich, dass er nicht ganz ehrlich war. Es war weniger ein Urlaub zum Auftanken als vielmehr ein Besuch bei seiner *Online-Freundin.* »Was weißt du eigentlich über dieses Mädchen?«, frage ich, unfähig, meinen schnippischen Tonfall zu zügeln. »Sie könnte von dem Pub gewusst haben und auf einen Freifahrtschein aus sein. Sie könnte dich betrügen. Man liest ja ständig davon. Die Leute locken dich online an. Catfishing nennt man das, glaube ich.«

»Mach dich nicht lächerlich.« Sebastian kräuselt die Lippen. »Ich bin kein Idiot, Mum.«

Er hat noch nie in diesem Ton mit mir gesprochen. Er hat mich noch nie so angesehen. Ich muss vorsichtig sein, wenn ich ihn nicht weiter verärgern will.

»Sprich nicht so mit deiner Mutter«, sagt Brian. »Sie macht sich nur Sorgen um dich, Junge. So wie ich auch.«

Unser Sohn errötet. »Entschuldigung. Du hast recht. Es ist nur … Ich möchte, dass ihr euch für mich freut. Für uns. Wenn ihr euch nur die Zeit nehmt, sie kennenzulernen, werdet ihr sie mögen, das weiß ich. Ich wollte euch von Caroline erzählen, als wir anfingen, uns auszutauschen, aber ich dachte, es wäre besser, erst hinzufliegen und sie persönlich zu treffen, bevor ich es jemandem erzähle. Und dann, als ich dort ankam und sie sah … da wurde mir klar, dass ich dieses Mädchen liebe. Ich meine, ich liebe sie wirklich. Sie versteht mich.«

»Ich bin sicher, sie ist reizend«, sage ich, ohne es wirklich zu glauben. »Aber hättet ihr euch nicht weiterhin treffen können, ohne den Bund fürs Leben zu schließen? Du kannst sie doch gar nicht richtig kennen. Nicht wirklich. Online zu chatten, ist etwas ganz anderes, als jemanden tagtäglich zu sehen. Vielleicht kannst du die Ehe annullieren lassen? Ihr könntet als Liebespaar zusammenbleiben oder sogar verlobt sein. Legt das Hochzeitsdatum auf nächstes Jahr fest. Das gibt euch beiden Zeit, herauszufinden, ob es wirklich ernst ist oder nicht.« Noch während ich die Worte ausspreche, weiß ich, dass sie nutzlos sind. Sebastian ist fest entschlossen. Meine Vorschläge verärgern ihn nur.

Sein Gesicht zeugt von Frustration und Verachtung. Er verschränkt die Arme vor der Brust und presst den Kiefer zusammen. »Das ergibt keinen Sinn, Mum. Warum sollten wir unsere Ehe annullieren lassen, wenn wir nächstes Jahr sowieso wieder heiraten würden?«

Ich möchte meinen starrköpfigen Sohn anschreien: *Es ist noch zu früh! Wer ist sie? Warum wollte sie dich heiraten?* Nur mit Mühe kann ich mich zurückhalten. Stattdessen atme ich tief durch, schlucke, stehe auf und massiere mir das Brustbein. Es fühlt sich an, als stecke das Abendessen in meiner Speiseröhre fest.

»Ist alles okay, Lil?«, fragt Brian.

»Mir geht es gut, nur eine kleine Verdauungsstörung.«

Brian grinst. »Ich glaube, die Kartoffeln waren nicht ganz durch.«

»Meine Verdauungsprobleme haben nichts mit Bratkartoffeln zu tun«, murmele ich vor mich hin.

Mein Mann fährt fort: »Ich kann es kaum erwarten, dass Felix zurück in die Küche kommt, seine Bratkartoffeln sind erstklassig. Der Junge ist schon viel zu lange weg. Wenigstens ist einer unserer Söhne wieder zu Hause.« Er steht auf und klopft Sebastian auf die Schulter.

Seb schenkt ihm ein dankbares Lächeln.

Wieder einmal entpuppe ich mich als die Böse. Ich wünschte, Brian könnte erkennen, dass diese ganze Situation

Wahnsinn ist. Wenn ich nicht aufpasse, verliere ich meinen Sohn, und das ist das Letzte, was ich gebrauchen kann. Ich bin stolz darauf, ein gutes Verhältnis zu Sebastian und Felix zu haben. Ich bin nicht die Sanftheit in Person, aber sie wissen, dass ich immer hinter ihnen stehe. Nicht jede Familie kann so reibungslos zusammenleben und -arbeiten wie wir. Ich möchte nicht, dass dieses Mädchen sich zwischen uns stellt und unsere Familiendynamik stört.

»Ich sehe mal nach, wie es Caroline geht«, murrt Sebastian. »Wenn du nicht nett zu ihr sein kannst und uns deinen Segen gibst, dann ... ich weiß nicht, dann werden wir in einer Pension übernachten oder so.«

»Sei nicht albern. Natürlich werde ich nett zu ihr sein. Es ist ein Schock, das ist alles.« Ich zwinge mich zu einem Lächeln. »Es kommt nicht jeden Tag vor, dass dein Sohn zu dir kommt und dir erzählt, dass er mit einer Frau verheiratet ist, die du noch nie gesehen hast.«

Sebastian lässt die Schultern hängen. »Ich weiß, Mum. Es tut mir leid. Wir haben uns in dem Moment hinreißen lassen. Aber es fühlt sich richtig an. Wenn man es weiß, weiß man es.«

Wir stehen uns zu dritt im Wohnzimmer gegenüber. Ich merke, dass ich meine Sorgen hinunterschlucken und hier die Erwachsene sein muss. »Na komm schon. Lassen wir das arme Mädchen nicht länger warten. Brian, geh nach unten und hol eine Flasche Schampus.«

»Cava? Oder Champagner?«, fragt er.

Ich zögere, spüre den Blick unseres Sohnes auf mir. »Champagner natürlich.«

»Großartig.« Brian nickt mir zu. »Ich sage Mariah und den anderen, dass sie für eine Stunde oder so die Stellung halten sollen.«

Sebastians Augen strahlen vor Glück. »Danke, Mum, Dad. Ihr seid die Besten. Ihr werdet sie mögen, ich verspreche es.«

Ich wünschte, ich könnte Sebastians Optimismus teilen,

aber er hatte in den letzten Jahren nicht gerade das beste Urteilsvermögen.

Ganz im Gegenteil.

DREI

CAROLINE

Nun, das ist überhaupt nicht peinlich.

Während ich allein bin, lasse ich meinen Blick durch die makellose Küche der Fletchers schweifen, betrachte die teuer aussehenden Geräte und die Farrow-&-Ball-Farbe an den Wänden und versuche, nicht daran zu denken, was im Zimmer nebenan vor sich geht. Sebs Eltern sind offensichtlich unglücklich über meine Ankunft. Ich wusste, dass es eine Überraschung sein würde, aber ich hätte nicht erwartet, dass sie so heftig reagieren würden. Es war dumm von mir, mich von Sebs Optimismus anstecken zu lassen. Er sagte mir, sie würden sich freuen, aufgeregt sein, mich mögen. Und ich habe ihm dummerweise geglaubt. Ich hätte mich besser vorbereiten müssen. Das macht nichts. Ich werde es schaffen, mit oder ohne den Segen seiner Eltern. Aber es wäre so viel einfacher *mit*.

Im Raum ist es schwülwarm, der starke Geruch nach Essen ist fast unerträglich. Meine Achselhöhlen kribbeln vor Schweiß. Es hat keinen Sinn, ich muss meinen Parka ausziehen, auch wenn es so aussieht, als wäre ich nicht willkommen. Ich bin gerade dabei, ihn abzulegen, als Seb in die Küche zurückkommt.

»Caroline«, sagt er, seine Augen sind voller Entschuldigung. »Es tut mir so leid, dass wir dich hier so allein gelassen haben. Komm mit ins Wohnzimmer. Hier ...« Er nimmt meinen Mantel und hängt ihn über die Lehne einer der Stühle.

»Deine Eltern ...«, beginne ich.

»Mach dir keine Sorgen. Es geht ihnen gut. Sie sind nur ein wenig geschockt, das ist alles. Dad holt Champagner, damit wir richtig feiern können.«

»Wirklich? Was ist mit deiner Mum?«, frage ich, nur mäßig beruhigt von seinen Worten, obwohl ein Glas Champagner jetzt sehr guttäte.

»Mum geht es gut. Sie wollte nur wissen, wie es dazu gekommen ist.«

»Bist du sicher, dass sie damit einverstanden ist?« Ich suche in Sebs Gesichtszügen nach einem Hinweis darauf, dass er nur versucht, die Wogen zu glätten.

Er nimmt meine Hand. »Komm schon. Komm und lerne sie richtig kennen.«

Mit verschwitzten Händen und klopfendem Herzen folge ich meinem Mann in ein großes, aber gemütliches Wohnzimmer mit einem steinernen Kamin, noch mehr Holzbalken an der Decke, weichen cremefarbenen Sofas und einem bunten Perserteppich. Ich bin überrascht, wie geräumig die Wohnung ist, wenn man bedenkt, dass es sich um ein reetgedecktes Haus aus dem sechzehnten Jahrhundert handelt. Ich hatte dunkle, schäbige kleine Räume und niedrige Decken erwartet. Sebs Mutter steht am Kaminsims, ein starres Lächeln im Gesicht.

»Caroline«, sagt sie. »Willkommen in der Familie. Es tut mir leid wegen eben. Es war ein kleiner Schock, das ist alles.«

Ich versuche ein Lächeln. »Keine Sorge, ich verstehe das vollkommen. Ich habe Seb gesagt, er soll euch beide vorwarnen, aber er wollte, dass es eine Überraschung ist.«

Lilian und ich rollen auf Sebs Kosten mit den Augen, und

wir lachen alle drei. Die Spannung lässt nach, und ich fühle mich plötzlich viel besser.

»Hier ist er!«, verkündet Sebs Vater und kommt mit einer Flasche Taittinger und vier Kristallsektgläsern, die er am Stiel nach unten hält, ins Wohnzimmer.

Wenige Minuten später sitzen wir mit vollen Gläsern in der Hand, Seb und ich nebeneinander, seinen Eltern gegenüber.

»Prost!« Brian hält sein Glas in die Höhe und wir lehnen uns alle vor, um anzustoßen.

»Ihr habt ein schönes Haus und einen schönen Pub«, sage ich.

Lilian lächelt und nickt. »Ihr habt euch also im Internet kennengelernt?«, fragt sie und ihr Blick wandert von mir zu Seb.

»Instagram«, antwortet Seb. »Wir mögen beide dieselbe Band und sind darüber ins Gespräch gekommen. Dann wurde uns klar, was wir sonst noch alles gemeinsam haben, und wir fanden heraus, dass wir beide im Gastgewerbe tätig sind.«

»Wirklich?«, fragt Lilian, nimmt einen Schluck von ihrem Champagner und stellt das Glas auf den hölzernen Beistelltisch. Sie wendet den Blick zu mir. »Was machst du beruflich?«

»Ich habe eine tolle kleine Bar am Strand geleitet.« Ich denke an meinen Job zu Hause. Es war ein bisschen wie eine Hassliebe. Ich genoss die Verantwortung, hatte die kreative Kontrolle und verstand mich sehr gut mit dem Besitzer, der mir so ziemlich freie Hand ließ. Der Job hat Spaß gemacht. Aber die Arbeitszeiten waren so sozialfeindlich, dass ich kaum ein Leben außerhalb der Arbeit hatte.

»Eine Bar?«, fragt Brian und sieht beeindruckt aus. »Wie lange machst du das schon?«

»Etwas mehr als zwei Jahre«, antworte ich. »Aber ich arbeite in Bars und Restaurants, seit ich achtzehn war.«

»Wie alt bist du jetzt?«, fragt Lilian.

»Dreißig.«

Lilian runzelt die Stirn. »Du meintest, du hättest eine Bar ›geleitet‹. Also machst du das jetzt nicht mehr?«

»Nun, ich musste aufhören, weil …« Ich zucke unbeholfen mit den Schultern. »Weil ich hierher nach Großbritannien gekommen bin.«

»Aah.« Lilian verschränkt ihre Finger. »Hast du irgendwelche Pläne hinsichtlich deiner Arbeit, während du hier bist?«

»Es ging alles so schnell …« Ich schweife ab und versuche, zwischen den Antworten zu Atem zu kommen. Lilian bombardiert mich mit Fragen, sodass ich kaum noch klar denken kann.

»Denn hier gibt es nicht sehr viele Möglichkeiten«, fährt sie fort. »Es ist keine große Stadt. Nicht wie die Orte, an die du gewöhnt bist. Ich hoffe, du findest es nicht zu ruhig.«

»Ich bin sicher, dass ich zurechtkommen werde.« Ich lache nervös. »Die Partyzeit liegt hinter mir. Ich freue mich darauf, sesshaft zu werden und Teil eines alten Ehepaares zu sein.«

Seb lacht auch. »Ich auch.«

»Heiraten ist ein ziemlich großer Schritt, wisst ihr«, unterbricht uns Brian mit einem scherzhaften Lächeln. »Aber wenn ihr beide glücklich seid, dann wünsche ich euch alles Glück der Welt.«

»Danke, Dad.« Seb steht auf und geht hinüber, um ihn zu umarmen. Lilian streckt als Nächstes ihre Arme aus, und Seb beugt sich vor, um die Umarmung zu erwidern, aber sie wirkt immer noch ziemlich geschockt auf mich.

Während Seb und Lilian sich umarmen, winkt mich Brian auf die Beine und drückt mich herzlich an sich. »Willkommen in der Familie, Liebes.«

»Danke, Brian. Das bedeutet mir viel.«

»Mir gefällt dein australischer Akzent«, sagt er und gibt eine Imitation zum Besten.

»Da-ad!« Seb schüttelt den Kopf über seinen Vater. »Du bist so peinlich.«

»Was? Ich wollte nur, dass sich das Mädchen willkommen fühlt!« Er grinst und zwinkert mir zu.

Ich finde seine scherzhafte Art liebenswert. Ich stelle fest, dass Lilian keine Anstalten macht, mich zu umarmen, und ich bin nicht mutig genug, den ersten Schritt zu tun. Vielleicht braucht sie einfach Zeit, um die Situation zu verarbeiten. Ich sollte nachsichtig mit ihr sein, aber es ist schwer, nicht paranoid zu werden.

»Sich online kennenzulernen, scheint heute die Norm zu sein«, sagt Brian. »Nicht so wie zu meiner Zeit, als man einander tatsächlich von Angesicht zu Angesicht um ein Date gebeten hat.«

Wir setzen uns wieder und Seb antwortet. »Nun, es fing mit einem Chat an, aber je länger wir schrieben, desto mehr wurde uns klar, dass unsere Gefühle tiefer gehen. Also beschloss ich, den Sprung zu wagen und nach Australien zu fliegen, um mich mit ihr zu treffen. Um zu sehen, ob das, was wir hatten, so echt war, wie es sich online anfühlte.«

»Es war so nervenaufreibend«, gebe ich zu und nehme einen weiteren willkommenen Schluck Champagner, dessen Bläschen meine Kehle hinuntersprudeln. »Bevor Seb in Byron ankam, dachte ich, ich müsste mich übergeben.«

»Das ging mir genauso!«, gibt Seb zu. »Aber als wir uns sahen, wussten wir sofort Bescheid.« Er drückt meine Hand. »Es hat bei uns beiden gefunkt. Es war, als würden wir uns schon unser ganzes Leben lang kennen.«

»Hast du Familie zu Hause?«, fragt Lilian, die der Romantik unseres ersten Treffens nicht erlegen ist.

Ich halte inne und schlucke. »Nein. Ich, äh, ich bin im Pflegesystem aufgewachsen, in Brisbane.«

»Oh.« Sie hält inne. »Entschuldigung, das muss schwer gewesen sein.« Sie rutscht auf ihrem Platz hin und her. »Hast du noch Kontakt zu jemandem aus deiner Kindheit?«

»Nein«, antworte ich knapp, bevor ich meinen Tonfall

milder werden lasse. »Es gab ein Pflegeheim und ein paar verschiedene Familien. Ich habe nicht wirklich eine starke Bindung aufgebaut.«

»Wir sind jetzt ihre Familie«, sagt Seb. Er streichelt meine Wange und ich spüre, wie mir die Tränen in die Augen steigen. Ich atme tief ein und schaffe es, sie zu stoppen, bevor sie herauskommen.

»Sebs älterer Bruder Felix arbeitet im Moment auf einer Jacht«, springt Brian mir bei, indem er das Thema wechselt, »aber er kommt nächste Woche zurück. Normalerweise ist er unser Koch, aber er hat die unglaubliche Chance bekommen, für eine Filmproduktion zu arbeiten und ein paar Monate lang viel Geld zu verdienen, also hat er sie ergriffen.«

»Das hat Seb mir erzählt«, antworte ich. »Klingt aufregend. Felix hat doch eine Frau und ein Baby, oder?«

»Ja. Nicki und Baby Teddy.« Brians Gesichtsausdruck wird weich. »Ich bin sicher, Nicki wird sich freuen, dich hier zu haben. Sie wohnen alle in einem kleinen Cottage auf dem Pub-Gelände. Du wirst sie noch früh genug kennenlernen.«

Seb räuspert sich. »Eigentlich, Mum, Dad, dachte ich, es wäre toll, wenn Caroline im Pub aushilft, während sie sich um ihr Visum kümmert«, sagt Seb. »Sie hat viel Erfahrung und, na ja, es *ist* ein Familienbetrieb.«

»Darüber können wir sicher reden«, sagt Lilian und sieht zu ihrem Mann hinüber, der uns beide anstrahlt und Lilians Vorbehalte nicht zu bemerken scheint.

»Wir können immer Hilfe hinter der Theke gebrauchen«, fügt Brian hinzu.

»Hmm«, sagt Lilian, »die Bar ist im Moment recht gut besetzt. Allerdings fehlt es uns an Kellnern.« Sie wendet sich an Seb. »Fliss hat gekündigt, während du weg warst.«

Seb runzelt die Stirn. »Das ist ärgerlich, wir haben sie doch gerade erst eingearbeitet.«

»Es macht mir nichts aus, als Kellnerin auszuhelfen«, sage ich und freue mich, dass ich vielleicht von Nutzen sein kann.

»Dann wäre das also geklärt«, antwortet Brian.

»Perfekt«, fügt Seb hinzu.

Lilian nickt kurz, aber ihre Lippen sind geschürzt und sie weicht meinem Blick aus.

Ich schlage mir die Hand vor den Mund, als mir ein großes Gähnen entweicht.

»Oh, da ist jemand müde«, sagt Brian.

»Sollte es jetzt nicht morgens bei dir sein?«, fragt Lilian.

»Sie hat im Flugzeug nicht geschlafen«, antwortet Seb.

Ich erinnere mich an meine albtraumhafte Reise zwischen einem betrunkenen Mann, der ständig rülpste, und einer Frau, deren Kopfhörer so laut waren, dass ich jedes Wort des Films, den sie sich ansah, mithören konnte.

»Möchtest du dich etwas hinlegen?«, fragt Seb.

»Würde es euch etwas ausmachen?«

»Natürlich nicht. Ich zeige dir unser Zimmer.«

»Wir gehen jetzt wieder nach unten, Seb, okay?« Lilian erhebt sich. »Hoffentlich hat Hugo nicht wieder alles in Brand gesteckt wie letzte Woche.«

»*Was?*« Sebs Augen weiten sich.

»Der Idiot hat neben dem Müllcontainer geraucht.« Sie rollt mit den Augen.

»Ich musste einen Eimer Wasser über ihn und Hugo schütten«, sagt Brian lachend.

»Das ist nicht lustig, Brian.«

Ihre Worte beginnen, sich zu vermischen. Nach der Vorfreude und dem Stress, meine neuen Schwiegereltern kennenzulernen, möchte ich jetzt unbedingt meinen Kopf auf ein weiches Kissen betten und einschlafen. Schließlich gehen Sebs Eltern nach unten und lassen uns beide allein.

»Willkommen zu Hause, Mrs. Fletcher«, sagt Seb, schlingt die Arme um mich und drückt sich an mich. Seine Lippen berühren meine, und es ist klar, dass er mehr als nur einen Kuss will.

Ich ziehe mich zurück. »Meinst du, sie mögen mich?«

Er runzelt die Stirn. »Was? Natürlich. Wer tut das nicht?«

»Aber mal im Ernst. Ich glaube, deine Mutter war besorgt darüber, wie schnell das alles ging.«

»Sie kommt schon klar. Komm.« Seb nimmt meine Hand und führt mich aus dem Wohnzimmer und zurück in den Flur, wo er eine der Türen aufstößt. »Da sind wir«, sagt er ein wenig schüchtern. »Ich hoffe, das ist in Ordnung. Natürlich werden wir uns irgendwann eine eigene Wohnung suchen, aber fürs Erste …«

Erschöpft schaue ich mich in dem quadratischen Raum um. Er hat niedrige Holzbalken und ein tiefliegendes Fenster gegenüber der Tür. Die Wände sind weiß und der Teppichboden ist beige, aber ein rot gemusterter afghanischer Teppich verleiht dem Raum eine warme Atmosphäre. An der Wand neben dem Doppelbett, das an eine große Kaminbrüstung stößt, hängen ein paar moderne gerahmte Bilder. Gegenüber dem Bett steht ein Mahagonischrank neben einer Tür, die zu einem Raum führt, der wie ein eigenes Duschbad aussieht. Ich bin angenehm überrascht von der Wahl der Einrichtung und der Gemütlichkeit, die sie ausstrahlt.

»Was denkst du?«, fragt Seb und kaut auf seiner Unterlippe. »Ist das Zimmer in Ordnung?«

»Es ist toll«, antworte ich. »*Viel* schöner, als ich es mir vorgestellt habe. Du hast es als eine altmodische Bruchbude beschrieben! Und nicht als diese atemberaubende Wohnung, die aussieht, als müsste sie auf dem Titelblatt der Zeitschrift *Homes and Gardens*, oder wie auch immer sie heißt, abgebildet sein.«

»Siehst du, ich habe deine Erwartungen heruntergeschraubt, damit du nicht enttäuscht wirst.«

»Hinterhältig.« Ich stoße ihn leicht mit dem Ellbogen an. »Ist das Wasser warm? Kann ich duschen?«

»Ja, sicher. Du brauchst nicht zu fragen. Das ist auch dein Zuhause. Ich hole unsere Koffer.«

Als Seb das Zimmer verlässt, setze ich mich aufs Bett und reibe mir die müden, trockenen Augen. Ich kann nicht glauben, dass ich tatsächlich mit meinem neuen Mann hier in Großbritannien bin. Es war ein solcher Trubel, und im Moment fühlt sich alles noch zu surreal an. Ich schaue mich noch einmal um und versuche, alles in mich aufzunehmen. Versuche zu begreifen, dass dies jetzt mein Zuhause ist, für die absehbare Zukunft. Wenigstens ist die erste Begegnung mit den Eltern geschafft. Sein Dad ist ein Schatz, aber seine Mum ...

Ich denke, es wird mehr als nur ein paar Tage brauchen, um sie für mich zu gewinnen.

VIER

LILIAN

Ich schließe die Eingangstür hinter dem letzten betrunkenen Nachzügler und nehme mir einen Moment Zeit, um zu Atem zu kommen. Es war ein anstrengender Abend, mit einer Sache nach der anderen.

»Ich bin jetzt weg, Mrs. F.«, ruft Mariah von der Bar herüber und unterbricht damit meine Gedanken.

»Ist da hinten alles tipptopp?«, frage ich und gehe zu ihr hinüber. »Sind die Vorräte für morgen aufgefüllt?«

»Ja. Wir haben kaum noch Zitronen, aber ich habe sie auf die Liste gesetzt.«

»Großartig, danke, dass du vorhin die Stellung gehalten hast.«

»Kein Problem. Sie müssen froh sein, dass Seb zurück ist.«

»Hm? Ja«, antworte ich. »Ja, es ist schön.« Ich stoße einen inneren Seufzer aus. Natürlich bin ich froh, dass mein jüngster Sohn wieder da ist. Ich wünschte nur, er wäre nicht so ungestüm gewesen. Ich meine, *heiraten*? Was hat er sich dabei gedacht? Vermutlich nichts. Das ist der Punkt.

»War das seine Freundin, die er mitgebracht hat, oder nur eine Bekannte?«, fragt Mariah und versucht, lässig zu wirken, aber ihr ganzer Körper ist starr, während sie auf meine Antwort wartet. Das Mädchen ist in Sebastian verknallt, seit sie hier zu arbeiten angefangen hat, aber ich werde es ihr jetzt nicht erklären. Ich kann es selbst kaum fassen.

»Tut mir leid, Mariah, lass uns morgen reden. Ich muss jetzt ins Bett.«

Sie lässt die Schultern hängen. »Natürlich, ja, wir sehen uns morgen.« Sie öffnet ihren Pferdeschwanz, schüttelt ihre Locken aus, winkt mir zu und verschwindet durch die Hintertür.

Hinter der Bar ist es still. Normalerweise mag ich diese Zeit des Abends, wenn alle nach Hause gegangen sind und der Pub sauber und aufgeräumt ist, bereit für den nächsten Tag. Das ferne Echo von Gesprächen und Gelächter. Die Restwärme des Feuers. Die ruhige Luft. Aber heute Abend spüre ich nur eine tiefe Vorahnung, einen dumpfen Schlag des Grauens, der gegen meinen Brustkorb klopft. Warum sagt eigentlich niemand, dass die Kleinkindzeit der einfachere Teil ist? Denn erst, wenn sie älter sind, wird es wirklich schwierig. Ein aufgeschürftes Knie verheilt wieder. Ein kaputtes Herz ist nicht ganz so einfach zu reparieren.

Ich gehe um den Tresen herum, meine niedrigen Absätze klackern auf den Fliesen. Was ist der wahre Grund dafür, dass Sebastian dieses Mädchen geheiratet hat? Er kann doch nicht in sie verliebt sein, nicht in so kurzer Zeit. War es eine Reaktion auf alles, was geschehen ist? Ein Pflaster, das er über seine Wunden klebt?

»Kommst du hoch, Schatz?« Brian steckt seinen Kopf durch die Tür zur Bar.

Ich schenke ihm ein müdes Lächeln. »Ja, ich komme.« Ich schalte das Licht hinter dem Tresen aus und folge meinem Mann in den Flur.

»Was ist nur mit Seb, hm?«

»Oh, Brian. Was machen wir jetzt?« Ich warte am Fuß der Treppe, während er alle Lichter im Pub ausschaltet.

»Machen?«, fragt er. »Ich glaube, da lässt sich nichts mehr verhindern, oder?«

»Du weißt, was ich meine.« Ich folge ihm die Treppe hinauf. »Wer ist dieses Mädchen? Wir wissen absolut nichts über sie.«

»Sprich leise, Lil.«

»Siehst du? Wir können nicht einmal in unserem eigenen Haus frei reden.«

Brian gibt ein lautes Gähnen von sich. »Lass uns ins Bett gehen. Nach einem guten Schlaf sieht die Welt immer besser aus.«

»Wie soll das besser werden?«, zische ich. »Er ist vom Regen in die Traufe gesprungen.«

»So schlimm ist es nicht«, sagt Brian mit erboster Ruhe. »Sie scheint ganz nett zu sein. Geben wir ihr eine Chance.« Er geht in die Küche. »Möchtest du ein Glas Wasser?«

»Ja, bitte.« Ich starre auf Sebastians Schlafzimmertür und frage mich, ob sie noch wach sind, bevor ich mich schüttle und regelrecht in unser Schlafzimmer stürze. Ich setze mich leicht atemlos auf die Bettkante, ziehe meine Schuhe aus und reibe mir die schmerzenden Zehen.

Ich weiß, dass mein Mann recht damit hat, dass wir ihr eine Chance geben sollten, aber ich kann nicht verhindern, dass die Angst in meiner Brust hochkocht. Diese Caroline ist eine völlig Fremde, die jetzt plötzlich Teil unserer Familie sein soll. Ich hoffe und bete inständig, dass Brian recht behält und sie so nett ist, wie er glaubt, aber ich habe die Intuition einer Mutter, dass da irgendetwas nicht mit rechten Dingen zugeht. Dass etwas ... nicht stimmt.

Als Brian mit zwei Gläsern Wasser ins Zimmer kommt, beschließe ich, diese dunklen Gedanken beiseite zu schieben und das Beste daraus zu machen. »Ich glaube, Mariah ist bitter enttäuscht«, sage ich.

»Enttäuscht?« Brian zieht eine Augenbraue hoch.

»Wegen Seb und Caroline«, stelle ich klar.

»Du hast ihr also gesagt, dass er geheiratet hat?«

»Nein, aber ich glaube, sie hat gemerkt, dass sie mehr als nur Freunde sind.«

»Armes Mädchen. Ich weiß noch, wie das ist.« Brian wirft mir einen Blick zu. »Unerwiderte Liebe.«

»*Was?*«

»Tu nicht so, als hättest du mich nicht monatelang zappeln lassen, bevor du eingewilligt hast, mit mir auszugehen.«

»Ich habe nichts dergleichen getan!« Ich lächle über die Sticheleien meines Mannes. Er liebt es, mich daran zu erinnern, dass ich ihn in der Anfangszeit, als er in mich verliebt war, nicht beachtet habe. Damals hätte ich mir die Jungs aussuchen können – sehr zum Ärger meiner Schwester, die mehr als nur ein bisschen eifersüchtig auf mich war. Aber obwohl ich so getan habe, als wäre er mir völlig egal, war Brian Fletcher derjenige, auf den ich ein Auge geworfen hatte. Ich wusste, dass ich ihn irgendwann kriegen würde, aber ich verstand auch, dass ich nicht zu eifrig erscheinen durfte. Dass ich auf lange Sicht spielen musste, damit es von Dauer war. Damit er mich so sehr wollte, dass er mich nie wieder loslassen würde.

Deshalb mache ich mir auch solche Sorgen um Caroline.

Was hat sie getan, dass mein Sohn sie so sehr begehrt?

FÜNF

CAROLINE

Wir stehen unter der tropfenden Veranda und warten darauf, dass Sebs Schwägerin Nicki die Tür zu ihrem und Felix' Haus öffnet, einem niedlichen kleinen Cottage auf der Rückseite des Pubs, das teilweise durch eine ordentlich geschnittene Lorbeerhecke abgeschirmt ist. Der gestrige Schnee hat sich in Schneematsch verwandelt, und ein stetiger Nieselregen weht über den Parkplatz des Pubs und hüllt die Bäume und Häuser dahinter in einen grauen Nebel.

»Du wirst Nicki mögen«, sagt Seb zuversichtlich. »Sie ist temperamentvoll und lustig. Ein bisschen wie du, um ehrlich zu sein. Sie wird dich auch mögen.«

Ich hoffe, dass er recht hat, aber nach dem gestrigen lauwarmen Empfang durch seine Mutter nehme ich nichts als selbstverständlich hin.

Seb und ich haben heute Morgen beide lange geschlafen, und als wir zum Frühstück aufstanden – das eigentlich eher ein Brunch war –, waren seine Eltern schon unten und bereiteten sich auf das Mittagsgeschäft vor. Sebs Mutter will sich heute Nachmittag mit ihm treffen, um ihn auf den neuesten Stand zu bringen, also schlug Seb vor, dass ich eine Stunde oder so mit

Nicki abhänge. Er hat sie heute Morgen angerufen, um ihr von uns zu erzählen. Offenbar freut sie sich sehr darauf, mich kennenzulernen.

Seb klingelt erneut an der Tür.

»Wie alt ist ihr Baby?«, frage ich.

Seb runzelt die Stirn. »Fast eins, glaube ich. Ja, er wurde an Neujahr geboren.«

Die Tür wird von einer sehr genervt aussehenden Frau in Jogginghosen und einem schäbigen Pullover aufgerissen, die ihr kurzes schwarzes Haar mit ein paar Haarklemmen aus dem Gesicht gestrichen hat. »Habt ihr das Schild nicht gelesen?«, schnauzt sie und ihre dunklen Augen blitzen.

»Äh, *Schild*?« Seb tritt einen Schritt zurück und schaut auf den Türrahmen.

»Es klebt an der Tür«, sagt sie und dreht sich zu der offenen Tür um. »Oh.« Sie blickt sich um und zeigt dann auf ein Stück Pappe auf dem Boden hinter uns. »Da. Das muss sich gelöst haben. Da steht, dass man nicht klingeln soll, weil ich Teddy gerade zum Schlafen hingelegt habe.«

Tatsächlich höre ich die verzweifelten Schreie eines Babys.

»Mist, tut mir leid«, antwortet Seb, bückt sich, um die durchnässte Pappe aufzuheben, und reicht sie ihr.

»Dafür ist es ein bisschen spät«, sagt sie verärgert. »Kommt rein.«

»Wir können auch ein anderes Mal wiederkommen, wenn das einfacher ist?«, biete ich an.

»Ihr seid jetzt hier«, sagt sie und geht in den düsteren Flur.

Draußen halten Seb und ich einen Moment inne. Er wirft mir einen »*Oje, tut mir leid*«-Blick zu, und dann folge ich ihm ins Haus.

Als Seb mir sagte, dass ich heute Nicki treffe, wollte ich einen guten Eindruck machen, also habe ich mein blondes Haar gelockt und mich besonders sorgfältig geschminkt und angezogen. Aber jetzt, da ich sehe, wie leger alles ist, komme ich mir übertrieben vor. Als würde ich mich zu sehr anstrengen. Ich hole ein Taschentuch aus meiner Tasche und wische mir heimlich den Lippenstift ab. Dann krame ich nach einem Haargummi und bindemein Haar zu einem unordentlichen Dutt hoch.

»Was machst du da?«, fragt Seb.

Ich schüttle den Kopf und forme mit den Lippen: *Nichts.*

Er schenkt mir ein verwirrtes Lächeln.

»Geht schon mal ins Wohnzimmer!«, ruft Nicki. »Ich beruhige nur eben Teddy.«

Während das Äußere des Cottage wie aus dem Bilderbuch ist, scheint das Innere das genaue Gegenteil zu sein. Seb und ich betreten einen schmuddeligen Raum, der nach feuchter Wäsche riecht. Ein durchgesessenes beigefarbenes Sofa ist auf einen kleinen Fernsehschrank aus Kiefernholz gerichtet, und am Fenster steht ein kleiner Esstisch. Drei Esszimmerstühle und der Heizkörper sind mit Wäsche übersät, der Rest stapelt sich in einem blauen Plastikwäschekorb auf dem Tisch. Ich wundere mich über den Unterschied zwischen der Einrichtung dieses Häuschens und dem glamourösen Charme des Pubs und der darüberliegenden Wohnung. *Zum Glück wohne ich nicht hier.*

»Ich hätte ein paar Blumen oder so mitbringen sollen«, murmle ich.

»Nein, ist schon in Ordnung«, sagt Seb und bedeutet mir, mich auf das Sofa zu setzen. »Nicki ist entspannt, sie mag kein Aufheben.«

»Sollten wir mit dem Hinsetzen nicht warten?«, frage ich.

Seb schüttelt den Kopf und zieht mich neben sich auf das Sofa, aber als Nicki mit einem rotbäckigen Baby im Arm ins Zimmer kommt, fahre ich wieder hoch, weil es mir unangenehm ist, es mir bequem gemacht zu haben.

»Nein, ist schon gut, setz dich«, sagt sie. »Ich muss herumlaufen und ihn in den Schlaf wiegen, sonst schreit er sich die Seele aus dem Leib.«

»Er ist so süß!«, schwärme ich und lasse mich wieder zurücksinken. »Sieh dir diese dunklen Locken an. Hinreißend.« Ich bin plötzlich entschlossen, ihre frostige Fassade zu durchbrechen.

»Ja, nun, ich denke, er ist ein echter Hingucker. Aber ich bin ja auch voreingenommen.» Sie zuckt mit den Schultern.

Teddy hört kurz auf zu quengeln und starrt mich an. Dann verzerrt sich sein Gesicht zu einem Schrei müder Wut.

»Komm schon, Ted«, zwitschert Nicki ihrem Sohn zu und steckt ihm den kleinen Finger in den Mund. »Mach jetzt die Augen zu. Du bist übermüdet, kleiner Mann. Seb, kannst du Wasser aufsetzen? Ich habe hier alle Hände voll zu tun.«

»Natürlich. Tee?« Er steht auf.

»Bitte«, antwortet sie. »Ich glaube, in der Dose sind noch ein paar Kekse.«

»Tee ist großartig«, füge ich hinzu und sehe meinem Mann hinterher, wie er das Zimmer verlässt.

Nicki geht in dem kleinen Raum auf und ab. Teddy ist jetzt ruhiger, aber sein Gesicht ist gerötet und tränenüberströmt.

»Also ...«, sagen Nicki und ich gleichzeitig.

Ich lache ein wenig, aber sie nickt mir nur zu, dass ich anfangen soll.

»Dann sind wir wohl Schwägerinnen«, sage ich lächelnd.

»Ja. Herzlichen Glückwunsch zur Hochzeit«, antwortet sie mit wenig Begeisterung.

»Danke.« Es ist mir unangenehm, auf dem Sofa zu sitzen, während sie genervt durch das kleine Wohnzimmer läuft. Teddys Augen fallen jetzt zu, sein Kopf ist auf die Schulter seiner Mutter gesunken.

»Seb ist ein toller Kerl«, sagt sie. Ihre Worte hören sich wie eine Warnung an. Als würde sie denken, dass ich ihn verletzen könnte, oder dass ich nicht gut genug bin oder so.

»Der beste«, füge ich hinzu.

Es entsteht eine lange, unangenehme Pause, in der ich mir das Hirn zermartere, um etwas zu sagen, *irgendetwas*. Es ist nicht meine Art, um Worte verlegen zu sein, aber mein Verstand ist wie leer gefegt.

»Ihr habt euch online kennengelernt«, sagt sie, eher eine Feststellung als eine Frage.

»Das haben wir!« Ich zucke zusammen, weil ich mich so überschwänglich anhöre. »Zwischen uns hat es einfach Klick gemacht. Ich hatte das Gefühl, als würde ich ihn schon mein ganzes Leben lang kennen. Als er dann nach Australien gereist ist und wir uns persönlich getroffen haben, hat sich das bestätigt ... er ist der Richtige.«

»Ist er das?« Sie bleibt stehen, legt den Kopf schief und sieht mich an.

Ich schlucke, schockiert von der Unverfrorenheit ihrer Aussage. Von der Unhöflichkeit.

»Zwei Tassen Tee!« Seb kommt ins Zimmer und trägt zwei Tassen und einen Teller mit Schokoladenkeksen auf einem roten Blechtablett.

»Willst du keinen?«, fragt Nicki ihn.

»Leider nicht. Es tut mir leid, euch verlassen zu müssen, aber meine Mutter erwartet mich zu einer kurzen Personalbesprechung, bevor die abendliche Horde eintrifft.«

Bei dem Gedanken, mich allein mit dieser kratzbürstigen Frau unterhalten zu müssen, schlägt mir das Herz bis zum Hals. Entweder ist sie ihrer Familie gegenüber sehr loyal und territorial eingestellt, oder sie ist verärgert darüber, dass ich ihr Baby geweckt und wahrscheinlich auch ihre Ruhezeit gestört habe. So oder so, ich bin im Moment definitiv nicht ihr Lieblingsmensch. Auch, wenn sie technisch gesehen zu meiner Familie gehört. *Meine Schwägerin*. Ich schaue zu ihr, aber sie sieht mich ebenfalls an, also wende ich den Blick hastig ab.

Seb beugt sich zu mir herunter, um mir einen langanhaltenden Kuss zu geben, aber ich ziehe mich zurück, weil mir diese öffentliche Zurschaustellung von Zuneigung peinlich ist, nachdem Nicki deutlich gemacht hat, dass sie uns nicht gutheißt. »Viel Spaß«, wünscht er uns, bevor er den Raum verlässt.

Die Haustür fällt zu, und jetzt sind nur noch ich, Nicki und Teddy da.

»Ich muss ihn in sein Bettchen legen«, sagt Nicki. »Bin gleich wieder da.«

Ich frage mich, ob ich, wenn sie zurückkommt, mich einfach entschuldigen und gehen sollte. Ich habe immer noch Jetlag und fühle mich nicht im Geringsten fit. Ich wollte unbedingt mit Seb nach Großbritannien kommen, aber jetzt, wo ich hier bin, bin ich nervös und unsicher. So habe ich es mir nicht vorgestellt. Ich bin eine aufgeschlossene, selbstbewusste Frau, beliebt und gesellig. Normalerweise komme ich mit den Leuten sofort zurecht. Diese Feindseligkeit habe ich seit meiner Schulzeit nicht mehr erlebt, als ich mich mit den gemeinen Kindern herumschlagen musste. Ich hoffe, dass es nur daran liegt, dass die Fletchers Seb beschützen wollen. Wenn sie mich erst einmal kennengelernt haben, werden sie sich öffnen und mich willkommen heißen.

Als Nicki zurück ins Zimmer kommt, zucke ich zusammen.

»Normalerweise schläft er sehr gut ein, aber im Moment bekommt er Zähne.«

»Armes Ding«, antworte ich.

»Ja, es ist ein bisschen unglücklich für ihn.« Sie geht an mir vorbei zum Esstisch und schiebt die Wäsche von einem der Stühle in den überquellenden Korb, bevor sie sich setzt. »Ich glaube, er schläft endlich, Gott sei Dank.«

»Es tut mir sehr leid, dass wir ihn gestört haben.«

Sie rollt leicht mit den Augen. »Um ehrlich zu sein, hätte er sowieso ewig gebraucht, um zur Ruhe zu kommen. Du denkst bestimmt, ich bin eine richtig mürrische Kuh, und ich kann es dir nicht verübeln. Tut mir leid.«

Plötzlich fühle ich mich leichter und wage zu hoffen, dass wir uns vielleicht doch anfreunden können. »Mach dir keinen Kopf. Es muss schwer sein, wenn sie unglücklich sind. Ich bin sicher, dass das Zahnen bald geschafft ist.«

»Das hoffe ich.« Sie greift nach ihrer Tasse und streckt sie mir entgegen. Ich proste ihr zu. »Keks?« Sie deutet auf den Teller.

»Gern.« Ich habe keinen Hunger, aber ich fände es unhöflich, abzulehnen. Es ist seltsam, wie sie von unverschämt zu freundlich gewechselt ist. Das ist ein bisschen beunruhigend, aber ich will mich nicht beschweren. Ich möchte sie für mich gewinnen. Sie dazu bringen, mich zu mögen. »Du bist also mit Sebs Bruder Felix verheiratet?«

»Ja. Auch, wenn es im Moment nicht so wirkt. Ich fühle mich wie eine alleinerziehende Mutter.«

»Oh, Entschuldigung, ja. Brian sagte, dass Felix im Moment auswärts arbeitet?«

»Ja. Ein Freund eines Freundes hat ihm einen Job als Koch auf dieser Superjacht besorgt. Die Bezahlung war zu gut, um sie sich entgehen zu lassen, aber es ist hart, dass er weg ist. Ich sitze zu Hause fest, weil ich kein Auto fahren kann, und seine Eltern sind so beschäftigt, dass ich sie kaum sehe.«

»Er kommt aber bald zurück, oder?«

»Nächste Woche. Halleluja. Ich kann's kaum erwarten.« Sie bricht ein Stück Keks ab und tunkt es in ihren Tee. »Seb war unglaublich, er hat mir mit Teddy geholfen und mir Gesellschaft geleistet. Nichts für ungut, aber ich habe ihn vermisst, während er weg war.«

»Das tut mir leid«, antworte ich mit einem Grinsen.

Sie grinst zwar nicht zurück, aber zumindest gibt es die flüchtige Andeutung eines Lächelns.

»Was ist mit deiner eigenen Familie?«, frage ich. »Leben sie in der Nähe? Unterstützen sie dich?«

Ihr Gesicht verzieht sich wieder.

»Ich sollte mich um meinen eigenen Kram kümmern«, füge ich hastig hinzu.

»Nein, nein, schon in Ordnung. Ich ... nun, es ist nur so, dass ich keinen Kontakt mehr zu meiner Familie habe. Wir kommen nicht wirklich miteinander aus.« Sie rollt mit den Augen und holt tief Luft.

»Das tut mir leid«, antworte ich.

»Nicht deine Schuld.«

Es herrscht eine peinliche Stille. Ich knabbere an meinem faden Schokoladenkeks und zerbreche mir den Kopf, um an etwas Neutrales zu denken, über das wir reden können.

»Ich kann nicht glauben, dass Seb dich vor uns allen geheim gehalten hat.« Nicki schüttelt den Kopf, ihr dunkler Blick bohrt sich in meinen.

»Ich glaube, er wollte erst einmal abwarten, wie wir uns im richtigen Leben verstehen, bevor er es öffentlich macht.« Ich nippe an meinem Tee und ziehe eine Grimasse. Er ist lauwarm und Seb hat zu viel Milch hineingetan.

»Es ist ja wohl kaum ›öffentlich‹, es seiner Familie zu sagen.« Nickis Tonfall wird wieder angriffslustig.

Ich will mich nicht vor ihr rechtfertigen. Warum kann sie sich nicht einfach für uns freuen? Ich unterdrücke meinen Instinkt, unsere Beziehung zu verteidigen, und wechsle stattdessen das Thema. »Wie lange bist du schon mit Felix zusammen?«

»Oh, Jahre«, sagt sie lässig. »Ich kannte ihn eigentlich schon aus der Schule, aber wir haben uns erst getroffen, als er nach der Gastronomiefachhochschule wieder nach Hause kam.«

»Hilfst du auch im Pub aus?«, will ich wissen und frage mich, ob ich mit ihr zusammenarbeiten muss.

»Gott, nein.« Ihre Augen weiten sich vor Entsetzen. »Ich

kann mir nicht vorstellen, dass wir zusammen arbeiten und leben. Wir würden uns am Ende gegenseitig umbringen. Ich habe einen Job in der Verwaltung des örtlichen Bauunternehmens, aber ich bin in Elternzeit und muss mich entscheiden, ob ich nach Weihnachten zurückkehre oder nicht.«

»Was glaubst du, wirst du tun?«, frage ich.

»Ich bin mir noch nicht sicher, aber wahrscheinlich muss ich aus finanziellen Gründen wieder anfangen.«

»Was machst du mit Teddy, wenn du wieder arbeiten gehst?«, frage ich.

»Ich bin mir nicht sicher. Die Kinderbetreuung kostet einen Haufen Geld, also lohnt es sich wahrscheinlich nicht, zurückzukehren. Ich hoffe, dass sie mich von zu Hause aus arbeiten lassen.«

»Das wäre praktisch.«

Sie zuckt mit den Schultern und kräuselt lustlos die Lippen. »Es ist nicht gerade mein Traumjob. Was ist mit dir? Wirst du hier arbeiten?«

Ich nicke. »Der Plan ist, dass ich im Pub aushelfe, während ich mich um mein Visum kümmere.«

»Viel Glück dabei«, sagt sie, und in ihrer Stimme schwingt Skepsis mit.

»Du klingst nicht sehr optimistisch«, antworte ich.

»Sagen wir einfach, dass Lilian es mag, wenn alles nach ihren Vorstellungen läuft. Solange du dich an die Anweisungen hältst, wird alles gut gehen.«

Ich schlucke. Als Managerin einer Bar bin ich es nicht gewohnt, Befehle von anderen entgegenzunehmen. Ich kann nur hoffen, dass mich ihr Führungsstil nicht auf die Palme bringt. »Das ist in Ordnung«, sage ich. »Es ist ihr Pub, nicht meiner. Ich werde einfach tun, was man mir sagt.«

Nicki zieht die Augenbrauen hoch, sagt aber nichts dazu. Es herrscht kurzes Schweigen, während sie an ihrem Tee nippt und ich so tue, als würde ich an meinem nippen.

»Also, erzähl mir von dir«, sagt sie. »Woher in Australien kommst du? Seb meinte, du lebst am Meer.«

»Das stimmt. Ein Ort namens Byron Bay an der Ostküste. Er ist klein, aber belebt.« Als ich an die Surfstrände, Bars, Boutiquen, Cafés und das üppige Hinterland denke, packt mich das Heimweh. Es ist schön hier in Dorset, aber es fühlt sich nicht wie zu Hause an. Ganz und gar nicht.

»Es muss ganz anders sein als hier. Warst du schon einmal in Großbritannien?«

Ich schüttle den Kopf. »Noch nie.«

Nicki holt tief Luft. »Es ist ein mutiger Schritt, zu heiraten und in ein Land zu ziehen, das man noch nie gesehen hat.«

Ich zucke mit den Schultern. »Es war das Risiko wert. Für Seb.«

»Du hast nicht unrecht. Er ist ein guter Kerl.«

Ich nicke. Aber ich bin mir zu neunundneunzig Prozent sicher, dass sie das Ende ihres Satzes ausgelassen hat. Dass sie eigentlich sagen wollte, dass Seb zu gut für jemanden wie *mich* ist.

SECHS

AMY

»Ich bin zu Hause!« Amy Nelson schließt die Haustür hinter sich und wirft ihre Tasche in den Flur, eine tonnenschwere Erschöpfung überkommt sie.

»Amy? Bist du das?« Amys Mum streckt den Kopf aus dem Wohnzimmer und in ihrem Gesicht breitet sich ein riesiges Lächeln aus, das Amys Herz erwärmt. Sie hat ihre Mum so sehr vermisst.

»Hi, Mum. Ich bin nur bis morgen hier, und ich muss lernen. Aber ich brauche eine Nacht zu Hause, ich hoffe, das ist okay?«

»Natürlich ist es das.« Ihre Mum umarmt sie so herzlich, dass sie fast weinen muss. »Oh, ich habe dich vermisst, Amy. Wir sind so stolz.«

Amy ist jetzt in ihrem ersten Jahr des Medizinstudiums. Aber es ist anstrengender als erwartet. Sie kommt gut zurecht, nur das Tempo ist unerbittlich und sie hat Angst, den Anschluss zu verlieren. Sie dachte, eine Nacht zu Hause könnte ihr helfen, ihren Akku wieder aufzuladen. Im Moment will sie nur auf ihr Zimmer gehen und schlafen.

»Dave! Michelle! Seht mal, wer von der Uni zurück ist!«, ruft

Amys Mum die Treppe hinauf, bevor sie sich mit einem besorgten Gesichtsausdruck zu ihrer Tochter umdreht. Sie streicht Amy das kastanienbraune Haar aus der Stirn. »Du siehst müde aus, mein Schatz. Hast du denn schon gegessen? Ich mache dir etwas.«

»Hey, Amy«, ruft Amys jüngere Schwester Michelle und kommt die Treppe heruntergehüpft. »Wie gehts denn so? Es ist wirklich seltsam hier ohne dich.«

»Hi. Michelle. Die Uni ist heftig.« Amy lächelt ihre Schwester an. Damals, als sie noch zu Hause wohnte, stritten sie sich wie Hund und Katze. Michelle klaute ständig ihre Klamotten, zerstörte ihr Make-up, durchwühlte ihre Sachen und verletzte generell ihre Privatsphäre. Aber jetzt, nach einer gewissen Zeit der Abwesenheit, kann sie nicht glauben, dass sie sich wirklich freut, ihre kleine Schwester zu sehen. Sie vermisst die Leichtigkeit, mit der man einem anderen Menschen seine Meinung sagen kann. Vollkommen entspannt. Auch, wenn sie eine riesige Nervensäge sein kann.

»Amy!« Ihr Dad kommt die Treppe herunter, mit einem breiten Grinsen im Gesicht. »Wie geht es meiner Tochter, der Ärztin?«

»Ich habe noch nicht einmal ein halbes Semester hinter mir, Dad. Ich bin noch keine richtige Ärztin.«

»Nein, aber ich wette, du bist bereits Jahrgangsbeste, nicht wahr?«

Amy hat vergessen, wie sehr sich ihre Eltern um sie kümmern. Sie kann von Glück reden, wenn sie einen Moment Ruhe zum Lernen hat. Sie zupft an der Haut um ihre Fingernägel herum und folgt ihnen in die Küche.

Sie setzen sich alle an den Kiefernholztisch, während ihre Mutter Tee kocht und in den Schränken nach Kuchen und Keksen kramt. Es fühlt sich an, als wäre sie direkt in die alten Zeiten zurückversetzt, aber auch, als würde sie eine Erinnerung aus der Ferne betrachten.

»Also, erzähl uns alles, Amy«, fordert ihr Vater sie auf und kratzt sich an seinem Bart.

Amy atmet tief durch und beginnt, ihrer Familie vom Universitätsleben zu berichten. Sie versucht, nicht an die Lehrbücher in ihrer Tasche zu denken, die nach ihr rufen, denn sie hofft, je schneller sie die Neugier ihrer Eltern befriedigt, desto schneller kann sie nach oben verschwinden.

Nach zwei Tassen Tee und einem großen Stück Biskuitkuchen werden die Fragen ihrer Eltern endlich weniger. Amy weiß, wie viel sie ihnen zu verdanken hat. Sie unterstützen sie so sehr, indem sie ihren Studienkredit mit ihrem eigenen Geld aufstocken, um für ihr Essen und ihre Unterkunft zu bezahlen. Ohne sie könnte sie das niemals schaffen.

Amy bemerkt, dass Michelle seit dem Sommer ziemlich zugenommen hat. Ihr normalerweise glänzendes braunes Haar hängt ihr in schlaffen Strähnen den Rücken hinunter, und sie hat Pickel an Kinn und Stirn. »Wie läuft es mit den Abschlussprüfungen?«, fragt sie ihre Schwester.

Michelle wippt mit der Hand hin und her. »Okay. Mir wird eine Eins in Kunst vorausgesagt.« Ihre Gesichtszüge hellen sich daraufhin ein wenig auf.

»Das ist unglaublich, gut gemacht, Schwesterherz.« Amy schenkt ihr ein Lächeln.

»Hast du dir schon überlegt, was du an der Uni studieren willst, Michelle?«, fragt ihre Mum. »Du musst bald deine Bewerbungsunterlagen ausfüllen.«

Michelle antwortet nicht, stattdessen starrt sie in ihren Schoß.

Amy fühlt mit ihr. Sie weiß, wie ihre Eltern sein können. Zum Glück wollte Amy immer Medizin studieren, sodass sie ihre Eltern nie im Nacken hatte.

»Vielleicht könntest du ein Jahr Pause machen?«, schlägt Amy vor. »Nimm dir etwas Zeit, um darüber nachzudenken, was du machen willst.«

Ihre Mutter wirft ihr einen verärgerten Blick zu. »Das ist nicht hilfreich, Amy. Michelle muss sich jetzt fokussieren und nicht monatelang herumschwirren. Michelle braucht etwas, auf das sie hinarbeiten kann, sonst lässt sie sich nur noch treiben.«

Michelle richtet sich in ihrem Stuhl auf und räuspert sich. »Eigentlich bin ich fokussiert, und ich weiß, was ich mit meinem Leben anfangen will.«

Amy bemerkt, dass ihre Eltern einen besorgten Blick austauschen.

»Ich möchte auf die Kunsthochschule gehen«, verkündet Michelle.

»Kunst ist ein Hobby, kein Beruf«, sagt ihr Vater wie erwartet. »Wir werden darüber reden, wenn Amy wieder an der Uni ist. Wir können uns alle zusammen hinsetzen und uns die Karrieremöglichkeiten ansehen.«

»Ich muss mich nicht nach beruflichen Möglichkeiten umsehen. Ich will Künstlerin werden. Ihr wisst, wie gut ich in Kunst bin, aber ihr sagt nie etwas dazu. Warum könnt ihr nicht auch stolz auf mich sein? Miss McCormack sagt, ich bin außergewöhnlich begabt. Warum freut ihr euch nicht darüber?«

»Michelle ...« Die Augen ihrer Mutter verhärten sich, als sie aufsteht und beginnt, den Tisch abzuräumen. »Warum musst du ausgerechnet eine Szene machen, wenn Amy gerade angekommen ist? Dein Vater hat doch gerade gesagt, dass wir nächste Woche darüber reden, aber nein, du musst dich in den Mittelpunkt der Aufmerksamkeit stellen. Du musst erwachsen werden und begreifen, dass sich die Welt nicht nur um dich dreht.«

Michelle schiebt ihren Stuhl zurück und steht auf, ihr ganzer Körper zittert vor Wut und Enttäuschung. »Ihr habt mich doch gefragt, was ich machen will, also habe ich es euch gesagt! Nur, weil ich keine Ärztin oder Anwältin werden oder einen anderen angesehenen Beruf erlernen will, bin ich nicht gut genug. Ihr tut so, als würde ich ein Meth-Labor aufmachen wollen oder so!«

»Das reicht jetzt, Michelle!« Die Stimme ihres Vaters dröhnt

durch die Küche. »Wir wollen nicht mitansehen, wie du deine Intelligenz vergeudest, das ist alles.«

Michelle wischt sich mit dem Handrücken über die Augen. Amy versucht, etwas zu sagen, um sie zu trösten, aber sie will den Streit nicht noch weiter anheizen, also bleibt sie still. Sie wird später unter vier Augen mit ihr sprechen. Ihre Schwester schafft es immer wieder, ihre Eltern auf die Palme zu bringen. Sie muss sich klug anstellen, anstatt unüberlegt draufloszugehen. Michelle wirft einen Blick in die Runde, bevor sie aus der Küche stürmt und die Treppe hinauftrampelt.

»Es tut mir leid, Amy-Schatz«, sagt ihre Mutter. »Sie ist so eine Dramaqueen, die Kleine. Willst du noch eine Tasse Tee?«

Amy schüttelt den Kopf. Sie hat Mitleid mit ihrer Schwester. Sie hat versucht, ihre Eltern dazu zu bringen, es ihr leichter zu machen, aber sie stecken in diesem hartnäckigen Kreislauf von Missverständnissen fest, in dem keine Seite bereit ist, der anderen zuzuhören. Amy hat im Moment einfach nicht den Kopf, um sich damit zu beschäftigen …

SIEBEN

LILIAN

»Das sind zweiunddreißig Pfund und fünfundvierzig Pence.« Ich halte Fiona Davies das Kartenlesegerät hin. Sie legt ihre Debitkarte auf und bedankt sich bei mir.

»Hast du meine Anzahlung für unsere Weihnachtsfeier erhalten?«, fragt sie. »Ich habe sie letzte Woche überwiesen.«

»Das habe ich, danke, Fiona. Ihr seid alle für den Zwanzigsten angemeldet.«

»Großartig. Die Mitarbeiter und ich freuen uns schon sehr darauf.« Fiona ist Inhaberin eines lokalen Schönheitssalons, der schon in mehreren Lifestyle-Blogs und Sonntagsbeilagen vorgestellt wurde. Ich versuche, mich alle paar Monate oder so behandeln zu lassen. Die Hot-Stone-Massage ist einfach umwerfend.

Auch Fiona hat ihr ganzes Leben in Stalbridge verbracht. Wie die meisten unserer Gäste. Es ist schön, diese gemeinsame Geschichte zu haben. Unsere Kinder gingen auf dieselbe Schule, sie sind zusammen aufgewachsen, wir haben die Meilensteine des jeweils anderen gefeiert. Natürlich gibt es einige, die weggezogen sind, um in anderen Städten oder vielleicht sogar im Ausland neu anzufangen. Aber die meisten von uns sind geborene und aufgewachsene Einheimische. Wir sind Teil des Lebens der anderen und kennen ihre Eigenschaften – die guten, die schlechten und die hässlichen. Das ist beruhigend. Gibt Sicherheit.

Ich werfe einen Blick über den Tresen in den dahinter liegenden Speisesaal und sehe Caroline, die mit einem Notizblock in der Hand an einem Tisch steht und eine Bestellung für das Sonntagsessen der Sticklands entgegennimmt. John Stickland ist der Schulleiter der hiesigen Grundschule, und seine Frau Susie leitet eine örtliche Kunststiftung. Ich kenne ihre drei Teenager seit deren Geburt. Die neue Frau meines Sohnes unterhält sich problemlos mit ihnen und bringt sie zum Lachen. Ich nehme an, das ist schon etwas. Die Tatsache, dass sie einen guten Eindruck bei den Gästen hinterlässt. Bei unseren Freunden.

Sowohl die Bar als auch das Restaurant sind heute bis auf den letzten Platz besetzt, das Stimmengewirr vibriert durch die Balken. Am Wochenende sind wir immer ausgebucht, was vor allem an Felix' Talent als Koch liegt. Unsere Aushilfe ist okay, aber bei weitem nicht so gut wie mein Sohn. Wir haben schon ein paar kleinere Beschwerden bekommen – ich hoffe, sie sind nicht so schlimm, dass wir dadurch wertvolle Stammkunden verlieren. Aber wir sind stolz auf unseren ausgezeichneten Service. Wenn es ein berechtigtes Problem mit dem Essen gibt, gebe ich immer einen Drink aus oder verzichte ganz auf die Rechnung. Deshalb lege ich großen Wert darauf, dass alles von Anfang an perfekt ist. Ich möchte unsere Gewinne nicht aufs Spiel setzen.

An der Bar ist es ruhig, also überlasse ich Tarik die Arbeit, während ich die Runde mache. Brian und ich begrüßen alle Gäste persönlich, wann immer wir können, fragen sie, ob alles nach ihren Wünschen ist, und überprüfen, ob alles so ist, wie es sein sollte. Ich dränge mich nicht auf, sondern gleite einfach alle paar Stunden mal durch den Pub, nicke und begrüße die

Gäste. Die meisten Menschen mögen es, sich besonders zu fühlen. Es ist unsere Aufgabe, ihnen dieses Gefühl zu vermitteln.

Ich betrete den Speisesaal, wo Sebastian an der Kasse mit Caroline spricht. Mir fällt auf, wie er sie anschaut. Die Art und Weise, wie er jede Gelegenheit nutzt, sie zu berühren – ein Streicheln des Arms, eine führende Hand auf ihrem Rücken, ein kurzer Kuss auf die Lippen. Er ist erst seit zwei Tagen zu Hause, aber ich kann den Unterschied seit seiner Abreise in ihm sehen.

Vor seiner Reise nach Australien war er unruhig, mürrisch und kaum ansprechbar. Er verschwand stundenlang, ohne jemandem etwas zu sagen. Wann immer ich ihn fragte, wie es ihm ging, drehte er durch. Jetzt ist er fröhlich, enthusiastisch und wieder voller Tatendrang. Er ist wieder so, wie er früher einmal war ...

Ich schüttle die Erinnerungen an das Geschehene ab. Ich sollte nicht in der Vergangenheit verweilen. Ich sollte nicht zwischen damals und heute vergleichen. Ich sollte einfach dankbar sein, dass ich meinen heiteren Sebastian wiederhabe. Ich sollte Caroline dankbar sein, dass sie meinen Jungen wiederhergestellt hat.

Warum bin ich es dann nicht?

Mir ist aufgefallen, dass er viel mehr in Caroline vernarrt zu sein scheint als sie in ihn. Er starrt sie anbetend an, während sie seine Liebe als ihr zustehend akzeptiert. Vielleicht ist sie einfach ein zurückhaltender Mensch. Vielleicht braucht sie auch nur Zeit, um sich einzuleben und sich zu öffnen, aber ich bin nicht überzeugt. Vielleicht täusche ich mich auch, aber Sebastians neues Glück scheint mit einem Hauch von Angst behaftet zu sein. Als hielte er diesen perfekten Schmetterling in seinen Händen, ohne zu wissen, wie er ihn halten soll, damit er bleibt.

Als Seb erzählte, wie sie sich kennengelernt haben, dachte

ich nur: *Wie kann er nur so naiv sein?* Es ist schön und gut, wenn es bei der ersten Begegnung mit jemandem funkt, aber diese Funken halten nicht immer. Man muss sie mit etwas Echtem untermauern. Mit einer soliden Grundlage. Man muss jemanden erst richtig kennenlernen, bevor man sich verpflichtet, den Rest seines Lebens mit diesem Menschen zu verbringen. Ist es Caroline wert, sich diese Mühe zu machen? Ich denke, das wird nur die Zeit zeigen.

Der Kegel-Club ist mit dem Mittagessen fertig und macht sich zum Aufbruch bereit. Ich gehe hinüber und schüttle Bob Whittaker die Hand. Alle äußern sich sehr positiv über das Essen und den Service, das freut mich zu hören. Aus den Augenwinkeln bemerke ich in der Ecke einen Tisch mit lautstarken Jungs. Der älteste Sohn von Pat und Joanne Chancellor und ein paar seiner Kumpels aus dem Rugby-Club. Sie sind alle besoffen. Ich muss die Situation im Auge behalten. Ich kann nicht zulassen, dass sie die anderen Gäste beim Essen stören. Sie kommen alle aus gutem Hause, neigen aber dazu, ein wenig über die Stränge zu schlagen, wenn sie zu viel getrunken haben. Sie sollten es wirklich besser wissen.

»Mariah.« Ich nehme sie zur Seite. »Bring ein paar Körbe mit Brot zu Tisch vier. Und wenn sie noch etwas zu trinken bestellen, lass dir Zeit damit, es ihnen zu bringen.«

Sie nickt. »Sie sind ein Albtraum.«

»Vielleicht solltest du dem Koch sagen, dass er dem Essen Priorität einräumen soll. Sie brauchen etwas Deftiges, um den Alkohol aufzusaugen.«

»Gute Idee.«

»Soll ich Brian bitten, sich um sie zu kümmern?«, frage ich.

»Nein, es ist alles in Ordnung. Es braucht mehr als Tom Chancellor und Benny Mitchell, um mich aus der Fassung zu bringen. Tom war eine richtige kleine Heulsuse in der Schule. Er wollte immer zu seiner Mutter.«

»Gut. Danke, Mariah. Ich überlasse sie deinen fähigen

Händen.« Als ich zurück zur Bar gehe, kreisen meine Gedanken noch immer voller Beunruhigung um Caroline und Sebastian.

Ich mache mir Sorgen über Carolines Hintergrund. Sie ist eine Fremde und hat keine nennenswerte Familie. Ich verstehe, dass das nicht ihre Schuld ist, also habe ich etwas Mitgefühl. Natürlich habe ich das. Schließlich habe ich schon Nicki in unserer Familie willkommen geheißen, nachdem ihre eigene Familie sie rausgeschmissen hat. Was keine Überraschung ist; sie ist ein kratzbürstiger Mensch.

Wenigstens hat Caroline ihre Situation nicht selbst verschuldet. In einer Pflegefamilie aufzuwachsen, muss hart gewesen sein. Ich kann mir nicht vorstellen, wie das für sie gewesen sein muss. Die meisten Menschen wären durch das Fehlen eines stabilen Elternhauses zumindest ein wenig gezeichnet. Wie kommt es, dass meine *beiden* Jungs Partnerinnen mit instabilen Verhältnissen haben?

Meine größte Sorge ist, ob Caroline wirklich die fröhliche, quirlige Person ist, die sie der Welt präsentiert. Sie wirkt zu selbstbewusst, zu perfekt. Ein anderer, unheimlicherer Gedanke schießt mir durch den Kopf. Was, wenn sie ihn geheiratet hat, um die britische Staatsbürgerschaft zu erhalten? Ich bin ungerne misstrauisch und skeptisch, aber Sebastian ist mein Sohn, und im Moment ist er von der Liebe völlig geblendet. Oder wohl eher von *Verlangen*. Nutzt diese forsche Australierin Sebs sanfte Natur aus?

ACHT

CAROLINE

»Ich glaube, du beeindruckst Mum mit deinen Fähigkeiten als Kellnerin«, sagt Seb und streicht mir mit dem Finger über die Wange. Er hat den ganzen Vormittag im Büro gearbeitet, um sich über die Buchhaltung zu informieren, und ist kurz ins Restaurant gekommen, um zu sehen, wie ich mich in meiner ersten Schicht schlage.

»Nun, ich habe es geschafft, noch keine Teller fallen zu lassen.«

Es ist ein geschäftiger Sonntagmittag im Pub – eine Feuertaufe – aber nichts, womit ich nicht zurechtkomme. Hier bin ich in meinem Element. Ich kann gut mit Gästen umgehen. Habe jahrelange Übung darin. Ich frage mich, was Lilian wirklich über mich denkt. Ich hoffe, Seb hat recht und ich beeindrucke sie tatsächlich. Selbstverständlich kann sie nichts finden, was sie kritisieren könnte. Ich habe bemerkt, wie ihr Blick mich im Restaurant verfolgt. Sie denkt, sie sei unauffällig, aber das ist sie ganz und gar nicht. Nicht, dass es mich stört. Wenn sie mit meinen Fähigkeiten als Kellnerin zufrieden ist, dann ist das hoffentlich ein Pluspunkt für mich. Ich werde sie nach und nach für mich gewinnen, und wenn es das Letzte ist, was ich tue.

»Ist es für dich in Ordnung, wenn ich für ein paar Stunden verschwinde?«, fragt Seb. »Nicki hat mich gefragt, ob ich mit ihr nach Blandford fahre, um Weihnachtseinkäufe zu erledigen. Es ist schwer für sie, rauszukommen, während Felix weg ist. Sie kann nicht Auto fahren und die Busse kannst du sonntags vergessen.«

»Ja, klar, kein Problem«, antworte ich und merke, wie rücksichtsvoll Seb ist. Ich lächle ihn an. »Ich weiß, dass sie kein gutes Verhältnis zu ihrer Familie hat, also ist es nett von dir, dass du das tust.«

Er zuckt mit den Schultern. »Sie ist jetzt ein Teil unserer Familie.«

»Okay, dann bringe ich diese Bestellung besser mal in die Küche. Ich möchte bei deiner Mutter weiterhin einen guten Eindruck hinterlassen.« Ich halte meinen Notizblock umklammert, überrascht, wie nervös ich bin. Und wie sehr ich Lilian beeindrucken will.

»Mach dir keine Sorgen. Du machst deine Sache gut.« Seb drückt mir einen Kuss auf die Nase. »Aber du weißt, dass du nicht sofort mit der Arbeit anfangen musst. Ich meinte es ernst, als ich sagte, dass du dir Zeit nehmen sollst, um dich an Großbritannien zu gewöhnen, dich zurechtzufinden. Ich habe mir gedacht, wir könnten uns für ein paar Nächte in ein Hotel einbuchen. Eine richtige Hochzeitsreise machen. Ich habe das Geld dafür …«

»Ich glaube nicht, dass deine Eltern sehr glücklich mit mir wären, wenn wir das tun würden! Du warst wochenlang außer Landes. Das Letzte, was ich deiner Mutter sagen will, ist, dass wir jetzt einen Kurzurlaub machen.«

Er verzieht das Gesicht. »Vermutlich hast du recht. Aber das heißt nicht, dass *du* nicht ein paar Tage frei haben kannst, um dich einzugewöhnen.«

»Ich werde nicht faulenzen, während ihr alle arbeitet«, antworte ich. »Ich packe gerne mit an. Außerdem gewöhne ich mich schneller ein, wenn ich mich in die Arbeit stürze.«

»Du bist unglaublich, Cal. Okay, wir sehen uns später. Wende dich an Mum oder Dad, wenn du etwas brauchst.«

»Grüß Nicki von mir«, sage ich, obwohl mich meine Schwägerin immer noch ein wenig verwirrt. Ich weiß nicht, ob wir uns verstanden haben oder nicht. Vielleicht gehört sie einfach zu den Menschen, die ein wenig Zeit brauchen, um sich zu öffnen. Ich muss sie noch einmal besuchen und ihr vielleicht anbieten, auf Teddy aufzupassen, damit sie etwas Zeit für sich hat.

»Wird gemacht«, antwortet Seb und gibt mir noch einen Kuss, bevor er durch das Restaurant verschwindet.

Ich bringe meine Bestellung in die Küche, wo Mariah mir zwei Körbe mit Brötchen reicht.

»Die sind für Tisch vier«, sagt sie.

»Okay«, antworte ich, obwohl das einer *ihrer* Tische ist. »Ist das der neben dem Erkerfenster?«

»Nein, es ist der in der Ecke ganz links.«

»Ah, der mit den vier betrunkenen Typen«, antworte ich und begreife, warum sie mir das Brot gegeben hat. Vielleicht will sie sich nicht mit ihnen befassen, vielleicht will sie aber auch sehen, wie ich mit ihnen umgehe. Ich nehme die Körbe und gehe zurück in den Speisesaal.

»Ja, hallo!«, ruft einer von ihnen, als ich mich nähere.

Im Restaurant ist es so laut, dass es nicht stört, aber ein paar der anderen Gäste schütteln missbilligend den Kopf.

»Ein paar Brötchen für Sie, meine Herren.« Ich stelle die Körbe auf den Tisch.

»Vergiss das Brot, ich nehme lieber dich«, lallt einer von ihnen.

Die anderen drei lachen über seinen blöden Witz.

»Bist du Australierin?«, fragt derselbe Typ. Er ist dunkelhaarig, durchtrainiert, hat ein Milchgesicht und einen schütteren Haaransatz.

»Ja.«

»Hast du Lust, irgendwann mal was trinken zu gehen?«

»Danke der Nachfrage, aber ich bin eine verheiratete Frau. Ich nehme mal ein paar dieser leeren Gläser für Sie mit.« Ich beuge mich über den Tisch, um die leeren Gläser einzusammeln, und spüre eine der Hände des anderen Jungen auf meinem jeansbekleideten Hintern. Blitzschnell ergreife ich seinen Arm und drehe ihn nach oben, sodass er vor Schmerz aufschreit.

»Behalt deine Hände bei dir, Kumpel«, sage ich leichthin, ohne Feindseligkeit. Am liebsten würde ich ihm ein Knie in die Eier rammen, aber ich weiß, dass ich hier auf dem Prüfstand stehe und Lilian oder Mariah zusehen könnten. Ich habe nichts gegen ein bisschen Geplänkel, aber bei Belästigung ist für mich die Grenze erreicht.

»Warum hast du das getan?«, brüllt der Übeltäter. Er ist ebenfalls in den Zwanzigern, stämmig, mit einem Stiernacken und kleinen blauen Augen. Er reibt sich den Unterarm und starrt mich an. »Ich glaube, du hast mein Handgelenk gebrochen, du Psycho.«

Mein Herz sinkt, als seine Freunde anfangen zu johlen. Sie nennen ihn ein Weichei. Grölen, er sei von einem Mädchen fertiggemacht worden. Sie hämmern mit ihrem Besteck auf den Tisch und lachen. Ihr Verhalten wird seinem angeschlagenen Ego nicht guttun.

»Das ist Körperverletzung!«, ruft er, steht auf und schaut sich im Raum um. »Haben Sie das gesehen?« Er versucht, die anderen Gäste anzusprechen. Versucht, mir zu unterstellen, dass ich etwas falsch gemacht habe. Um sie auf seine Seite zu ziehen.

Das muss sofort aufhören. Ich kenne diese Art von betrunkenem Machogehabe, habe es schon oft erlebt. Aber warum musste das ausgerechnet heute passieren? In meiner ersten Schicht, wenn Lilian mich auf Schritt und Tritt beobachtet. Hoffentlich erkennt sie, dass es sich nur um eine Gruppe von Jungs handelt, die auf leeren Magen zu viel Alkohol getrunken haben. Ich bemerke Mariah drüben an der Kasse. Sie zieht die Augenbrauen hoch und schenkt mir ein gehässiges Lächeln, das mich wissen lässt, dass sie nicht die Absicht hat, mir zu Hilfe zu kommen. Dass sie fast gewusst hat, dass so etwas passieren würde. Na gut. Dann werde ich das eben selbst in die Hand nehmen. Ich streiche mein T-Shirt glatt und schaffe es, dem Arschloch ein Lächeln zu schenken. »Ich hole Ihnen einen Drink und wir sind quitt, ja?«

»Du kannst mich nicht mit einem Drink bestechen«, murrt er.

»Sie muss uns *allen* einen Drink spendieren«, sagt einer seiner Freunde und deutet auf mich.

»Was ist denn hier los?« Es ist Lilian. Sie spricht leise, aber bestimmt, und ihre Frage ist an *mich* gerichtet.

»Sie hat mich angegriffen!«, unterbricht der Mann.

»Er hat seine Hand auf meinen Hintern gelegt«, erzähle ich Lilian leise. »Also habe ich sie entfernt.«

Sie tut so, als hätte sie mich nicht gehört. »Ist jetzt alles in Ordnung, meine Herren? Der Koch sagte, dass Ihr Essen nur noch ein paar Minuten braucht. Die heutige Rechnung geht aufs Haus.«

»Das sollte ich auch meinen«, murmelt der Widerling. »Wenn sie meinen Arm dauerhaft beschädigt hat, werde ich sie verklagen. Ich bin professioneller Rugbyspieler, wissen Sie? Ich hoffe, sie hat mir nicht die Saison versaut. Nur weil sie große Titten und ein hübsches Gesicht hat, denkt sie, sie kann machen, was sie will.«

»Caroline, du kannst jetzt nach oben gehen«, sagt Lilian.

»Das ist kein Problem, mir geht es gut«, antworte ich.

»Jetzt, bitte«, beharrt sie.

Mir geht auf, dass sie mich nicht aus Sorge bittet. Sie weist mich ab, als hätte ich etwas falsch gemacht.

»Sie sollten sie rauswerfen, Mrs. F.«, sagt der Durchtrainierte und wirft mir ein Grinsen zu, als fände er die ganze Sache urkomisch. »Sie ist eine Gefahr für Ihre Gäste. Hast du noch nie etwas von Kundenservice gehört, Liebes? Gibt es so etwas in deinem Land nicht?«

»Caroline, bitte«, sagt Lilian und starrt mich mit fester Miene an.

Ich nicke, meine Wangen glühen, als ich das Restaurant verlasse, mich zwischen den Tischen und Stühlen hindurchwinde und die Blicke aller auf mir spüre. Ich kann nicht glauben, dass Sebs Mutter mir nicht den Rücken gestärkt hat. Dass sie sich nicht vor ihnen für mich eingesetzt hat. Eigentlich wäre es mir lieber gewesen, sie wäre gar nicht erst gekommen. Ich hätte die Jungs beruhigen können, wenn sie mich einfach hätte machen lassen.

Draußen im Flur beschließe ich, mich nicht nach oben zu verkriechen. Stattdessen warte ich vor der Küche auf Lilian, mir klopft das Herz vor Scham und einer wachsenden Wut, die ich zu unterdrücken versuche. Ich wünschte, Seb wäre nicht mit Nicki losgezogen. Ich könnte seine Meinung zu dieser Sache wirklich gut gebrauchen. Habe ich überreagiert? Nein, das glaube ich nicht. Nein. Definitiv nicht.

Mariah kommt mit einem Arm voller dreckiger Teller herein.

»Was hast du mit Tom gemacht?«, fragt sie und bleibt vor der Küchentür stehen.

»Ist das der Typ, der mich begrapscht hat?«

»Er hat dich begrapscht?« Sie zieht ungläubig eine Augenbraue hoch.

»Ja, ich habe ihm eine Lektion erteilt, wie man Frauen nicht behandelt«, antworte ich.

»Hmm, Mrs. F. wird es nicht gefallen, dass du die Gäste

angreifst. Ich würde sagen, du bekommst gleich Anschiss. Du solltest dich oben verstecken, bis sie sich beruhigt hat.«

»Es war kein Angriff«, antworte ich und verschränke die Arme. »Es war Selbstverteidigung. Er hat Glück, dass ich nicht noch Schlimmeres getan habe.«

»Deine Beerdigung«, antwortet Mariah, stößt die Küchentür mit der Schulter auf und verschwindet hinein.

NEUN

LILIAN

Das hat mir gerade noch gefehlt – dass die kesse neue Frau meines Sohnes die Gäste verärgert. Zugegeben, die Jungs sind ein bisschen betrunken, aber wenn Caroline nur halb so viel Erfahrung hätte, wie sie behauptet, dann wäre die Sache nie so eskaliert. Was hat sie sich nur dabei gedacht?!

Ich sagte Mariah, sie solle das Essen und alle Getränke, die sie bisher getrunken haben, begleichen. Das schien sie zu beruhigen. Wenigstens benehmen sie sich jetzt ein bisschen besser. Aber was wirklich besorgniserregend ist – abgesehen von dem entsetzlichen Kundenservice –, ist, dass diese ganze Episode nichts Gutes für Sebastian und Caroline als Paar verheißt. Ich hoffe, sie wird bei meinem Sohn nicht so schnell aus der Haut fahren. Er ist eine sanfte, vertrauensvolle Seele. Manchmal ist er zu vertrauensvoll für sein eigenes Wohl.

Erinnerungen an Sebastians katastrophales Liebesleben schießen mir durch den Kopf. Ich dachte, ich hätte ihn eines Besseren belehrt, aber er hat die romantische Natur seines Vaters geerbt. Den Glauben, dass alles vorbestimmt ist. Dass es Schicksal, Seelenverwandte und Liebe auf den ersten Blick gibt. Ich schnaube innerlich. Was für ein sentimentaler Blödsinn. In Beziehungen geht es um Charakter, Kompromisse und harte Arbeit. Zweifellos ist seine verfrühte Heirat durch eine Überladung mit Hormonen und Sonnenschein zustande gekommen.

Ich atme tief durch und beschließe, für die nächste Stunde nicht mehr daran zu denken, während ich Carolines Schicht übernehme. Ich hatte gehofft, sie würde Fliss ersetzen, die letzte Woche gegangen ist, nachdem ihr ein Auftritt als Sängerin auf einem Kreuzfahrtschiff angeboten wurde. Ich wette, dass, wenn das vorbei ist, sie ihren alten Job zurückhaben wollen wird. Aber dann ist es zu spät, Fräulein. Man kann nicht einfach so von einem Job zum nächsten und wieder zurück gondeln. Ich atme tief durch. Oh, ich bin wirklich etwas aus dem Lot. Ich muss mich beruhigen und Mariah zur Hand gehen. Diese ganze Sache mit Caroline hat mich total aufgewühlt.

Die nächste Stunde vergeht wie im Flug, ohne dass ich an etwas anderes denken kann als an das Servieren des Essens, das Abräumen der Tische, das Singen von »Happy Birthday« für die achtzigjährige Margery Hawkins, daran, Getränkebestellungen aufzunehmen und sicherzustellen, dass der Koch nicht zu viel Rotwein kippt. Zum Glück sind die Rugby-Jungs bald nach dem Vorfall gegangen, mit einem unglücklichen Gemurmel darüber, dass wir Glück haben, dass sie uns nicht verklagen werden, und dass sie hoffen, dass diese australische Psychopathin ihren Job verloren hat. Das ist natürlich alles nur Getöse. Ich mache mir keine allzu großen Sorgen, dass sie etwas Offizielles daraus machen werden.

Während sich das Restaurant langsam leert, denke ich darüber nach, nach oben zu gehen und mit meiner neuen Schwiegertochter zu sprechen. Um zu sehen, wie sie die Kränkung verkraftet hat. Ich wette, sie wird verärgert und abwehrend sein, aber vielleicht überrascht sie mich und entschuldigt sich. Es war wahrscheinlich ein schlechter Zug, sie so ins kalte Wasser zu werfen. Die Leute beim Sonntagsessen sind anspruchsvoll und rüpelhaft. Vielleicht wollte sie uns beeindrucken und hat damit übertrieben, wie viel Erfahrung sie tatsächlich hat.

»Kommst du eine Viertelstunde allein zurecht?«, frage ich eine verschwitzt aussehende Mariah, die Wangen gerötet, weil sie zwischen dem gemütlichen Restaurant und der ofenheißen Küche hin und her eilt.

»Ja, sicher.« Sie strafft ihren Pferdeschwanz und schnappt sich zwei Portionen des Käsekuchens mit Salzkaramell. »Jetzt gibt es nur noch Nachtisch, Kaffee und Likör.«

»Großartig. Ich bin oben, wenn du mich brauchst. Oder hol Brian von der Bar.«

Sie nickt und verlässt die Küche mit dem Käsekuchen in der Hand.

Ich kann es nicht länger aufschieben. Ich verlasse die Küche und ignoriere unseren Koch mit den glasigen Augen – es ist ein Wunder, dass er noch auf den Beinen ist. Zum Glück kommt Felix nächste Woche zurück, um die Lage zu retten.

Ich gehe nach oben und überlege, was ich dem Mädchen sagen soll. Ich muss meine Worte sorgfältig wählen, damit ich Sebastian nicht verärgere. Wenn jemand anderes einen Gast angegriffen hätte, wäre er hochkant rausgeflogen. Die Wohnung fühlt sich leer an. Ich gehe den Flur entlang und schaue in die Küche und dann ins Wohnzimmer. Ich nehme an, dass sie in ihrem Zimmer ist. Es ist nicht ideal, dass sie hier bei uns wohnt. Ich kann mich nicht richtig entspannen, wenn eine Fremde in unserem Haus ist.

Ich gehe den Flur entlang zurück und bleibe vor Sebastians Zimmertür stehen. Ich klopfe zweimal mit den Fingerknöcheln. »Caroline? Kann ich dich kurz sprechen?«

Es herrscht eine kurze Stille, bevor ich Schritte höre. Die Tür öffnet sich und ein Hauch ihres Vanilleparfüms steigt mir in die Nase. Es überdeckt den üblichen Duft von Sebastians Zimmer – Seife und sein Zitrus-Aftershave.

»Hi«, sagt sie ohne Ausdruck in der Stimme. Sie hat ihre schwarze Uniform gegen graue Jogginghosen und ein dickes marineblaues Sweatshirt getauscht. Ihr blondes Haar ist zu einem unordentlichen Dutt hochgebunden und ihr Gesicht ist abgeschminkt.

»Können wir uns unterhalten?«, frage ich.

»Äh, sicher. Willst du reinkommen?« Sie gestikuliert in den Raum hinein, als würde er ihr gehören.

»Warum gehen wir nicht ins Wohnzimmer?», schlage ich vor. »Möchtest du etwas trinken?«

»Nein, danke.«

Als sie durch die Tür kommt, treten wir beide verlegen von einem Fuß auf den anderen, unsicher, wer vorgehen soll. Ich gebe ihr den Vortritt und folge ihr. Im Grunde genommen bin ich froh, dass Sebastian nicht hier ist und sie verteidigt. Ich werde das professionell angehen, und dann können wir es hinter uns lassen.

Ich setze mich auf meinen üblichen Platz auf dem großen Sofa, während Caroline sich auf die Kante des kleineren Sofas hockt, wo Felix normalerweise sitzt, wenn er hier ist.

»Also ...«, beginne ich und übernehme die Leitung des Gesprächs, »das war ein ziemliches Drama da unten.«

»Dieser Typ hat seine Hand auf meinen Hintern gelegt«, sagt sie unverblümt.

»Bist du dir da sicher?«, hake ich ein und frage mich, ob er sie vielleicht nur aus Versehen gestreift hat.

»Ob ich sicher bin, dass seine ganze Hand meine linke Pobacke gedrückt hat? Ja. Das bin ich.« Sie presst die Lippen aufeinander und ballt die Fäuste in ihrem Schoß.

»Okay. Hast du ihn gebeten, sie zu entfernen?«

»Ich habe sie selbst entfernt«, antwortet sie mit einem trotzigen Blick.

Ich stoße die Luft durch den Mund aus, als mir klar wird, dass die neue Frau meines Sohnes möglicherweise zu angriffslustig ist, um sie auf Gäste loszulassen. Ich muss vorsichtig vorgehen. »Diese Jungs haben viel zu viel getrunken.« Ich schüttle den Kopf, was hoffentlich wie Solidarität aussieht. »Aber ich kenne sie, seit sie klein waren. Sie sind harmlos. Nur ein bisschen reizbar, das ist alles.« Ich erschaudere ein wenig, während ich das sage. Wenn Tom ihr an den Hintern gefasst hat, dann ist das inakzeptabel, aber ich muss die Situation entschärfen, und Carolines Dreistigkeit macht mich nicht gerade zuversichtlich. Ich bezweifle ehrlich gesagt, dass sie die richtige Person ist, um vorne bei den Gästen zu arbeiten.

»›Reizbar‹ ist nicht das richtige Wort«, antwortet sie.

»Nein, es war offensichtlich ziemlich zweideutig. Und wenn er Anzeige erstattet, dann würde Aussage gegen Aussage stehen.«

»Es gab Zeugen«, sagt sie schleppend. »Aber ich hatte eigentlich alles unter Kontrolle. Wenn du nicht gekommen wärst, hätte ich die Situation geklärt.« Sie rutscht auf ihrem Platz hin und her und holt tief Luft. »Um ganz ehrlich zu sein, wenn das in meiner Bar zu Hause passiert wäre, hätte ich ihn und seine Kumpels gebeten zu gehen.«

»Hmm. Siehst du, das ist der Unterschied. Unser Lokal ist stolz darauf, freundlich und einladend zu sein. Wir kennen die meisten Gäste persönlich, und sie wissen, dass sie hierherkommen und sich wie zu Hause fuhlen können.«

»Dann bin ich ja froh, dass ich nicht bei diesem Typen zu Hause wohne«, murmelt sie leise vor sich hin.

»Hör mal, ich verstehe, dass es dich aufgewühlt hat. Warum nimmst du dir nicht eine Pause von der Arbeit im Pub. Gewöhn dich erst einmal an die Gegend. Lerne Stalbridge ein bisschen besser kennen.«

»Ich würde gerne weitermachen, wenn das okay ist? Seb war wirklich begeistert, dass wir zusammen arbeiten. Und ich nehme an, dass es nicht alltäglich ist, begrapscht zu werden – es sei denn, es *ist* hier *so* …«

»Natürlich nicht!«, schnaube ich. »Ich will nicht entschuldigen, was er getan hat. Ich sage nur, dass wir unterschiedliche Wege haben, mit so etwas umzugehen.«

Ihr Gesicht verfinstert sich, und ich kann sehen, dass sie versucht, nicht die Beherrschung zu verlieren.

»Okay, Caroline, wenn du nicht glaubst, dass du höflich mit den Gästen umgehen kannst, dann …«

»Es geht nicht darum, dass ich es nicht *kann*! Es geht darum, dass ich nicht damit einverstanden bin, so was durchgehen zu lassen. Das ist nicht richtig.«

»Wie auch immer, vielleicht wärst du in der Küche besser aufgehoben, beim Anrichten des Essens.«

Sie zieht eine Augenbraue hoch.

»Nur fürs Erste«, füge ich hinzu.

»Gut. Wenn du das denkst, dann …« Sie zuckt mit den Schultern und streckt ihre Hände aus.

»Gut. Ich bin froh, dass das geklärt ist. Sebastians Bruder kommt morgen zurück, also wirst du ihm helfen. Schau nicht so besorgt«, sage ich und stehe auf. »Felix kommt mit allen gut aus. Es wird dir Spaß machen. So, ich muss jetzt wieder nach unten, um Mariah zu helfen.«

»Willst du, dass ich wieder runterkomme?«, fragt Caroline mit wenig Begeisterung in der Stimme.

»Nein, schon in Ordnung.« Ich werfe einen Blick auf meine Uhr. Es ist fast halb drei. »Sebastian wird bald zurück sein. Vielleicht könnt ihr beide ja noch ein bisschen spazieren gehen oder so?« Ich schaue aus dem Fenster in den grauen, graupeligen Nachmittag. »Oder vielleicht auch nicht. Warum macht ihr es euch nicht gemütlich und schaut euch einen Film an. Nehmt euch ein paar Snacks.«

»Ich glaube, ich packe fertig aus«, sagt sie und steht auf.

Wir stehen eine Sekunde lang unbeholfen da, bis ich in die Hände klatsche. »Gut, wir sehen uns dann später.«

Ich lasse Caroline im Wohnzimmer zurück und gehe in die

Küche. Ich bin erleichtert, dass das Gespräch nun beendet ist. Als ich in den Schrank greife, um ein Glas herauszuholen, höre ich, wie sie sich auf den Flur zurückzieht und in Sebastians Zimmer geht. Das fühlt sich alles so unangenehm an. Ich wünschte, sie hätte sich ein bisschen besser eingefügt. Ich habe das Gefühl, dass Mariah sie auch nicht mag, obwohl das nicht verwunderlich ist, da sie in Sebastian verknallt ist.

Ich gieße mir ein großes Glas Wasser ein und nehme es mit nach unten in das hintere Büro, wo ich die Tür hinter mir schließe. Ich sollte Mariah helfen, wie ich es Caroline gesagt habe, aber in Wahrheit brauche ich einen Augenblick, um meine Gedanken zu sortieren. Normalerweise macht es mir überhaupt nichts aus, das Personal in Schach zu halten. Aber das hier ist anders. Das ist etwas Persönliches. Hätte ich nachsichtiger sein sollen? Ihr mehr Verständnis entgegenbringen sollen? Vielleicht. Sebastian wird nicht glücklich mit mir sein. Aber ich kann für seine Frau keine anderen Regeln gelten lassen als für alle anderen. Wenn die Mitarbeiter sehen, dass ich sie nicht bevorzuge, werden sie sich schneller mit ihr anfreunden. Ich habe ihr wahrscheinlich einen Gefallen getan.

Geplauder von der anderen Seite der Wand durchdringt meine Gedanken, während ich erschöpft an meinem Schreibtisch sitze. Nun ja, mittlerweile ist es eher Sebastians Schreibtisch. Er hat den größten Teil der Leitung des Lokals übernommen. Zuerst habe ich mich dagegen gewehrt, weil ich die Zügel nicht aus der Hand geben wollte. Ich war nicht davon überzeugt, dass er seine Arbeit so gut machen würde wie ich. Ich halte ihn immer noch für ein Kind, das Fehler macht und meine Hilfe braucht. Aber er ist eigentlich sehr gut. Meine beiden Jungs sind fleißig. Ich muss nur dafür sorgen, dass sie sich nicht von bestimmten Leuten in die Irre führen lassen.

Die Tür öffnet sich. »Lilian, da bist du ja!« Brian kommt mit seiner soliden, zuverlässigen Wärme ins Büro. »Ich habe gerade gehört, was passiert ist. Hat Caroline den Jungen von Pat Chancellor angegriffen?«

»Oh, Brian, das dumme Mädchen hat überreagiert. Die Jungs waren betrunken und Tom hat ein bisschen geflirtet. Sie ist hingegangen und hat ihm den Arm zurückgedreht, und jetzt droht er zu klagen.«

»Was?« Seine Augenbrauen schießen in die Höhe. »Keine Sorge, ich werde mit Pat sprechen und ihn dazu bringen, die Sache mit Tom zu klären. Er schuldet mir noch etwas nach der Prügelei im Rugby-Club.«

»Oh ja, gutes Argument, Bri.« Im Sommer sind wir zu Pats fünfzigstem Geburtstag in den neuen, hochmodernen zweistöckigen Pavillon eingeladen worden. Da es sich um einen Proficlub handelt, haben sie es geschafft, eine Baugenehmigung für alle möglichen neuen Einrichtungen zu erhalten. Ich konnte nicht zur Party kommen – sie sind um einiges jünger als wir, also nicht wirklich mein Umfeld –, aber Brian dachte, er sollte sich besser sehen lassen, um gesellig zu wirken. Vor allem, weil einige von ihnen im Stadtrat sitzen, und es sich auszahlt, mit dem Planungsausschuss in Kontakt zu stehen, wenn man ein lokales Unternehmen betreibt, besonders ein Gasthaus.

Nun, auf der Party forderten Pats Freunde Pat auf, nackt über das Spielfeld des Rugby-Clubs zu flitzen, was er auch tat, bis die Polizei kam und ihn aufforderte, sich wieder anzuziehen. Offenbar hatten ihn einige Hundespaziergänger angezeigt. Es gab ein bisschen Streit, aber Brian gelang es, die Lage zu beruhigen und zu verhindern, dass Pat auf die Polizeiwache verfrachtet wurde.

»Diese Chancellor-Jungs vertragen keinen Alkohol.« Brian schüttelt den Kopf und lässt sich auf einen Stuhl plumpsen. »Wie geht es Caroline?«

»Sie ist oben und ruht sich aus.«

»Arme Maus. Hast du nach ihr gesehen? Gefragt, wie es ihr geht?«

»Ja, von da komme ich gerade. Um ganz ehrlich zu sein, finde ich, dass sie die Situation nicht sehr gut gemeistert hat.«

»Oje. Ich hoffe, du hast sie geschont, Lil.«

Ich hebe amüsiert eine Augenbraue. »Was soll das denn heißen?«

Brian grunzt und wirft mir einen spitzen Blick zu. »Das weißt du genau. Sie ist unsere Schwiegertochter. Wir müssen nett sein. Weiß Seb, was passiert ist?«

»Noch nicht. Er ist mit Nicki zum Einkaufen in die Stadt gefahren.«

»Hmm. Er wird nicht glücklich sein. Ich hoffe, dass er nicht zu Tom rennt und etwas Dummes anstellt.«

»Das wird er schon nicht tun. Aber ich werde mit ihm sprechen, sobald er zurück ist.«

»Sei taktvoll, Lil.«

Ich schnaube verärgert. »Sie ist erst seit ein paar Tagen hier und verursacht schon Chaos.«

»Es ist ja wohl kaum ihre Schuld«, sagt Brian.

»Vermutlich nicht«, antworte ich und lehne mich in meinem Stuhl zurück. »Ich werde es Sebastian sagen, aber ich werde es vorsichtig formulieren. Er ist offensichtlich in das Mädchen vernarrt.«

»Ich würde sagen, er ist ein bisschen mehr als vernarrt. Sie sind verheiratet, Lil.«

»Als ob ich das nicht wüsste.«

Brian öffnet den Mund, um mich für mein Verhalten zu rügen, aber ich unterbreche ihn. »Ich mache mir auch Sorgen um Nicki.«

»Was? Warum?«

»Sie hat sich in letzter Zeit immer mehr zurückgezogen. Wir müssen sie irgendwie aufmuntern. Ich glaube, sie ist sauer auf Felix, weil er so lange weg war und sie allein gelassen hat.«

»Sie ist doch nicht allein. Sie hat uns.«

»Du weißt, was ich meine. Ich wünschte, wir hätten ihr mit

Teddy ein bisschen mehr geholfen, aber der Pub nimmt so viel Zeit in Anspruch. Und als Seb dann auch noch weg war, war so viel zu tun.«

»Mach dir keine Sorgen, Lil. Nicki geht es gut.« Brian hat die Angewohnheit, immer das Positive zu sehen. Er sieht das Gute in jedem Menschen und will niemanden aus dem Konzept bringen. Ich weiß, dass sich das nach einem tollen Charakterzug anhört, aber manchmal nervt es mich tierisch. »Sie vermisst Felix, das ist alles«, fährt mein Mann fort. »Sobald er wieder da ist, wird es ihr besser gehen.«

»Ich hoffe, du hast recht«, antworte ich und trinke einen Schluck Wasser. »Ich glaube, wir werden *alle* froh sein, wenn Felix endlich nach Hause kommt.« Hoffentlich werden sich die Dinge dann beruhigen.

ZEHN

CAROLINE

Ich tigere in unserem Schlafzimmer umher und versuche, ruhig zu bleiben. Diese Frau ist ein Steinzeitdrache! Lässt sie es ernsthaft zu, dass Männer ihr Personal begrapschen? Was ist sie für eine *Frau*? Ich bleibe am Rand des Bettes stehen und starre aus dem Fenster. Endlich weicht die Anspannung aus meinem Körper. Ich versuche, meinen Gedanken freien Lauf zu lassen. Versuche, mich zu erden und die Unannehmlichkeiten des heutigen Tages hinter mir zu lassen. Ich bin mit Lilians Sohn verheiratet. Ich muss dafür sorgen, dass das hier funktioniert. Ich muss sie dazu bringen, mich zu mögen. Aber wie soll ich das anstellen, wenn ich *sie* nicht mag? Diese ganze Sache mit der Ehe wird nicht so einfach sein, wie ich dachte. Vielleicht war ich verrückt, es zu tun. Wahrscheinlich war ich das, aber jetzt ist es zu spät. Ich bin hier in England, an diesem ruhigen Ort, der so weit von meinem Leben zu Hause entfernt ist, dass ich mich gar nicht mehr wie ich selbst fühle.

Ich lasse mich auf das Bett sinken, lehne mich mit dem Rücken an die Wand und nehme mein Buch vom Nachttisch. Ich kann nicht einmal Abstand von seiner Familie nehmen, da wir alle direkt übereinander leben und arbeiten. Es ist eine

Sache, sich vorzustellen, wie das sein könnte, aber eine ganz andere, es tatsächlich zu erleben. Ich schlage meinen Roman bei Kapitel zwei auf – das Kapitel, das ich schon dreimal versucht habe zu lesen, aber nicht in der Lage war, mich darauf zu konzentrieren. Es ist eine lockere Liebesgeschichte, die ich am Flughafen gekauft habe. Ich bin fest entschlossen, es noch einmal zu probieren. Ich muss die Angst abschalten, die mir im Kopf herumschwirrt.

Ich habe die Hälfte des vierten Kapitels geschafft, als ich von einem leichten Klopfen an der Tür unterbrochen werde. Ich schaue auf und sehe Seb ins Zimmer kommen, seine grauen Augen sind voller Sorge.

»Du hast es also gehört«, sage ich mit fester Stimme.

»Mum und Mariah haben gesagt, dass es Ärger mit ein paar Jungs aus dem Rugby-Club gab. Geht es dir gut?«

»Mir gehts gut.« Ich lege mein Buch zurück auf den Nachttisch.

»Was ist passiert?« Er setzt sich aufs Bett, nimmt meine Hand und küsst meine Fingerknöchel. »Mariah sagt, du hast Toms Arm zurückgedreht?«

»Hat sie dir auch gesagt, dass er mir an den Hintern gegrapscht hat?«

»*Was?!*« Seb springt auf, sein Gesichtsausdruck verfinstert sich.

»Hmm, das hab ich mir gedacht.«

»Sie hat nicht erwähnt, dass er dich angefasst hat. Mum sagte, sie hätten nur geflirtet.«

Ich schüttle den Kopf. »Ich hätte nicht jahrelang in Bars gearbeitet, wenn mich ein bisschen Flirterei aufregen würde. Nein, das war Begrapschen in Reinkultur.«

»Ich gehe rüber und bring das in Ordnung.«

Ich lege ihm eine Hand auf den Arm. »Nein. Du machst es nur noch schlimmer. Lass es einfach. Das ist es nicht wert, sich darüber aufzuregen.«

»Wir können das nicht so stehen lassen!«

»Doch, das können wir. Ich will nicht, dass es noch mehr eskaliert, als es bereits ist, okay?«

Seb starrt auf eine Stelle direkt hinter meinem rechten Ohr.

»*Okay?*« Ich drücke seinen Arm.

»Na gut.« Er wendet seinen Blick wieder zu mir. »Aber wenn ich diesen kleinen Scheißer irgendwo sehe …«

»Wenn du ihn siehst, ignorier ihn. Es war ein hektischer Tag, Seb. Ich will ihn jetzt einfach vergessen. Wie war dein Einkaufsbummel mit Nicki und Teddy?«

»Ach, es war sogar ziemlich gut. Wir haben viel gelacht. Ich wünschte, du wärst mitgekommen.«

»Im Nachhinein betrachtet, wünschte ich das auch.«

»Komm her.« Er setzt sich wieder aufs Bett, legt seine Arme um mich und drückt mich eng an sich. Nach ein paar Sekunden zieht er sich leicht zurück, um meine Lippen zu finden, aber nach einem kurzen Kuss wende ich mich ab. »Tut mir leid, Seb. Ich bin im Moment nicht wirklich in Stimmung.«

»Oh.« Er verzieht das Gesicht. »Nein, natürlich bist du das nicht. Nicht nach dem, was passiert ist. Ich bin ein unsensibler Idiot, tut mir leid.« Mit einem widerwilligen Seufzer lässt er mich los.

»Nein, ist schon in Ordnung«, antworte ich. »Mir tut es leid. Es ist nur … du weißt schon.«

»Ja, nein, natürlich. Aber …«, beginnt er und bricht dann ab. »Ach, ich verstehe das vollkommen.«

Mir ist klar, dass ich den Elefanten im Raum ansprechen muss. »Ich weiß, dass wir noch nicht so intim waren, aber mir war nicht klar, dass wir direkt neben deinen Eltern schlafen würden. Es ist … ich weiß nicht, es ist einfach unangenehm, sie sich dort vorzustellen, schätze ich.« Ich werfe einen Blick zur Wand.

»Das wäre ihnen egal. Und außerdem sind sie gerade nicht hier«, sagt er mit einem verschmitzten Lächeln.

»Ja, aber sie könnten jeden Moment nach oben kommen. Das ist nicht gerade eine ideale Situation. Es wäre mir peinlich, wenn sie uns dabei erwischen würden.«

»Ich verstehe, was du meinst.« Er denkt ein paar Sekunden lang nach. »Ich könnte ein Schloss für die Tür besorgen.«

»Sie könnten uns trotzdem hören.« Ich stupse ihm mit dem Finger auf die Brust. »Das gibt uns einen Anreiz, auf eine Kaution für unsere eigene Wohnung zu sparen.«

»Du willst, dass wir ausziehen?«

»Nicht sofort, aber irgendwann. Bald. Du etwa *nicht*?«

»Um ehrlich zu sein, habe ich in letzter Zeit nicht mehr darüber nachgedacht. Es ist einfach so praktisch, hier zu wohnen. Du weißt schon, wegen des kurzen Arbeitswegs. Aber ich denke, es ergibt Sinn. Und wenn wir dann unsere eigene Wohnung haben, können wir jedes Zimmer einweihen.«

»Ich kann's kaum erwarten!« Ich grinse.

»Ich auch nicht.« Er gibt ein frustriertes Stöhnen von sich. »Ich könnte Mum und Dad um ein Darlehen bitten.«

»Nein, das müssen wir allein schaffen. Ich will mich nicht verschulden. Schade, dass ich total pleite bin«, füge ich hinzu. »Nach meinem Flug habe ich gerade mal achtzig Dollar auf meinem Konto. Das letzte Gehalt aus der Bar steht mir noch zu, aber das geht für meinen letzten Anteil an der Miete und den Rechnungen in Byron drauf.«

»Ich bin auch pleite«, antwortet Seb düster und fährt sich mit der Hand durch die Haare. »Ich habe das meiste von meinem Ersparten für Flüge ausgegeben.«

»Macht nichts«, sage ich mit einem solidarischen Lächeln. »Irgendwann werden wir es schon schaffen.«

»Es ist schade, dass Felix und Nicki das Cottage bekommen haben. Das wäre ideal für uns gewesen. Felix war schon immer ein Glückskind.«

»Lästert da jemand über mich?« Die Tür geht knarrend auf

und ein Mann, der aussieht wie Seb, aber etwas breiter ist und dunklere Augen hat, steht im Rahmen.

»Felix!« Sebs Gesicht erhellt sich. »Ich dachte, du würdest erst morgen wiederkommen.«

»Ja, ich habe einen früheren Flug bekommen. Gut, oder? Dad hat was von einer *Ehefrau* gesagt?« Sebs Bruder schenkt mir ein Lächeln voller Freundlichkeit und einem Hauch von Schalk.

»Das ist Caroline«, sagt Seb stolz und steht auf.

»Wow, okay, hallo, Caroline, willkommen in der Fletcher-Familie.« Er streckt seine Arme aus und ich schäle mich zerknittert und verschwitzt aus dem Bett.

»Hi, schön, dich kennenzulernen.« Er umarmt mich und gibt Seb einen leichten Klaps auf den Arm. »Glückwunsch, kleiner Bruder, ich kann nicht glauben, dass du geheiratet hast. Was für eine Überraschung.«

»Eine gute, hoffe ich?«, fragt Seb.

Mir wird klar, dass er unbedingt die Anerkennung seines Bruders will.

»Natürlich! Die beste.« Er wendet sich mir zu. »Mum sagt, du wirst mir in der Küche helfen. Du Arme.« Er lächelt mich wieder an. »Nein, das wird toll. Ich habe in den letzten Wochen allein gearbeitet, da ist es ein Luxus, eine zweites Paar Hände in der Küche zu haben.«

Ich nicke und fühle mich plötzlich viel besser. Mir wird klar, dass ich mich vor Felix' Rückkehr gefürchtet habe. Ich hatte Angst, dass er ein Problem mit mir haben könnte, wie seine Mutter und Mariah. Aber bis jetzt scheint er sehr nett zu sein. Wie eine etwas lebhaftere Version von Seb.

»Wie auch immer, ich wollte nur kurz hochkommen, um zu gratulieren, aber ich muss jetzt unbedingt zu Nicki und Teddy. Ich kann es kaum erwarten, ihre Gesichter zu sehen, wenn ich zur Tür hereinkomme.«

Seb lächelt. »Sie kann es kaum erwarten, dich wiederzuhaben, Felix. Das Mädchen war unglücklich ohne dich.«

»Lasst uns heute Abend im Pub was essen gehen. Zu viert«, schlägt Felix vor. »Das wird toll. Wir haben den Aushilfskoch für einen weiteren Abend, und ich will wissen, wie ihr zwei euch kennengelernt habt. Und ich möchte meine neue Schwägerin näher kennenlernen, bei ein paar Bier und einem Essen, das nicht von mir gekocht wurde.«

»Gute Idee«, antwortet Seb. Er wendet sich an mich. »Bist du dabei, Cal?«

»Auf jeden Fall«, antworte ich und fasse wieder etwas Mut. Vielleicht ist es doch nicht so schlimm, zum Fletcher-Clan zu gehören.

ELF

LILIAN

Nach dem heutigen Drama ist es gut, dass Felix wieder zu Hause ist. Ich hatte gar nicht bemerkt, wie sehr ich seine Anwesenheit in der Wohnung vermisst habe. Er hat eine ganz eigene Art, einen Raum zu erhellen und dafür zu sorgen, dass sich die Leute entspannen. Wenn er nicht so ein großartiger Koch wäre, hätte ich ihn als Kellner eingesetzt. Ich bleibe kurz an der Kasse stehen und beobachte meine beiden Jungs, die mit ihren Frauen am Fenstertisch sitzen, sich unterhalten und miteinander lachen. Es erfüllt mein Herz mit Freude, all den Schrecken hinter uns zu wissen. Ich hoffe so sehr, dass Caroline ein guter Mensch ist. Dass sie Seb mit Liebe und Respekt behandelt, so wie er es verdient. Wenigstens schmollt sie heute nicht wegen meiner Entscheidung.

»Mum!« Felix winkt mich zu sich. Ich gehe hinüber zu ihrem Tisch. »Setz dich doch mit Dad eine Weile zu uns.«

»Ja, das solltet ihr tun«, fügt Seb hinzu.

»Wir sind am Arbeiten.« Sowohl in der Bar als auch im Restaurant ist wie immer viel los, und wir können es uns nicht leisten, dass Brian und ich uns verdrücken.

»Warum wechselt ihr euch nicht ab?«, schlägt Caroline zu meiner Überraschung vor. »Du könntest dich eine Weile zu uns setzen, und Brian kann sich danach zu uns gesellen.« Sie ist wie immer gut gekleidet, aber heute Abend sieht sie einfach umwerfend aus in ihren blassblauen Jeans, dem naturfarbenen Leinenhemd und der cremefarbenen Strickjacke. Um ihren Hals hängt eine mehrreihige Goldkette, sie trägt makelloses Make-up und ihr honigfarbenes Haar fällt ihr in Wellen über die Schultern. Sogar ihr Nasenring sieht geschmackvoll aus. Kein Wunder, dass mein Sohn vernarrt ist.

Im Vergleich dazu tritt Nicki in den Hintergrund. Sie ist ein hübsches Mädchen, aber die Mutterschaft hat ihr in letzter Zeit etwas zugesetzt. Ich werde Felix bitten, sie zu verwöhnen. Mit ihr auszugehen und ein bisschen Spaß zu haben. Ich bemerke das Babyfon auf dem Tisch. Sie wirft immer wieder einen besorgten Blick darauf.

»Das ist eine schöne Idee.« Ich klopfe Caroline kurz auf die Schulter. »Vielleicht für eine kurze Weile. Ich sage Brian Bescheid. Ich bin gleich wieder bei euch.« Ich hoffe, sie versucht nicht, mich für sich zu gewinnen, damit ich meine Meinung ändere und sie wieder auf die Gäste loslasse.

Ich gehe zur Bar hinüber, wo mein Mann an seinem Lieblingsplatz sitzt, ein paar Bierchen zapft und mit den Stammgästen scherzt – einer Mischung aus seinen Golfkameraden und lokalen Geschäftsleuten. Für Brian ist es eher ein exklusiver Gesellschaftsclub als ein Arbeitsplatz. Ich erzähle ihm von dem Vorschlag, dass wir uns abwechselnd zu den Kindern setzen könnten. »Ich löse dich in einer halben Stunde ab.«

»Gute Idee!«, sagt er. »Aber nimm dir ruhig Zeit. Iss was. Ich setze mich später auf einen Drink zu ihnen.«

»Okay, aber vielleicht musst du Mariah zur Hand gehen, wenn sie mit Essensbestellungen überhäuft wird.«

»Hugo!«, ruft Brian unserem neuesten Mitarbeiter zu, der

gerade von der Schicht kommt. Er ist erst dreiundzwanzig, hat aber bewiesen, dass er fleißig ist. Wir haben mit ihm als Tellerwäscher angefangen und jetzt ist er zum Kellner aufgestiegen. »Kannst du eine Stunde länger im Restaurant bleiben?«

Hugo streicht sich durch sein struppiges blondes Haar. »Was, *jetzt*?«

»Ja. Ich glaube, wir haben heute Abend ein paar ordentliche Trinkgeldgeber da.«

»Äh, okay, sicher.«

»Du bist der Beste!«

»Kein Problem«, antwortet er.

»Problem gelöst«, sagt Brian mit einem Augenzwinkern zu mir. »Geh und genieß die Zeit. Ich bin gleich da.«

»Hugo, würdest du noch eine Seezunge mit Zitrone und Pommes frites an Sebastians Tisch bringen?«, bitte ich ihn. »Tisch zehn, am Fenster.«

Hugo salutiert mir kurz und dreht sich dann um, um zurück in die Küche zu gehen.

»Soll ich auch für dich bestellen?«, frage ich Brian.

»Nein, ich nehme ein paar von deinen Pommes.«

»Wehe«, antworte ich mit gespielter Strenge und gehe zurück in den Speisesaal. Sie haben bereits einen zusätzlichen Stuhl und ein weiteres Gedeck für mich an das Kopfende des Tisches gestellt, neben Sebastian und Felix. Ich erlebe eine unerwartete Gefühlsaufwallung, weil sie so aufmerksam sind. Ich fühle mich oft überflüssig, was meine Kinder betrifft. Ich weiß, das ist der natürliche Lauf der Dinge. Kinder werden erwachsen und brauchen einen nicht mehr – außer, es gibt ein Problem. Wenn sie also einfach so meine Gesellschaft wollen, ist das sehr erfreulich.

Sebastian schenkt mir ein Glas Wein ein, aber ich halte ihn bei der Hälfte auf. Ich muss danach noch arbeiten. Ich lege großen Wert darauf, dass meine Mitarbeiter während der

Arbeit nicht trinken, also kann ich nicht einfach gegen meine eigenen Regeln verstoßen.

»Ein Glas kann nicht schaden«, sagt Seb, ignoriert meine Proteste und schenkt weiter ein.

»Hey, Seb«, sagt Felix. »Wir sollten einen Junggesellenabschied für dich organisieren. Hattest du einen in Oz?«

»Nein, hatte ich nicht und wollte ich auch nicht. Außerdem ist es dafür ein bisschen zu spät, ich bin doch schon verheiratet.«

»Da kommst du nicht raus, Kumpel. Ich bin dein großer Bruder und ich kümmere mich darum.«

Sebastian grinst und lässt sich nur zu gerne überreden.

»Und, Nicki, du solltest ein paar deiner Freundinnen zusammentrommeln und einen Junggesellinnenabschied für Caroline organisieren.«

Caroline hält ihre Hand hoch. »Oh nein, das brauche ich nicht. Ich bin nicht wirklich …«

»Auf jeden Fall«, unterbricht Sebastian sie. »Das wird lustig, Cal. Du wirst noch mehr Leute kennenlernen.«

Sie blickt zu Nicki hinüber, die ebenso wenig begeistert aussieht.

»Ich finde, das ist eine gute Idee«, sage ich. »Du musst es ja nicht gleich übertreiben, Nicki. Nur ein nettes Essen irgendwo. Du kannst es sogar hier machen, wenn du willst.«

»Nein, wir müssen richtig ausgehen, was soll das sonst bringen?«, sagt Felix.

»Okay«, antwortet Nicki. »Ich kann bestimmt etwas arrangieren. Solange jemand auf Teddy aufpasst.«

»Mach dir nicht zu viele Umstände«, fügt Caroline hinzu.

»Mum, Felix war gerade dabei, uns von dem Jachtbesitzer zu erzählen«, sagt Seb und wechselt das Thema.

»Wie war es, auf einem Boot zu arbeiten?«, frage ich. »Bist du jetzt zu vornehm für uns?«

»Auf jeden Fall«, antwortet Felix. »Ich habe völlig überzogene Vorstellungen. Ich werde das hier nun alles ein bisschen umkrempeln.«

»Charmant«, antwortet Nicki, die den Witz nicht verstanden hat. »Ich glaube, ich sehe noch einmal nach Teddy.«

»Geht es ihm gut?«, fragt Caroline.

»Er weint nicht und sieht auf dem Babyfon ruhig aus, aber es ist schon eine halbe Stunde vergangen, also möchte ich noch einmal nachsehen.«

»Soll ich gehen?«, fragt Felix.

»Nein, bleib du hier und unterhalte dich über Jachten.«

Ich kann nicht sagen, ob Nicki sauer auf ihn ist oder nicht. Er hätte das mit dem Junggesellinnenabschied mit ihr abklären sollen, bevor er sie vor allen Leuten fragt. Ich liebe Felix, aber er ist nicht immer der taktvollste Mensch.

»Bleib nicht zu lange weg«, sagt Felix zu Nicki. »Das Essen ist bald fertig.«

»Ja, ich weiß.« Sie quetscht sich an Felix vorbei und geht durch die Bar nach draußen.

Zwischen den beiden herrscht eine deutliche Spannung. Das macht mich unruhig. Abgesehen vom Junggesellinnenabschied ist sie vielleicht enttäuscht, dass sie Felix heute Abend nicht für sich hat. Immerhin war er über einen Monat weg. Ich hätte das vorhersehen und vorschlagen sollen, dass er Zeit nur mit ihr verbringt. Na ja, ich kann nur hoffen, dass sie das unter sich klären.

»Wie auch immer«, sagt Felix, unbeeindruckt von Nickis Kälte, »das Ergebnis meiner Jacht-Koch-Erfahrung ist, dass ich einen Haufen Geld verdient habe. Aber es hat mich auch dazu gebracht, niemals reich werden zu wollen.«

»Warum?«, fragt Seb. »Ich dachte, es würde das Gegenteil bewirken.«

Felix schüttelt den Kopf. »Dieser Jachtbesitzer ist zwar Milliardär, aber er ist der unglücklichste Mensch, den ich je getroffen habe.« Felix greift nach der Weinflasche und füllt die

Gläser von Seb, Caroline und Nicki auf, bevor er den Rest in sein eigenes gießt. »Hugo!« Er winkt mit der leeren Weißweinflasche und ordert eine neue.

»Er ist unglücklich?«, frage ich.

»Tiefunglücklich. Die ganze Zeit über, die ich dort war, war er nie allein. Steckte hauptsächlich in Meetings mit Anlageberatern, um herauszufinden, wie er sein Geld ›für sich arbeiten‹ lassen kann, welche Immobilien er kaufen soll und so weiter. Er ist ständig in Sorge, dass ihn jemand übers Ohr hauen könnte. Er ist so paranoid, dass er Unmengen an Sicherheitsvorkehrungen hat. Und selbst, wenn man die Sicherheitsvorkehrungen wegnimmt, sind er und seine Familie ständig von Menschen umgeben. Er hat einen Koch – also mich –, Kellner, Hauspersonal, einen Masseur, einen Ernährungsberater, einen Personal Trainer und so weiter und so fort. Seine Frau hat ihr eigenes Personal, das von dem seinen getrennt ist. Die Zeit seiner Kinder ist bis ins Kleinste durchorganisiert – Klavierunterricht, Tennisunterricht, Sprachunterricht, Nachhilfelehrer. Jede einzelne Sekunde ihres Tages ist verplant. Es ist entsetzlich.«

»Für sie muss das normal sein«, sage ich. »Sie wären wahrscheinlich entsetzt über unser langweiliges Leben.«

»Lieber langweilig als das«, sagt Felix mit einem Schaudern.

»In Byron gibt es auch viele reiche Leute«, sagt Caroline. »Sie haben die entspannte Atmosphäre des Ortes ruiniert.«

»Die Wohlhabenden von Stalbridge sind die Menschen, die unseren Pub am meisten lieben«, füge ich hinzu. »Sie kommen wegen des altertümlichen Charmes und des Charakters.«

»Vergiss nicht die erstklassige Küche«, fügt Felix mit einem Schmunzeln hinzu.

»Als ob ich die vergessen würde.« Ich schenke ihm ein nachsichtiges Lächeln.

»Du kommst also aus Byron Bay?«, fragt Felix Caroline.

»Ja. Es ist wunderschön, aber es kann sehr viel los sein.«

»Es ist fantastisch«, sagt Sebastian. »Wir sollten dort mal einen Familienurlaub machen. Es würde euch gefallen.«

»Ich mag die Hitze nicht«, sage ich.

»Es wird dort nicht allzu heiß«, antwortet Caroline. »Vielleicht so um die fünfundzwanzig bis neunundzwanzig Grad im Sommer und fünfundzwanzig im Winter.«

»Wie gefällt es dir hier bisher?«, fragt Felix sie. »Hast du dich gut eingelebt?«

»Ich bin erst seit ein paar Tagen hier«, antwortet sie. »Aber es ist ein wirklich hübsches Dorf. Dorset ist wunderschön – soweit ich es gesehen habe. Und der Schnee, als wir ankamen, ließ alles wie in einem Film aussehen.«

»Es gibt viele tolle Orte zu besichtigen«, sagt Felix. Und die Strände hier sind auch wunderschön. Wir können es definitiv mit Australien aufnehmen. Zeig mir Bondi Beach und ich zeige dir Branksome Chine.« Felix zwinkert ihr zu. Ich habe den Eindruck, er versucht Caroline zu einem kleinen freundschaftlichen Wettstreit zu verleiten, wer den besseren Strand hat. Aber Caroline beißt nicht an.

»Ich habe eine Menge Tagesausflüge geplant«, sagt Sebastian. »Lyme Regis, Shaftesbury, Sandbanks.«

Hugo kommt mit einer Flasche Weißwein zurück. Felix nimmt sie ihm ab und füllt sein Glas auf. »Was hast du in Byron Bay gemacht?«, fragt er Caroline.

»Ich habe dort eine Bar geleitet.«

Er zieht beeindruckt die Augenbrauen hoch. »Wow. Klingt, als hättest du dir das richtige Mädchen ausgesucht, Sebby. Sie passt perfekt hier rein.«

Keiner der beiden antwortet. Beide nehmen einen Schluck von ihrem Wein. Ein Hauch von Unbehaglichkeit hat sich plötzlich eingestellt.

»Wir brauchen im Moment kein zusätzliches Barpersonal«, sage ich steif. »Deshalb hat sich Caroline freundlicherweise bereit erklärt, in der Küche auszuhelfen.«

»Wenn du das sagst.« Felix schenkt mir dieses für ihn typische Lächeln, das einen zur Weißglut bringen kann. »Schon okay. Sie wird mehr Spaß mit mir in der Küche haben als mit dir und Dad hinter der Bar.«

»Ich bin eine fiese Schnipplerin und Hoblerin«, scherzt Caroline.

»Das sehe ich«, antwortet Felix.

Sebastian sieht begeistert aus, dass seine Frau und sein Bruder sich so gut verstehen, aber ich kann das Alarmsignal, das sich hinter meinem Brustkorb bemerkbar macht, nicht ignorieren. Das Mädchen flirtet offensichtlich mit ihm, was höchst unpassend ist, da er ein verheirateter Mann mit einer jungen Familie ist. Vielleicht hat Caroline vergessen, dass sie selbst auch verheiratet ist und ihr Mann direkt neben ihr sitzt.

Soll ich später etwas zu Felix sagen? Ihn ermahnen, Abstand zu halten? Das könnte schwierig werden, da sie mit ihm auf engem Raum zusammenarbeiten wird. Vielleicht muss ich diese Entscheidung noch einmal überdenken und sie zurück ins Restaurant holen. Ich werde mit Brian sprechen, aber ich kann mir schon denken, was er sagen wird. Dass ich mir umsonst Sorgen mache. Dass ich mich nicht einmischen und sie ihr Leben selbst in die Hand nehmen lassen soll.

Aber ich habe sie schon einmal machen lassen.

Und sieh, was daraus geworden ist.

Nicki kommt mit roten Wangen zurück an den Tisch und reibt sich die Hände. »Es ist eiskalt da draußen.«

»Wie gehts unserem Jungen?«, fragt Felix, nimmt ihre Hände und haucht sie an, als sie sich neben ihn setzt. »Du bist ja ein kleiner Eisblock.«

»Ich glaube, es wird wieder schneien«, sagt sie. »Teddy geht es gut. Er schläft wie ein Baby.« Sie lächelt schwach über ihren Scherz.

Es freut mich zu sehen, dass sie ein wenig aufgeheitert ist. Vielleicht war sie einfach nur besorgt wegen Teddy. Ich kann mich an dieses panische Gefühl erinnern, als meine Babys noch klein und hilflos waren. Ich lege eine Hand auf meine Brust, um mein Herz zu beruhigen. Diese Panikgefühle habe ich auch jetzt noch, nur sind sie irgendwie schlimmer, weil sich alles meiner Kontrolle entzieht. Vielleicht kommt es mir aber auch nur so vor, weil ich es *in diesem Moment* spüre.

ZWÖLF

AMY

»Amy, kannst du …?«

»Mum? Ich kann dich nicht gut verstehen, du brichst ständig ab.«

»Ich sagte: Kannst du deine Schwester anrufen?«

»Warte, ich gehe eben raus, um ein besseres Signal zu bekommen.«

Normalerweise sind Amys Eltern gut darin, sie tagsüber nicht zu stören, denn sie wissen, wie voll ihr Terminkalender ist. Wenn sie dachte, dass das erste und zweite Semester hart waren, dann ist das dritte Semester ihres Medizinstudiums eine ganz andere Stufe. Amy steht in dem düsteren magnolienfarbenen Korridor ihres Wohnheims, wo das Handysignal am stärksten ist. Sie war gerade dabei, sich ein Sandwich zu machen, als ihre Mutter anrief und sie den Fehler machte, ranzugehen.

»Mum, bist du noch da? Kannst du mich hören?«

»Deine Schwester ist weg.« Die Stimme ihrer Mutter ist scharf. Abgehackt und kalt.

»Was meinst du damit, sie ist weg? Wo ist sie hin?«

»Sie ist siebzehn Jahre alt. Sie soll nächstes Jahr ihren Abschluss machen, aber sie hat mir und deinem Vater gerade

eine Nachricht hinterlassen. Es ist so übertrieben. Sie muss irgendwann letzte Nacht abgehauen sein.«

Amy atmet tief durch. Das kann sie im Moment gar nicht gebrauchen. Sie hat schon genug um die Ohren, ohne in Familiendramen hineingezogen zu werden. »Ich bin sicher, sie kommt später wieder. Du weißt, wie Michelle ist. Sie wird schnell emotional. Sie ist wahrscheinlich zu einer ihrer Freundinnen gegangen.«

»Wir hatten einen furchtbaren Streit, Amy. Wir alle haben im Eifer des Gefechts Sachen gesagt. Aber Michelle, sie hat einiges wirklich Unverzeihliches über mich und deinen Vater gesagt. Über dich auch. Ich glaube, sie ist neidisch auf deinen akademischen Verstand und deine Hingabe.«

Amys Magen krampft sich zusammen. Warum muss ihre Mutter Michelle schlecht machen? Sie weiß, dass es zwischen ihrer Schwester und ihren Eltern nicht gut läuft, aber ihre Mutter sollte nicht versuchen, Amy auf ihre Seite zu ziehen.

»Warum kann sie nicht so sein wie du?«, ruft ihre Mutter aus.

Amy geht den Korridor entlang zum Fenster am anderen Ende und blickt auf die Rosskastanienbäume neben den Fahrradständern. »Sie ist ein eigenständiger Mensch, Mum. Du musst Michelle atmen lassen und sie ihr eigenes Ding machen lassen.«

»Sie kann atmen und ihr eigenes Ding machen, wenn sie in ihrem eigenen Haus lebt und ihr eigenes Geld verdient. Weißt du, es geht nur darum, dass sie auf eine Kunstschule gehen will. Sie möchte, dass wir sie finanziell unterstützen, während sie drei Jahre lang mit Farbe herumspritzt.«

»Sie ist gut in Kunst, Mum. Vielleicht kann sie es zu etwas bringen. Viele Leute tun das.«

»Ich bin gut darin, unter der Dusche zu singen, aber das wird mir keine stabile Karriere bescheren. Ich habe ihr gesagt,

dass sie gut genug im Diskutieren ist, warum nutzt sie nicht dieses Talent und studiert Jura?«

»Mum, hör zu, tu mir einen Gefallen …«

»Was?«

»Wenn Michelle nach Hause kommt, schrei sie nicht an. Sag ihr nicht, was sie tun soll. Lass sie sich einfach auf ihre Abschlussprüfungen konzentrieren. Den Rest kannst du später klären.«

»Das haben wir schon versucht, aber sie sagt uns immer wieder, wie unfair es ist, dass wir dich an der Universität unterstützen, aber nicht dasselbe für sie tun. Ich lasse mich nicht dazu verleiten, Geld für eine kindische Laune zu zahlen.«

Amy seufzt innerlich. Es ist, als würde man ins Leere schreien. Weder ihre Mutter noch ihre Schwester lassen Vernunft walten oder versuchen, die Dinge von der anderen Seite zu betrachten. »Ruf mich einfach an, wenn sie nach Hause kommt.«

»Kannst du sie anrufen, Amy? Finde heraus, wo sie ist.«

»Okay.« Sie seufzt.

Die Leitung ist tot. Amy blickt aus dem Fenster auf eine Gruppe von vier Studenten, die auf der Eingangstreppe rauchen. Sie versteht nicht, warum ihre Eltern nicht akzeptieren können, dass Michelle andere Talente hat. Und selbst, wenn sie es in der Kunstwelt nicht zu etwas Großem bringt, was ist so schlimm daran, etwas zu studieren, das man liebt? Man würde am Ende immer noch einen Abschluss bekommen.

Sie ruft Michelle auf dem Handy an, aber es meldet sich direkt die Mailbox.

»Michelle, ich bin's, Amy. Mum dreht durch, weil sie sich Sorgen um dich macht. Kannst du sie anrufen und ihr sagen, dass es dir gut geht? Ruf auch mich zurück.«

Die Gruppe von Rauchern unten lacht über irgendetwas. Amy kann sich eigentlich nicht erinnern, wann sie das letzte Mal so gelacht hat. Derzeit kommt ihr alles so ernst vor. Ihr

Handy meldet sich. Es ist Michelle, Gott sei Dank. Sie hat eine Nachricht geschickt:

> *Ich hatte genug. Ich bin von zu Hause abgehauen. Ich geh nicht mehr zurück, also versuch nicht, mich umzustimmen. Du bist offensichtlich das auserwählte Kind, also viel Glück dabei.*

Amy hat zwar Mitleid mit ihrer Schwester, weil ihre Eltern sie selbst so bevorzugen, aber es ärgert sie, dass Michelle ihr die Schuld dafür gibt. Sie ist stets versucht, sich auf die Seite ihrer Schwester zu stellen, wenn es möglich ist, aber ihre Eltern hören ihr nie zu, also was kann sie dafür? Sie schickt eine verärgerte Antwort zurück:

> *Michelle, bitte geh einfach nach Hause. Mach deinen Abschluss und dann kannst du ausziehen und tun, was du willst.*

Amy wartet auf eine schnippische Antwort, aber ihr Handydisplay bleibt hartnäckig leer.

Immer noch nichts.

Amy bringt es nicht über sich, ihre Mutter zurückzurufen, also gibt sie klein bei und schreibt ihr stattdessen eine Nachricht:

> *Ich habe Michelle nicht erreichen können, aber sie hat mir geschrieben, dass es ihr gut geht. Ich werde es weiter versuchen, mal sehen, ob ich mit ihr reden kann. Ich bin sicher, sie kommt bald nach Hause. xxx*

Aber Amy irrt sich.

Michelle wird niemals nach Hause zurückkehren.

DREIZEHN

CAROLINE

Ich habe die letzte Stunde damit verbracht, in der Küche des Pubs Unmengen von Gemüse zu schälen und zu schneiden, während Felix mit der Zunge schnalzend in den hintersten Ecken des Vorratsschranks verschwand.

»Ich war nur ein paar Wochen weg«, sagt er und wirft eine Schachtel mit etwas Fragwürdigem in einen schwarzen Müllbeutel. »Ich hätte nicht gedacht, dass die Küche so schnell zu einem solchen Desaster verkommen kann. Ich hoffe, dass die Gesundheits- und Sicherheitsbehörde mir keinen unerwarteten Besuch abstattet, bevor ich Gelegenheit hatte, das alles in Ordnung zu bringen. Ich habe fast die ganze Woche gebraucht, um sie halbwegs wieder herzurichten. Und die Lagerbestände sind immer noch zu niedrig.«

»Tut mir leid, dass du so zurückkommen musstest«, sage ich und bin dankbar, dass das Küchenchaos nichts mit mir zu tun hatte.

»Ignorier mich. Ich jammere nur herum.« Er wirft mir ein Lächeln zu. »Es ist eigentlich meine eigene Schuld, dass ich keinen anständigen Koch eingestellt habe. Aber es war so kurzfristig, dass ich keine Zeit hatte, richtige Bewerbungsgespräche zu führen. Und als Seb dann auch noch wegging, ist alles aus dem Ruder gelaufen. Du machst das mit dem Gemüse sehr gut, Caroline.«

»Danke, aber es ist nur ein bisschen Schnippeln.«

Er hält eine Hand hoch. »Lass mich dich da unterbrechen. Es ist nicht nur ein bisschen Schnippeln. Du würdest dich wundern, wie viele Küchenhilfen sich einen Dreck darum scheren.«

»Oh, gut, ich bin froh, dass ich etwas richtig mache«, antworte ich und versuche, fröhlich zu wirken, aber es klingt bitterer als beabsichtigt. Ich kann nicht glauben, dass ich ursprünglich in der Bar arbeiten sollte, dann ins Restaurant versetzt und jetzt zur Küchenhilfe degradiert wurde. Und das alles innerhalb von ein paar Tagen.

»Keine Sorge, du bist eine ausgezeichnete Küchenhilfe«, versichert er mir.

»Hey, was ist mit mir?« Hugo fegt in die Küche, die Wangen rot, das blonde Haar feucht vom Schneeregen.

»Du bist spät dran«, antwortet Felix.

»Tut mir leid, das Auto ist nicht angesprungen, also musste ich von meiner Mutter mitgenommen werden und ...«

»Kannst du mir einen der kleinen Kartoffelsäcke aus dem Vorratsschrank holen?«, unterbricht Felix Hugo, der mir hinter seinem Rücken einen Blick zuwirft und mit den Augen rollt.

Felix und ich arbeiten seit fast einer Woche zusammen, und die Zeit verging wie im Flug. Ich hatte kaum Zeit für mich, weil ich so viel zu tun hatte und die Mitarbeiter besser kennenlernen musste. Hugo ist Tellerwäscher, Küchenhilfe und Kellner. Er will Koch werden und versucht ständig, Felix zu beeindrucken, aber er macht es immer wieder falsch. Felix' Geduld ist also langsam erschöpft. Ich habe versucht, zwischen den beiden zu vermitteln, aber ich denke, es ist wohl das Beste, wenn ich mich da raushalte. Vor allem, weil ich glaube, dass Hugo ein bisschen in mich verknallt sein könnte.

Seb sehe ich tagsüber nur selten, da er entweder im Büro mit der Buchhaltung beschäftigt ist, Bestellungen aufgibt und Buchungen entgegennimmt, oder zum Großhandel fährt. Am Ende des Tages fallen wir dann einfach erschöpft ins Bett.

Aber nicht heute.

»Freust du dich auf heute Abend?«, fragt Felix, der an der Hintertür steht und seine Messer schärft.

»Hmm, irgendwie schon«, antworte ich und fürchte mich vor dem halbherzigen Junggesellinnenabschied, den Nicki für mich geplant hat.

»Das klingt nicht sehr enthusiastisch. Ich dachte, du gehst gerne aus.«

»Das tue ich auch, aber es ist komisch, wenn man niemanden richtig kennt.« Ich verschweige ihm, dass ich vor allem deshalb so ängstlich bin, weil ich überzeugt bin, dass mich niemand mag. Mariah ist offen feindselig, und Nicki völlig desinteressiert. Wenigstens kommt Lilian nicht mit – sie muss hierbleiben und sich um den Pub kümmern.

»Deshalb ist es eine gute Idee«, sagt Felix und öffnet den Sack mit Kartoffeln, den Hugo auf den Boden gestellt hat. »Es ist die perfekte Gelegenheit, um Leute kennenzulernen. Ich weiß, dass Nicki anfangs etwas zurückhaltend sein kann, aber wenn man sie erst einmal kennengelernt hat, ist sie urkomisch.«

Das letzte Adjektiv, mit dem ich Nicki beschreiben würde, wäre »urkomisch«, aber diesen Gedanken behalte ich für mich.

»Ernsthaft«, fährt er fort. »Gib meiner Frau ein paar Gin Tonic und sie mutiert zu einer richtigen Stimmungskanone.«

»Ich kann es kaum erwarten«, antworte ich.

Felix nimmt ein paar schwarze Kartoffeln heraus, schüttelt den Kopf und wirft sie in den Müllsack vor der Tür. »Nimm das und bring es zum Mülleimer draußen. Dann wasch dir die Hände, komm wieder rein und fang an zu schälen.«

»Ja, Chef.«

Keiner von uns hat die Gelegenheit, weiter zu plaudern, da

der Freitagmittag-Ansturm beginnt und alles im Dampf, in geschrienen Bestellungen, knallenden Türen und klappernden Backblechen untergeht.

Neben der Zubereitung der Speisen bin ich auch mit dem Anrichten von Salaten und einigen Vorspeisen betraut worden. Ich genieße es sehr, denn es geht schnell und ist ziemlich meditativ, da ich keine Zeit habe, über etwas anderes nachzudenken als über das, was ich tue. Der einzige dunkle Fleck ist Mariahs mürrisches Gesicht jedes Mal, wenn sie meinen Blick erhascht. Ich bilde mir das absolut nicht ein, denn sie ist äußerst fröhlich, wenn sie mit Hugo und Felix spricht. Nur mit mir scheint sie ein Problem zu haben.

»Gehst du heute Abend zu Carolines Junggesellinnenabschied?«, ruft Felix ihr quer durch die Küche zu.

»Ich arbeite, aber ich werde versuchen, danach in den Club zu kommen.«

»Club?«, frage ich ein wenig entsetzt. »Ich dachte, wir wollten essen gehen.«

Mariah wirft mir ein Lächeln zu, aber es ist kein nettes. Sie antwortet nicht, sondern nimmt sich einen Caesar-Salat und eine Schüssel Wintergemüsesuppe und verlässt die Küche.

»Du gehst also nicht gern in Clubs?«, fragt Hugo und räumt die Teller in den Geschirrspüler.

»Nicht wirklich. Ich meine, ich habe nichts gegen Tanzen, aber ich ziehe es vor, die Dinge etwas ruhiger anzugehen.«

»Geht mir genauso.« Hugo richtet sich auf. »Also, wie sieht dein idealer Abend aus?«

»Weniger reden, mehr arbeiten«, schnauzt Felix Hugo an.

»Ja, Chef«, antwortet er und wendet sich wieder dem Geschirrspüler zu, aber nicht, ohne mir zuzuzwinkern.

Fünf Minuten später kommt Mariah mit dem Caesar-Salat zurück. »Die Cartwrights sind unzufrieden. In Barbaras Salat ist Speck drin und sie ist Vegetarierin. Ihr Mann sagt, sie habe etwas davon gegessen und jetzt übergibt sie sich in der Toilette.«

»Was?« Felix schließt die Ofentür, dreht sich um und starrt Mariah an. »Hat sie denn explizit gesagt: ›ohne Speck‹?«

»Ja, ich habe es auf die Bestellung geschrieben.« Mariah schaut mich entschlossen nicht an, obwohl sie weiß, dass ich den Salat zubereitet habe.

»Tut mir leid, ich kann mich nicht daran erinnern, dass auf der Bestellung ›ohne Speck‹ stand«, sage ich und erschaudere bei dem Gedanken, dass ich Mariah damit beschuldigen könnte. Ich weiß genau, dass da nur »1 x Caesar, 1 x Gemüsesuppe« stand.

»Wo ist der Zettel?«, fragt Felix.

Mariah holt ihn hervor und hält ihn so, dass wir ihn beide sehen können. Darauf steht eindeutig »1 x Caesar ohne Speck«, wobei das »ohne Speck« doppelt unterstrichen ist. Allerdings sieht die Schrift von »ohne Speck« anders aus als der Rest – unordentlicher und so, als hätte sie nicht so stark auf das Papier gedrückt. Aber ich kann ihr natürlich nicht vorwerfen, dass sie das im Nachhinein hinzugefügt hat, um sich aus der Verantwortung zu ziehen.

Mariah schaut mit einem ängstlichen Achselzucken von Felix zu mir, und ich weiß genau, dass es vorgetäuscht ist.

»Warum brauchen die Desserts für Tisch elf so lange?« Lilian stürmt in die Küche. *Natürlich.*

»Es gibt ein kleines Problem mit dem Salat von Barbara Cartwright«, sagt Mariah und klärt meine Schwiegermutter über mein offensichtliches Versagen auf.

»Da kann man leicht einen Fehler machen«, ruft Felix herüber, in dem Versuch, mir den Rücken zu stärken.

Meine Wangen glühen vor Wut und Peinlichkeit. Entweder hat Mariah einen Fehler gemacht und versucht, mir die Schuld dafür zu geben, oder sie hat diese ganze Situation absichtlich inszeniert, um mich schlecht dastehen zu lassen. So oder so, ich muss das klären und herausfinden, warum sie sich mir gegenüber so zickig verhält. Aber nicht jetzt. Nicht vor allen Leuten, während ich vor Wut zittere.

»Caroline«, sagt Lilian, während Mariah zuschaut, »die Sache ist die, dass der Ruf im Gastgewerbe alles ist. Wir können es uns nicht leisten, auch nur kleine Fehler zu machen, nicht bei all den Websites wie Tripadvisor, Facebook, Instagram und dergleichen.«

Während Lilian mit mir spricht, als sei ich minderbemittelt, atme ich tief durch und versuche, ruhig zu bleiben. Mit ihr zu streiten, hilft niemandem, schon gar nicht mir.

»Wir müssen perfekt sein, ohne Fehl und Tadel«, fährt sie fort.

»Absolut«, antworte ich und beiße mir auf die Innenseite meiner Wange, um Mariah nicht in die Pfanne zu hauen.

»Wahrscheinlich ist es meine Schuld«, sagt Lilian und schüttelt reumütig den Kopf. »Ich hätte dir eine richtige Einarbeitung geben sollen. Aber da du ja meintest, du hättest bereits eine Bar geleitet …« Sie lässt ihren Satz unvollendet. »Wie auch immer, das Essen geht aufs Haus und ich werde ihnen ein weiteres kostenloses Essen anbieten. Meine Güte, Caroline, das ist schon das zweite Gratisessen diese Woche. Bist du sicher, dass du hier arbeiten kannst?«

Ich kann nicht einmal darauf antworten, denn wenn ich es tue, weiß ich, dass ich etwas sagen würde, das ich später bereue.

»Lass sie in Ruhe, Mum«, sagt Felix. »Wir machen alle mal Fehler.«

Sie macht ein empörtes Geräusch und blickt ihn an, bevor sie einen Seufzer ausstößt. »Du hast recht, du hast absolut recht. Diese Woche war deine Eingewöhnungswoche.«

Ich verstehe das so, dass ich besser keine Fehler mehr machen sollte.

Zum Glück verläuft der Rest des Mittagessens ohne Probleme, aber der Vorfall mit dem Speck und Mariahs offensichtlicher Hass auf mich beunruhigen mich immer noch. Deshalb halte ich den Kopf gesenkt und versuche, mich auf die Arbeit zu konzentrieren.

»Mum bellt zwar gerne, aber sie beißt nicht«, sagt Felix, nachdem seine Versuche, mich aufzuheitern, gescheitert und wir beide allein in der Küche sind. »Als Wirtin eines gut besuchten Pubs muss sie streng sein. Nimms nicht persönlich.«

Ich möchte mit aller Kraft meine Unschuld beteuern und Mariah in die Pfanne hauen, aber es steht ihr Wort gegen meines, und ich weiß, dass es mich schlecht dastehen ließe. »Das Problem ist, dass es eine Sache nach der anderen war! Erst das mit der sexuellen Nötigung, und jetzt das. Deine Familie muss denken, dass ich eine absolute Belastung bin.«

»Hey.« Felix legt seinen Servierlöffel ab und kommt um die Anrichte herum, um mich zu umarmen. »Mach dir keine Sorgen. Wie ich Mum schon gesagt habe, jeder macht Fehler. Es ist deine erste Woche hier.«

»Ja, aber ich bin es gewohnt, in einer belebten Bar zu arbeiten. Zu Hause mache ich fast nie Fehler. Ich weiß nicht, was los ist.«

»Wahrscheinlich hast du einen kleinen Jetlag. Außerdem hast du gerade geheiratet und bist mitten im Winter in ein Land gezogen, in dem du noch nie warst, und du wohnst mit einem Haufen Fremder zusammen, die plötzlich deine ›Familie‹ sind.« Er malt Anführungszeichen in die Luft.

Ich starre Felix einen Moment lang an, dann fangen wir beide an zu lachen. »Okay, wenn du es so ausdrückst ...«

»Jetzt komm schon, kümmere dich um die Eisbestellung für Tisch drei. Die Schüsseln sind da. Zwei Kugeln und eine Waffel.«

»Ja, Chef«, antworte ich mit neuem Enthusiasmus, trotz des unangenehmen Gedankens, dass Mariah und ich uns später unterhalten müssen.

VIERZEHN

CAROLINE

Das Restaurant ist dunkel, ruhig und unscheinbar, und aus den Boxen ertönt deprimierende Fahrstuhlmusik. Das Lokal ist halb leer, und die einzigen anderen Gäste sind allesamt ältere Paare, abgesehen von einem Tisch mit sechs höchst unterschiedlichen Gästen, die aussehen, als hätten sie ihr betriebliches Weihnachtsessen, da sie alle leuchtende Partyhüte aus Papier tragen, aber ihre Gesichter mürrisch sind. Ich glaube, ein Leichenschauhaus wäre ein besserer Ort für einen Junggesellinnenabschied gewesen.

Man muss Nicki zugutehalten, dass sie sich wirklich Mühe gegeben hat, sich herauszuputzen. Ihr dunkles Haar glänzt und sie trägt schimmernde schwarze Jeans, ein goldenes Top und spitze Absätze. Meine Garderobe ist nicht wirklich für einen englischen Winter geeignet, aber ich denke, wir werden nicht viel draußen sein, also habe ich mich für ein kurzes cremefarbenes Kleid, drapiert mit einem Goldkettengürtel, und einen schwarzen, taillierten Blazer entschieden. Ich bin wahnsinnig overdressed.

Seb sagte, ich sähe so gut aus, dass er es schade findet, dass wir getrennt unterwegs sind. Ich habe ihm gesagt, dass er selbst auch gar nicht so schlecht aussehe, im Anzug wie der Rest der Jungs. Sie sind weiter weg, nach Bournemouth – etwa eine Stunde entfernt –, während wir Mädels eher in der Nähe bleiben, zumal wir nur zwanzig Minuten nach Yeovil in Somerset gefahren sind, gleich hinter der Grenze von Dorset.

Nun, da wir das Lokal erreicht haben, wünschte ich, wir wären ebenfalls nach Bournemouth gefahren. Aber es war nett von Nicki, es zu arrangieren, also sollte ich nicht allzu enttäuscht sein. Vielleicht ist das Essen ja sensationell.

»Tisch für fünf?«, fragt die Kellnerin und lässt ihren Blick über unsere kleine Gruppe schweifen. Brian hat Nicki und mich gefahren, während die anderen drei ein Taxi genommen haben. Nicki hat uns alle kurz vorgestellt, als wir das Lokal betreten haben. Offenbar hatte sie noch viel mehr Leute eingeladen, aber da es ein Freitagabend ist und so kurzfristig, konnte kaum jemand kommen. Mariah sagte, sie käme später dazu, nach ihrer Schicht im Pub.

»Wir haben reserviert unter dem Namen Fletcher«, sagt Nicki.

»Oh, richtig, okay. Ihr seid der Junggesellinnenabschied, oder? Wer heiratet denn?«, fragt die Kellnerin lässig, während sie uns zu einem Tisch am Fenster führt. Es überrascht mich nicht, dass sie uns hierhergebracht hat, für alle sichtbar. Wir lassen den Laden lebendiger aussehen als er ist, vielleicht locken wir so mehr Gäste an.

»Das ist wohl Caroline«, sagt Nicki und zeigt auf mich.

»Herzlichen Glückwunsch, wie aufregend! Wann ist der große Tag?«, fragt sie mit mehr Enthusiasmus, als Sebs Familie oder Freunde bisher gezeigt haben.

Ich lächle dankbar. »Ich bin eigentlich schon verheiratet, aber ich hatte noch keinen Junggesellinnenabschied, also holen wir das jetzt nach.«

»Das ist auch gut.« Sie strahlt uns alle an. »Freunde sind so wichtig. So was muss man mit den besten Freundinnen feiern, nicht wahr?«

Es herrscht eine etwas unangenehme Stille, denn außer meiner Seelenverwandten Nicki habe ich die anderen Mädchen erst vor zwei Minuten kennengelernt. »Absolut«, antworte ich schließlich ein wenig verlegen.

Wir nehmen Platz, und ich stelle fest, dass Nicki so weit weg von mir sitzt, wie nur möglich. Ich sitze direkt am Fenster gegenüber einer großen Blondine namens Sarah. Sie sitzt neben einer Brünetten namens Camille, die wohl ihre Partnerin ist. Zu meiner Rechten sitzt ein lockiges Mädchen, dessen Namen ich schon wieder vergessen habe, und neben ihr sitzt Nicki.

Die Kellnerin nimmt unsere Getränkebestellungen auf und überreicht uns die großen laminierten Speisekarten.

»Ihr kommt also alle aus Stalbridge?«, frage ich in dem Versuch, das Eis zu brechen.

Sie nicken alle, außer Camille. »Ich komme aus der Normandie in Frankreich«, sagt sie. »Ich habe Sarah kennengelernt, als sie als Kindermädchen zu einer Familie in meinem Dorf kam.«

»Wie lange seid ihr schon zusammen?«, frage ich.

»Vier Jahre«, antwortet Camille. »Wir haben vor achtzehn Monaten geheiratet.« Sie stößt ihre Frau mit der Schulter an, dic sic anlächelt.

»Herzlichen Glückwunsch«, sage ich und spüre einen unerwarteten Gefühlsausbruch angesichts ihrer offensichtlichen Liebe zueinander.

»Dir auch«, sagt Camille.

»Danke.«

Camille fragt, wie Seb und ich uns kennengelernt haben, und ich erzähle ihnen von unserer rasanten Romanze. Sie und Sarah sind in meine Geschichte vertieft, aber Nicki und das Mädchen neben mir führen ihr eigenes Gespräch über Kinder.

Aus den Gesprächsfetzen, die ich höre, schließe ich, dass sie beide Babys im gleichen Alter haben.

Unsere Getränke kommen und wir bestellen unser Essen. Ich entscheide mich für das grüne Thai-Curry, das sich als vollkommen in Ordnung herausstellt. Ich verbringe das gesamte Essen damit, mich mit Sarah und Camille zu unterhalten. Sie haben bis vor sechs Monaten in der Normandie gelebt und sind dann in Sarahs Heimatstadt Stalbridge zurückgezogen, um dort eine Vorschule aufzubauen. Bis jetzt läuft es gut. Das Paar ist gerade erst zurück nach Großbritannien gezogen und hat die Fletchers daher kaum gesehen, außer um kurz Hallo zu sagen.

Nicki und das Mädchen mit den lockigen Haaren, das, wie ich inzwischen erfahren habe, Annabel heißt, haben kein einziges Mal direkt mit mir gesprochen. So reizend Sarah und Camille auch sein mögen, der ganze Abend wirkt gezwungen und seltsam. Ich habe keinen Appetit und verspüre plötzlich ein unglaubliches Heimweh.

Ich versuche, nicht an mein Leben zu Hause in Byron Bay zu denken. An die guten Freunde, die ich zurückgelassen habe. An das herrliche Wetter und die lebhaften Bars und Restaurants. An meinen Job, in dem ich respektiert wurde und kompetent war. Ich weiß, dass die Dinge nicht perfekt waren. Ich hatte dort keine bessere Hälfte. Niemanden, mit dem ich mein Leben teilen konnte, aber das schien keine Rolle zu spielen. Denn mein Leben war auf so viele andere Arten erfüllt. Ich hatte nie aktiv nach einem Freund oder einem Ehemann gesucht. Die meisten meiner Beziehungen waren flüchtige Affären ohne Erwartungen und ohne Bindung, nur Spaß. Deshalb ist das mit Seb auch so eine große Sache. Ich habe mein Leben für ihn auf den Kopf gestellt, um an diesen Ort auf der anderen Seite der Welt zu ziehen. Und im Moment frage ich mich, ob das vielleicht ein riesengroßer Fehler war.

Zum Glück ist das Essen endlich vorbei, und ich zähle die Sekunden, bis wir ein Taxi rufen und die unangenehme Fahrt nach Hause antreten können. Ich hatte gehofft, Nicki und ich bekämen an diesem Abend die Gelegenheit, uns zu unterhalten. Um Gemeinsamkeiten zu finden und uns ein wenig anzunähern. Ich wollte sie über Seb ausfragen. Über sein Leben, bevor er mich kennenlernte. Aber wir haben uns kaum angeschaut, geschweige denn gesprochen. Sowohl Sarah als auch Annabel sind Schulfreundinnen von Nicki. Sie kannten Seb, aber nur flüchtig, da er und Felix ein paar Jahre älter sind.

»Also dann«, sagt Annabel plötzlich, als die Rechnung kommt, »wer ist bereit zu tanzen?«

Ich versuche zu verhindern, dass sich meine Gesichtszüge zu einem Ausdruck des Entsetzens verziehen, als ich daran denke, dass ich noch weitere Stunden versuchen muss, mit diesen Fremden ins Gespräch zu kommen. Sarah und Camille waren zwar bisher ganz reizend, aber die Unterhaltung war ziemlich gestelzt. »*Tanzen?*« Ich drehe mich um und sehe Annabel an.

Sie lächelt und ihre Augen weiten sich. »Ja, wir gehen als Nächstes in einen Club, wusstest du das nicht?«

»Das hat Nicki nicht erwähnt«, antworte ich. Mariah *hat* allerdings einen Club erwähnt, aber als Nicki das nicht bestätigte, nahm ich an, dass sie den Plan missverstanden hatte. Obwohl, wenn ich so darüber nachdenke, wären etwas laute Musik und ein bisschen Tanzen vielleicht genau das Richtige, um alle aufzulockern. Um Nicki für mich zu gewinnen. Ich nehme mir vor, mich mehr anzustrengen, sie kennenzulernen. Schade, dass ich mich heute Abend nicht neben sie setzen konnte, um sie zu zwingen, sich mit mir zu unterhalten.

»Die Rechnung beläuft sich auf dreiundvierzig Pfund für jeden, einschließlich Trinkgeld«, verkündet Nicki.

Ich schlucke und denke an meine schwindenden Mittel.

»Lasst uns das unter uns vieren aufteilen«, sagt Camille. »Caroline sollte an ihrem Junggesellinnenabschied nicht zahlen müssen.«

»Oh, nein, das ist schon in Ordnung«, antworte ich, obwohl es sehr hilfreich wäre, denn ich wusste nicht, dass ich auch noch Eintritt für einen Club bezahlen muss.

»Oh, klar, sicher«, antwortet Nicki.

Ich sehe Annabel finster dreinblicken. »Ich hatte nur eine Vorspeise«, sagt sie.

»Ja, aber du hast auch fast zwei Flaschen Wein getrunken«, antwortet Sarah mit einem Lächeln, das ihre Augen nicht ganz erreicht.

Am Ende bestehe ich darauf, dass wir es durch fünf teilen. Ich möchte es mir mit keinem dieser Leute verscherzen.

Draußen schneidet der eisige Wind durch meine Jacke und lässt mein Gesicht und meine Beine frieren. »Mensch, ich bin nicht für dieses Wetter gemacht«, sage ich. »Mir klappern schon die Zähne.«

»Du brauchst einen Mantel«, bemerkt Camille.

»Ach nee«, antworte ich mit einem erstickten Lachen.

»Es ist nicht weit«, sagt Nicki. »Ich habe dieses Restaurant ausgesucht, weil es in der Nähe des Clubs ist. Mariah hat gerade geschrieben, dass sie uns dort treffen will.«

Wir gehen die Straße hinauf und biegen in eine Seitenstraße ein, wo sich die Schlange vor dem Club über den Gehsteig erstreckt. Mir wird bewusst, dass ich ein echter Eisklotz sein werde, wenn wir erst einmal drin sind. Aber zu meiner großen Erleichterung geht unsere kleine Gruppe direkt an mehreren Gruppen vorbei, die ebenfalls nach Junggesellen und Junggesellinnen aussehen und viel lauter sind als wir, bis zu dem großen Türsteher an der Tür.

»Wir stehen auf der Liste«, sagt sie. »Nicki Fletcher plus vier.«

Er schaut von seinem Telefon auf, nickt und öffnet das Seil, um uns in das wohlig warme Foyer zu lassen.

»Felix ist mit dem Besitzer befreundet«, sagt Sarah zur Erklärung. »Nicki kommt immer umsonst rein.«

Alle geben ihre Jacken ab, aber ich behalte meine vorerst an, da mir noch nicht warm genug ist, um sie abzulegen. Nicki führt uns selbstbewusst durch den überfüllten, verschwitzten Club zu einem abgesperrten Bereich im hinteren Teil, von dem ich annehme, dass es sich um eine Art VIP-Bereich handelt, in dem geschwungene, plüschige rote Sofas und niedrige schwarze Tische stehen. Kaum haben wir Platz genommen, kommt eine Kellnerin mit einer Flasche Champagner und fünf Gläsern herüber. Sie und Nicki begrüßen sich wie Freundinnen und unterhalten sich eine Weile, aber es ist so laut, dass ich nicht verstehen kann, was sie sagen.

Es läuft kitschige Dance- und Popmusik, und die meisten Clubbesucher springen auf der Tanzfläche herum und grölen mit. Sie sehen alle aus wie um die zwanzig. Mit dreißig fühle ich mich alt, aber ich sehne mich nicht nach dieser Zeit zurück. Und dann bemerke ich aus dem Augenwinkel eine Gruppe von Leuten, die sich am Rand der Bar zu unserer Rechten versammelt hat. Mein Herz sinkt, als ich feststelle, dass einige von ihnen die betrunkenen Rugby-Jungs vom vergangenen Wochenende sind. Ich hoffe, sie erkennen mich nicht. Ich will keinen Ärger.

Aber alle Gedanken an eine ärgerfreie Nacht sind verflogen, als ich Mariah bei ihnen stehen sehe – zumindest glaube ich, dass sie es ist. Mit offenem Haar – eine Kaskade dunkler, wirbelnder Locken – und wunderschönem Make-up sieht sie ganz anders aus. Sie trägt ein schwarzes Minikleid, das mit goldenen und roten Blumen bestickt ist, und ich werde wütend, als ich sehe, dass sie sich ganz gemütlich mit dem Typen unterhält, der mich begrapscht hat.

FÜNFZEHN

CAROLINE

Ich stelle mein Glas mit dem frisch eingeschenkten Billigsekt zurück und stehe auf.

»Alles okay?«, fragt Sarah.

Nicki sieht auf. »Die Toiletten sind hinten in der Nähe des Eingangs«, sagt sie, in der Annahme, dass ich dorthin will.

»Ich muss nicht aufs Klo«, antworte ich.

»Tanzen wir?«, fragt Annabel und strahlt.

»Geht ruhig«, antworte ich. »Ich muss erst mit jemandem reden.«

Nicki und Annabel folgen meinem Blick hinüber zu Tom Chancellor und Mariah, die sich an der Bar unterhalten. Jetzt, da ich nicht mehr im Pub bin und somit nicht länger unter Lilians wachsamem Blick stehe, will ich mit den beiden reden. Ich mache einen Schritt auf sie zu.

»Das ist keine gute Idee«, sagt Nicki und legt mir eine Hand auf den Arm.

»Ist Mariah mit diesem Idioten befreundet?«, frage ich.

Nicki zuckt mit den Schultern. »Wir kennen uns alle. Es ist eine Kleinstadt. Ich würde an deiner Stelle die Finger davon lassen. Tom ist mit seinen Kumpels unterwegs, und wie ich sie kenne, sind sie sturzbesoffen. Wie auch immer, Mariah ist wegen deines Junggesellinnenabschieds hier. Wahrscheinlich hat sie sie zufällig getroffen, als sie ankam.«

»Ich werde mal nachsehen, ja?« Ich schlängle mich an dem lächerlichen VIP-Seil vorbei und am Rand der Tanzfläche entlang zur Bar. Ich stelle fest, dass niemand aus meiner Gruppe mitgekommen ist. Das ist der Unterschied zwischen hier und zu Hause. Damals in Byron Bay hätte mich keiner meiner Freunde allein zu einem feindseligen Mann gehen lassen. Ich glaube, ich muss mir hier einen eigenen Freundeskreis aufbauen, anstatt mich darauf zu verlassen, dass Seb mich seiner Sippe vorstellt. Aber ich sollte auch etwas nachsichtig mit mir sein. Ich bin erst seit einer Woche hier.

Als ich näherkomme, stelle ich fest, dass die gemütliche Unterhaltung, die ich bei Mariah und Tom vermutet hatte, eher einem Streit ähnelt, denn ihre Stimmen übertönen die Musik.

»Nein, habe ich nicht!«, ruft sie aus.

»Lüg nicht. Du weißt, dass du es getan hast, Mariah. Du hast bekommen, was du wolltest, und jetzt zieh Leine.«

Keiner der beiden bemerkt, dass ich mich nähere.

»Ich habe genug davon!«, schreit sie. »Glaub doch, was du willst.« Sie wendet sich zum Gehen, aber er hält sie am Arm fest.

»Wir sind noch nicht fertig.«

»Du vielleicht nicht. Ich schon. Lass mich los.«

Genau in diesem Moment bemerkt Tom, dass ich hinter Mariah stehe. »Oh, wenn man vom Teufel spricht. Hier ist die Verrückte höchstpersönlich.«

»Wie ich sehe, hast du deine Lektion noch nicht gelernt«, sage ich mit Blick auf seine Hand auf Mariahs Arm.

Sein Gesicht färbt sich rot vor Empörung, aber er lässt sie los.

Mariah reibt sich den Arm und dreht sich um. »Oh, du bist es. Hast du einen schönen Junggesellinnenabschied?«, fragt sie unaufrichtig.

»Hatte ich, bis ich *ihn* sah. Worüber streitet ihr euch? Hat es etwas mit letztem Sonntag zu tun?« Ich sehe sie mit einem scharfen Blick an.

»*Was?*« Mariah versucht, unschuldig auszusehen, aber es gelingt ihr nicht.

»Ja, Mariah, worüber haben wir gestritten?«, fragt Tom mit einem Grinsen. Seine Augen sind blutunterlaufen und auf seiner Haut schimmert ein dünner Schweißfilm.

Sie wirft ihm einen verächtlichen Blick zu, bevor sie sich wieder mir zuwendet. »Komm, Caroline, lassen wir diese Loser in Ruhe.« Überraschenderweise hakt sie sich bei mir unter, als wären wir plötzlich beste Freundinnen.

»Okay. Von mir aus«, antworte ich. Ich würde lieber bleiben und von Tom erfahren, worüber sie geredet haben, aber seine Freunde haben mich bemerkt, und ich befürchte, dass dieses Gespräch mehr Ärger machen könnte, als es wert ist. »Mir gefällt übrigens dein Kleid.«

»Danke«, antwortet Mariah. »Habe ich selbst gemacht.«

»*Wirklich?*« Ich bin ziemlich beeindruckt. Vielleicht steckt mehr in diesem launischen Mädchen, als ich zuerst dachte.

Mariah zerrt mich beinahe über die Tanzfläche zurück in den VIP-Bereich, von wo aus Nicki und Annabel uns beobachten.

»Sagst du mir, was das alles sollte?«, will ich von ihr wissen und frage mich, warum sie mich unbedingt von Tom Chancellor wegbringen wollte.

»Nein«, antwortet sie. »Lass uns stattdessen lieber was trinken.«

Ich atme ein und überlege, ob ich auf eine Antwort drängen soll oder nicht. Aber dann beschließe ich, dass ihre Idee wahrscheinlich die bessere ist. Ein paar weitere Drinks mit Mariah könnten eine gute Gelegenheit sein, sie auf meine Seite zu ziehen. Und außerdem klingt eine Nacht, in der man nicht über etwas Bedrückendes nachdenken muss, im Moment ziemlich perfekt.

SECHZEHN

LILIAN

Es ist ein merkwürdiges Gefühl, durch die Wohnung zu gehen und zu wissen, dass Sebastian mit Caroline im Bett liegt, gleich hinter der Tür. Sie kam gegen ein Uhr nachts zurück, aber Sebastian und Felix kamen erst nach vier Uhr nach Hause. Da ich einen leichten Schlaf habe, bin ich beide Male aufgewacht. Kein Wunder, dass die beiden um – ich werfe einen Blick auf meine schmale goldene Uhr, ein Geschenk von Brian zu meinem Sechzigsten – viertel vor zehn noch nicht auf sind.

Ich überlege, ob ich in der Küche mit dem Geschirr klappern sollte, damit sie nicht den ganzen Tag vergeuden. Aber vielleicht würde Sebastian das nicht gefallen. Beide haben den Tag frei, also sollte ich sie wohl einfach ausschlafen lassen. Nicki und Felix, die Armen, haben wohl nicht den Luxus, auszuschlafen. Nicht, wenn Teddy immer noch jeden Morgen um fünf Uhr aufwacht.

Ich kann nicht verstehen, warum Nickis Eltern ihren Enkel nie besuchen. Es ist ja nicht so, dass sie allzu weit weg wohnen. Es ist ihr Verlust, aber es ist eine Schande für Teddy, dass er sie nie kennenlernen wird. Nicki hat mir nie erzählt, was passiert ist. Nur, dass sie froh war, wegzukommen. Ihre Familie kam nicht einmal zur Hochzeit, um Himmels willen, und Brian und ich haben sie nie offiziell kennengelernt. Als Felix ihr vor sieben Jahren einen Heiratsantrag machte, fragte ich Nicki, ob sie etwas dagegen hätte, wenn ich mich mit ihnen in Verbindung setze, aber ihre Reaktion war so bissig und abwehrend, dass ich beschloss, die Sache nicht weiter zu verfolgen, auch wenn ein Teil von mir neugierig ist, was den Bruch verursacht hat.

Ich habe Felix gesagt, dass ich heute das Mittagessen übernehme, solange er alle Vorbereitungen getroffen hat und zur Spätschicht wieder in der Küche sein kann. Ich habe schon öfter gekocht, wenn es nötig war, aber ich möchte es nicht zur Gewohnheit werden lassen.

Brian ist schon unten und richtet mit Tarik die Bar ein. Ich brauche einen starken Kaffee, bevor ich in die Küche gehe. Heute sind nur Hugo und ich da, aber wenn es zu viel wird, muss ich vielleicht einen meiner Jungs oder vielleicht sogar Caroline bitten, mir zu helfen.

Ich bin froh, wenn dieser Hochzeitstrubel vorbei ist und wir wieder zu einer gewissen Normalität zurückkehren können. Es wäre etwas anderes, wenn Sebastian und Caroline die Familie von Anfang an miteinbezogen hätten, aber sie haben sich entschieden zu heiraten, ohne dass wir bei der Planung oder den Feierlichkeiten dabei waren, und so kommt es mir ein bisschen spät vor, jetzt Junggesellinnenabschiede und dergleichen zu feiern. Ich atme ein und versuche, mich nicht aufzuregen. Ich bin nicht mehr ich selbst, seit Sebastian mit einer Braut nach Hause gekommen ist. Es war alles so ein Schock. Selbst jetzt, eine Woche später, trifft es mich immer wieder aufs Neue.

Ich ziehe meine schwarzen Pumps an und mache mich auf den Weg nach unten zur Bar.

»Morgen, Tarik«, rufe ich.

»Guten Morgen, Mrs. F.«

Tarik ist ein guter Junge. Er ist jetzt seit drei Jahren bei uns und ich hatte noch nie Probleme mit ihm. Mit seinem guten Aussehen und seinem schönen dunklen Haar weiß er die Gäste zu verzaubern. Sein Vater, Terry, ist einer von Brians engsten Freunden, und seine Mutter, Vandana, ist ein Schatz. Sie hat hier gearbeitet, als sie jünger war, bis sie sich zur Krankenpflegerin umschulen ließ.

»Wo ist Brian?«, frage ich.

»Im Keller. Er ist gleich zurück. Soll ich ihn holen?«

»Nein, schon in Ordnung. Kannst du mir einen Americano machen? Einen doppelten.«

»Kommt sofort. Möchtest du einen Keks dazu?«

»Gern. Ich brauche den Zuckerschub.»

»Oh? Warum das?«

»Ich habe Kochdienst. Kannst du ihn in die Küche bringen, wenn er fertig ist?«

»Wird gemacht.«

Ich gehe in die Küche und werfe einen Blick in die Kühlschränke. Ich bin froh, dass Felix mehr getan hat, als er tun musste. Alles ist in beschrifteten Tupperboxen vorbereitet, die ich bei Bedarf herausnehmen und verwenden kann. Mein ältester Sohn mag seine Schwächen haben, aber wenn es um Professionalität geht, ist er der Beste. Ich nicke mir selbst zu und wasche mir die Hände, als Hugo um Punkt zehn Uhr zur Tür hereinkommt.

»Auf die Sekunde, Hugo.« Ich schaue auf die Uhr.

»Aber nicht zu spät, oder?« Er grinst.

»Hmm«, antworte ich unbeeindruckt.

»Keine Caroline heute?«, fragt er lässig.

Ich werfe ihm einen scharfen Blick zu. »Nein. Sie und Sebastian haben den Vormittag frei.«

»Richtig.« Er nickt und befolgt den Hinweis, sich an die Arbeit zu machen.

Ehe ich mich versehe, ist es vierzehn Uhr und der Ansturm zur Mittagszeit lässt langsam nach.

»Uns sind die Bestellblöcke ausgegangen!« Jeanie, unsere relativ neue, etwa siebzehnjährige Samstagsaushilfe, winkt mir mit einem leeren Block zu.

»Es gibt noch welche im Büro«, rufe ich.

»Oh, okay. Wo ist das?«

»Mach dir keine Sorgen, ich hole sie.«

Jeanie geht zurück ins Restaurant, während ich Hugo anweise, kurz mit dem Abwasch aufzuhören und den Nachtisch anzurichten. Dann verlasse ich die Küche und begebe mich in das hintere Büro, in dem wir all das überschüssige Büromaterial und anderen Kleinkram aufbewahren.

Ich öffne die Tür und stehe vor einem blonden Haarschopf, der sich nach unten über eine der Schreibtischschubladen beugt. »Jeanie, ich sagte doch, ich würde …«

Sie schaut auf und ich sehe, dass es gar nicht Jeanie ist, sondern eine ziemlich rotgesichtige Caroline.

»Oh«, sage ich. »Ich dachte, du wärst … egal. Kann ich dir helfen? Suchst du etwas?«

»Ähm …« Sie richtet sich auf und schließt die Schublade. »Ja, ich war eigentlich nur auf der Suche nach ein paar Schmerzmitteln.«

»Im Büro?« Ich ziehe eine Augenbraue hoch.

Ihre Augen verengen sich und sie streicht sich die Haare aus dem Gesicht. »Oben konnte ich keine finden und ich wollte niemanden stören.«

»Warum hast du Sebastian nicht gefragt? Er hätte dir doch welche besorgt.« Ich versuche, sachlich zu bleiben, aber meine Stimme klingt rau und ein wenig anklagend.

»Er ist unter der Dusche. Tut mir leid, ich wusste nicht, dass ich nicht hier drin sein sollte. Ich bin nur ein bisschen verkatert nach der letzten Nacht und …« Sie wirft verzweifelt die Hände hoch und sieht aus, als würde sie gleich in Tränen ausbrechen.

Auf diese Art von emotionalem Drama kann ich im

Moment gut verzichten. »Nein, nein, schon in Ordnung, Caroline. Es ist nichts falsch daran, dass du hier drin bist. Natürlich nicht. Du hast mich nur überrascht, das ist alles. Ich habe nicht erwartet, jemanden anzutreffen.«

Caroline wischt sich eine Träne weg, sodass ich mir wie ein Unmensch vorkomme. Ich möchte das Mädchen mögen, aber sie hat etwas an sich, dem ich einfach nicht trauen kann.

Oder sind es die Erfahrungen der Vergangenheit, die mich misstrauisch machen?

SIEBZEHN

LILIAN

Um drei Uhr nachmittags kann ich mich endlich hinsetzen und eine Tasse Tee trinken. Ich bin fleißig und daran gewöhnt, den ganzen Tag auf den Beinen zu sein, aber ich denke, dass dies das letzte Mal sein könnte, dass ich die Küche leite. Wenn Felix das nächste Mal einen Tag frei hat, holen wir uns einen Aushilfskoch. Mir ist heiß, ich bin genervt und erschöpft. Das sieht mir gar nicht ähnlich.

»Hi, Mrs. F., haben wir noch Hafermilch?«, fragt Tarik und steckt den Kopf durch die Küchentür. »Wir haben kaum noch welche an der Bar.«

»Schau mal in der Tür vom großen Kühlschrank«, sage ich.

Er tut, was ich ihm sage, und wendet sich dann mit einem Kopfschütteln wieder mir zu. »Nur normale und Mandel.«

Brian missbilligt die große Auswahl an Milchsorten, die wir anbieten. Wenn es nach ihm ginge, würde er den Gästen sagen, dass sie Kuhmilch oder gar nichts haben können. Aber ich habe ihm erklärt, dass die Menschen heutzutage Allergien haben und dass immer mehr Menschen sich vegan ernähren. Ich habe ihm klargemacht, dass wir mit der Zeit gehen müssen, dass wir in die Zukunft schauen müssen, sonst bleiben wir zurück und werden als Dinosaurier gebrandmarkt. Was der Kunde will, bekommt er auch. Entweder man entwickelt sich weiter oder man stirbt. Er hielt mir die Hand hin, um mich zu beruhigen und meine Tirade abzuwehren. Wenn ein Gast also Hafermilch will, dann bekommt er sie auch.

»Könntest du zum Supermarkt gehen und welche besorgen?«, frage ich.

»Klar«, antwortet Tarik.

»Großartig. Warte kurz. Ich gehe nur schnell ins Büro und hole dir etwas Kleingeld.«

Ich eile ins Büro und schließe die unterste Schublade des Schreibtisches auf, in der wir die Portokasse aufbewahren. Ich nehme den Mini-Tresor heraus und öffne ihn, aber alles, was ich finde, ist ein Fünfzig-Pence-Stück. Das ist ungewöhnlich. Brian oder ich füllen ihn immer mit mindestens ein paar hundert Pfund auf. Ich schlage das Notizbuch auf und blättere bis zum letzten Eintrag. Die Summe lautet dreihundertfünfundvierzig Pfund fünfzig. Wo ist das ganze Geld? Ich blättere durch das Kassenbuch, um zu sehen, ob ein paar Scheine zwischen die Seiten geschoben wurden, aber da ist nichts. Dann schaue ich noch einmal in die Schublade, um zu sehen, ob das Geld dort statt im Safe gelandet ist. Nichts. Und dann erinnere ich mich an Carolines schuldbewusstes Gesicht von vorhin, als sie die Schreibtischschubladen durchwühlt hat, angeblich auf der Suche nach Schmerzmitteln.

Ich richte mich auf und runzle die Stirn. Als ich sie fand, war Caroline in der obersten Schublade zugange, nicht an der untersten. Und um sie zu öffnen, hätte sie einen Schlüssel gebraucht. Sie würde doch sicher nicht ihr neues Leben mit ihrer neuen Familie aufs Spiel setzen, indem sie uns bestiehlt? *Oder doch?* Ich räume den Inhalt der Schublade zurück und schließe sie wieder ab – nicht, dass es jetzt noch viel Sinn hätte. Vielleicht hat Brian das Geld genommen und vergessen, es zu notieren.

Ich eile nach oben in unser Schlafzimmer und hole einen Fünfer aus meiner Handtasche auf dem Schminktisch.

»Bist du das, Mum?«, ruft Seb aus dem Wohnzimmer.

»Ja! Ich kann jetzt nicht reden, bin zu beschäftigt!«, schnauze ich.

Er sagt etwas Unverständliches und ich höre eine weibliche Stimme antworten. Er muss sich mit Caroline unterhalten.

Ich stapfe die Treppe wieder hinunter und mein Ärger nimmt mit jedem Schritt zu.

Ich gehe zu Tarik in die Küche.

»Er musste zurück in die Bar«, sagt Hugo, als ich eintrete.

Ich atme tief durch und versuche, mich zu beruhigen. Ich bin aufgebrachter, als ich sein sollte, wegen etwas, das sich sicher leicht erklären lässt. Ich mache mich auf den Weg zur Bar, lächle und nicke den Gästen zu, dann reiche ich Tarik den Fünf-Pfund-Schein. »Bring mir das Wechselgeld und die Quittung«, sage ich, obwohl er weiß, wie es läuft.

»Natürlich«, antwortet er. »Ich muss nur noch diese Gäste bedienen.«

»Brian.« Ich klopfe meinem Mann auf die Schulter. Er ist in ein Gespräch mit ein paar Kumpels vertieft.

»Lil, ich habe Terry und Paul gerade erzählt, dass unser Sebby in den Hafen der Ehe eingelaufen ist.«

Ich schenke ihnen ein warmes Lächeln. »Tut mir leid, ich kann jetzt nicht plaudern, ich bin in der Küche beschäftigt. Brian, kann ich dich kurz sprechen?« Ich entferne mich ein Stück und er folgt mir, bis wir außer Hörweite sind. »Hast du diese Woche etwas aus der Portokasse genommen?«

»Aus der Portokasse? Nein, ich nicht.«

»Bist du sicher?«

»Absolut. Oh, warte mal …«

»Ja?«

»Ich habe Mariah zum Kiosk geschickt, um ein Kartenspiel zu besorgen … letzten Dienstag war das, glaube ich, weil

Samuel uns einen Kartentrick zeigen wollte, den er auf der Kreuzfahrt gelernt hat …«

»In Ordnung«, unterbreche ich ihn. »Aber du hast keine dreihundert Pfund für irgendetwas rausgenommen?«

»*Was?* Nein.«

»Okay, ich muss zurück in die Küche.«

Brian drückt mir einen Kuss auf die Lippen und jemand ruft: »Nehmt euch ein Zimmer!«

Ich schüttele den Kopf und lasse sie reden.

Zurück in der Küche steht Sebastian an der Spüle und wartet auf mich. »Mum, ist alles in Ordnung? Du klangst gestresst, als du oben warst.«

»Ja, nun, der Mittagstisch am Samstag ist stressig.«

»Hättest du was gesagt. Caroline und ich hätten dir helfen können.«

»Nein, es ist alles in Ordnung. Ich bin fast fertig.«

»Sicher, dass sonst nichts ist?«

»Ist es für dich in Ordnung, noch fünf Minuten die Stellung zu halten?«, frage ich Hugo.

»Ja, ist gut. Jetzt sind es nur noch ein paar Desserts. Alles unter Kontrolle.«

Ich nicke und führe Sebastian zurück ins Büro, wo ich ihn frage, ob er seit seiner Rückkehr etwas aus der Portokasse genommen hat.

Er runzelt einen Moment die Stirn. »Nein, ich habe nichts genommen. Warum fragst du? Sind wir knapp bei Kasse? Ich habe vor ein paar Tagen nachgesehen, und es sah alles in Ordnung aus. Ich glaube, Dad hat ein paar Spielkarten gekauft.«

Ich berichte ihm, wie ich Caroline vorhin dabei erwischt habe, wie sie die Schreibtischschubladen durchwühlt hat, und ich dann später das fehlende Geld entdeckt habe.

»Ist das dein Ernst?«, fragt er.

»Ich weiß, es ist ein bisschen schockierend«, antworte ich, »aber ...«

»Nein«, blafft er. »Ich meine, ob du Caroline ernsthaft beschuldigst, für das, was ich denke?«

Mein Herz beginnt zu rasen und der Schweiß rinnt mir den Rücken hinunter. Ich hätte nicht gedacht, dass er so wütend auf mich sein würde, nur weil ich ihm erzähle, was passiert ist. »Ich beschuldige niemanden«, rufe ich.

»Das hört sich aber anders an, Mum. Kannst du sie nicht leiden, oder was?«

»Sei nicht albern, Sebastian. Ich sage dir nur, dass fast dreihundertfünfzig Pfund aus der Portokasse fehlen. Wäre es dir lieber, ich hätte es dir nicht erzählt?«

»Mum, du meintest, du hättest meine Frau dabei erwischt, wie sie den Schreibtisch durchwühlt hat, und im gleichen Atemzug erwähnst du das Verschwinden des Geldes. Du ziehst Schlussfolgerungen, die völlig abwegig sind. Hast du Dad oder Felix gefragt, ob sie es genommen haben?«

»Dein Vater hat es nicht genommen.«

»Okay, dann frag Felix!« Sebastian starrt mich an und ich fühle mich plötzlich klein und unbedeutend. Als wäre mein eigener Sohn ein Fremder.

Ich nicke ihm zu und blinzle, verblüfft über unseren untypischen Streit.

»Mum, Caroline ist meine Frau und ich liebe sie, okay? Kannst du bitte versuchen, nett zu ihr zu sein?«

»*Was?* Ich war doch ausgesprochen nett zu ihr.«

»Ernsthaft?«

»Hör zu, Sebastian, ich bin nett zu ihr. Es ist nur ...«

»Aha, da haben wir's.« Sein Kiefer spannt sich an und er schüttelt den Kopf.

»Es ist nur so«, fahre ich fort, »dass du das Mädchen kaum kennst. Um Himmels willen, du kennst sie erst seit einem Monat!«

»Klopf, klopf. Seb, bist du hier drin?«

Oh, wenn man vom Teufel spricht. Es ist Caroline, die nach ihrem Mann sucht.

Sie stößt die Tür auf und blickt von ihm zu mir und wieder zurück. »Alles in Ordnung?«, fragt sie besorgt.

»Ja, alles bestens«, antwortet Seb und setzt ein Lächeln auf.

Ich schweige und frage mich, wie viel sie von unserem Gespräch mitbekommen hat …

ACHTZEHN

CAROLINE

Es ist offensichtlich, dass ich Seb und seine Mutter mitten in einer hitzigen Diskussion gestört habe, also verlasse ich eilig das Büro. Ich bin versucht, vor der Tür zu bleiben, um zu hören, worüber sie reden, falls es um mich geht, aber es wäre peinlich, entdeckt zu werden, also gehe ich widerwillig die Treppe hinauf. Vielleicht beschwert sich Lilian bei ihm darüber, dass ich vorhin den Schreibtisch durchsucht habe.

Ich atme tief durch und versuche, mich nicht darüber aufzuregen. Die Suche nach Schmerzmitteln ist doch kein Verbrechen, oder? Es sei denn, der Grund, warum sie so komisch war, ist, dass sie etwas zu verbergen hat. Vielleicht hat sie etwas in einer der Schubladen, das ich nicht sehen soll. Ehrlich gesagt, sollte ich darüber jetzt nicht nachdenken – ich bin verkatert und erschöpft und fühle mich im Moment sowieso hochemotional. Ich glaube, der Stress einer so schnellen Heirat und des Umzugs ins Ausland holt mich gerade ein. Wenigstens habe ich den heutigen Tag frei, zumindest, was davon noch übrig ist. Ich sollte die freie Zeit nutzen und versuchen, mich zu entspannen, denn morgen stehe ich wieder in der Küche.

»Caroline!« Ich drehe mich am oberen Ende der Treppe

um und sehe Seb, der mir mit einem besorgten Gesichtsausdruck folgt. »Hast du mich gesucht? Ist alles in Ordnung?« Er nimmt jeweils zwei Stufen auf einmal und bleibt neben mir auf dem Treppenabsatz stehen.

»Nein, es ist alles in Ordnung«, antworte ich. »Ich habe mich nur gefragt, wo du bist, das ist alles.«

»Ich bin nach unten gegangen, um zu sehen, ob es Mum gut geht. Sie war ein bisschen gestresst in der Küche.«

»Oh, tut mir leid, das zu hören.« Ich halte inne. »Bist du sicher, dass es nur das war?«

»Was meinst du?« Er runzelt die Stirn und seine grauen Augen verfinstern sich.

»Nichts, ich hoffe nur, sie ist nicht sauer wegen irgendwas, das ich getan habe.« Ich kann nicht direkt fragen, ob sie sich über mich beschwert hat, aber ich bin mir zu neunundneunzig Prozent sicher, dass das der Fall war.

»Natürlich nicht.« Seb lacht abschätzig. »Das ist nur der übliche Pub-Stress, weißt du?«

»Okay, wenn du meinst. Aber, Seb, wenn das mit uns funktionieren soll, müssen wir in jederlei Hinsicht ehrlich zueinander sein.«

Seine Ohren werden rot. »Ja, absolut.«

»Ich meine es ernst«, sage ich und nehme seine Hand. »Wir sind jetzt verheiratet. Wir gegen den Rest der Welt. Keine Geheimnisse. Alles muss offen sein. Wenn es ein Problem gibt, sag es mir einfach, okay? Ich kann damit umgehen.«

»Ja, ich weiß. Wenn es etwas zu erzählen gibt, lasse ich es dich wissen.«

Ich lasse seine Hand los und er zieht mich in eine kurze Umarmung und küsst mein Haar. »Hör zu, geh du ins Wohnzimmer und entspann dich, ich gehe wieder nach unten und hole ein paar Sachen.«

»Sachen? Wie meinst du das?«

»Du wirst schon sehen.« Er lächelt geheimnisvoll, dreht sich um und geht die Treppe wieder hinunter.

Ich schließe die Wohnungstür und gehe in die Küche, wo ich mir ein großes Glas Wasser einschenke und es in gierigen Schlucken hinunterstürze, während ich aus dem Fenster in die sich verdunkelnde Dämmerung des späten Nachmittags starre. Ich muss dringend Flüssigkeit zu mir nehmen. Nach meinem Zusammentreffen mit Tom Chancellor im Club gestern Abend haben Mariah und ich uns ziemlich betrunken. Wir haben nicht gerade einen Waffenstillstand geschlossen; es war eher eine unausgesprochene Vereinbarung, uns einfach einen schönen Abend zu machen. Und dazu gehörte eine Menge Alkohol.

Sarah und Camille verließen den Club früher, sodass wir mit dem unwahrscheinlichen Quartett aus mir, Mariah, Nicki und ihrer Freundin Annabel zurückblieben. Wir haben über nichts von Bedeutung gesprochen. Wir haben nur getanzt, getrunken und darüber gelästert, dass alle Zwanzigjährigen wie zwölf aussehen. Nach einem so wenig verheißungsvollen Start war es eigentlich ein ziemlich guter Abend.

Aber jetzt liegt die Nacht hinter mir und die Auswirkungen des Alkohols machen sich bemerkbar. Ich habe schon seit Jahren nicht mehr so viel getrunken.

Ich bin auf dem Weg ins Wohnzimmer, als sich die Wohnungstür wieder öffnet.

»Das ging ja schnell«, sage ich in der Annahme, dass Seb zurückkommt. Doch als ich einen Blick in den Flur werfe, sehe ich Felix dort stehen.

»Hey, ich wollte nur mal sehen, wie es dir heute geht. Nicki hat gesagt, ihr hattet alle eine ziemlich heftige Nacht.«

»Das ist untertrieben«, antworte ich. »Aber, ja, es war gut. Wirklich nett von Nicki, das zu organisieren.«

»Eigentlich«, sagt er und folgt mir ins Wohnzimmer, »bin

ich aus dem Cottage geflüchtet. Teddy kreischt heute ganz schön rum und mein Kopf explodiert.«

»Du hast Nicki also das Baby überlassen«, schimpfe ich. »Was ist mit *ihrem* armen Kopf?«

»Ich habe sie den ganzen Morgen ausschlafen lassen, also hat sie mich dankend weggeschickt. Ich muss um vier wieder in der Küche sein.«

»Na gut«, antworte ich mit einem Lächeln. »Bitte mich aber nicht, dir etwas zu trinken anzubieten. Ich muss mich in Ruhe hinsetzen und erholen.« Behutsam lasse ich mich auf das Sofa sinken.

»Keine Sorge. Ich brauche nichts.« Er starrt mich einen Moment lang seltsam an.

»Was ist? Habe ich etwas im Gesicht?« Ich fasse mir an Wangen und Nase.

»Hör mal, ich will nicht stören«, sagt er und setzt sich auf einen der Sessel, »aber ich wollte mich nur vergewissern, dass es dir gut geht, nach der Sache gestern in der Küche mit der verpatzten Bestellung.«

»Oh, ja, mir geht es gut. Nochmals, das tut mir sehr leid. Ich habe die Notiz über den Speck wirklich nicht gesehen.«

»Ich weiß, ich glaube nicht, dass es deine Schuld war«, antwortet er.

»Oh, danke«, antworte ich verblüfft.

»Es ist nur ...« Er hält inne. »Es gibt einen Grund, warum Mariah dir gegenüber so abweisend ist, du solltest etwas nachsichtig mit ihr sein.«

»Ich soll mit *ihr* nachsichtig sein?« Ich ziehe eine Augenbraue hoch.

»Ja. Ich weiß, es scheint, als wäre sie furchtbar.«

»Sie *war* furchtbar«, bestätige ich. »Aber wir haben uns gestern Abend gut verstanden, das ist immerhin etwas.«

»Oh, das ist gut. Denn die Sache ist die, dass Mariah so ist, wie sie ist, weil sie total in meinen dummen Bruder verliebt ist.

Na ja, vielleicht nicht verliebt, aber sie ist sehr verknallt in ihn. Und dann kommst *du* her und …«

»Ich komme hierher, verheiratet mit ihm …« Ich nicke, als mir alles klar wird. »Das muss ein furchtbarer Schock für sie gewesen sein.«

»Ja. Ich glaube, sie hat ein bisschen Liebeskummer, aber anstatt Trübsal zu blasen, wirkt es eher …«

»Zickig?«, beende ich seinen Satz.

Er lacht traurig. »Genau.«

»Das ergibt total Sinn, und jetzt tut sie mir schrecklich leid. Hatten sie in der Vergangenheit eine Affäre oder eine Art Beziehung?«

»Nein. Das ist alles völlig unerwidert. Ich glaube, sie hat Seb nicht einmal gesagt, was sie empfindet. Obwohl es für uns alle offensichtlich ist.«

»Oh nein, arme Mariah.«

»Mm-hm.«

Die Wohnungstür öffnet und schließt sich. »Ich bin wieder da!«, ruft Seb.

»Sag nichts über Mariah«, formt Felix wortlos mit den Lippen.

»Okay«, antworte ich mit einem verwunderten Schulterzucken und frage mich, warum ich es nicht erwähnen sollte.

»Es ist ihm peinlich«, fügt Felix hinzu.

Seb schlendert ins Wohnzimmer und hält ein paar Dosen Pringles und eine riesige Tafel Dairy Milk in die Höhe. »Sieh mal, was ich hier habe«, sagt er und wedelt mit der Schokolade herum, als wäre sie eine Trophäe. »Oh, hi, Felix, was machst du denn hier?«

»Schön, dich zu sehen«, antwortet Felix und rollt mit den Augen.

»Schokolade?« Seb bietet mir die Tafel an.

»Das ist lieb, Seb, aber nicht jetzt. Vielleicht später?«

Er verzieht das Gesicht. »Wirklich? Ich dachte, es würde

dir gefallen, einen Film zu schauen und sich mit ungesunden Snacks vollzustopfen.«

»Ehrlich gesagt, bin ich zu verkatert, um das überhaupt nur anschauen zu können«, antworte ich und schlucke eine Welle der Übelkeit hinunter.

»Ich kenne das perfekte Mittel gegen einen Kater«, sagt Felix.

»Oh nein, nicht dein ekelhaftes Katergetränk.« Seb verzieht angewidert das Gesicht und lässt sich neben mir auf das Sofa plumpsen, während er seine abgelehnten Snacks auf den Couchtisch fallen lässt.

»Mach es nicht schlecht, bevor du es probiert hast, Sebby«, antwortet Felix.

»Du wirst mich niemals dazu bringen, dieses ekelhafte Gebräu zu trinken.« Seb rümpft die Nase und legt eine Hand auf mein Knie.

»Caroline«, sagt Felix und steht auf, »komm mit mir runter in die Küche. Ich mache dir ein Glas, und du sagst mir, wenn es deinen Kater nicht augenblicklich kuriert.«

Bei der Vorstellung von Milchgetränken mit rohen Eiern muss ich fast würgen.

»Guck nicht so besorgt.« Felix lacht.

»Hat es mit rohen Eiern zu tun?«, frage ich und kann die Worte kaum laut aussprechen.

»Nein.«

»Wenn du eine Tafel Dairy Milk nicht verträgst, wirst du dich beim Anblick von Felix' Giftcocktail übergeben müssen«, warnt Seb.

»Ich glaube nicht, dass es mir im Moment noch schlechter gehen könnte.« Das Wasser, das ich eben getrunken habe, schwappt jetzt in meinem Magen herum wie nasse Wäsche in einer Maschine.

»Na dann«, sagt Felix und neigt den Kopf in Richtung Tür. »Sollen wir?«

»Es wird mir entweder helfen, oder ich muss mich übergeben, beides ist besser als das, was ich jetzt fühle.«

»Sag nicht, ich hätte dich nicht gewarnt«, sagt Seb grinsend, schaut von der Couch auf und schüttelt den Kopf. »Bleib nicht so lange, Cal. Der Tag ist fast vorbei und ich wollte mit dir zusammen einen Film schauen.«

»Es dauert zwei Minuten, bis ich mein Heilmittel fertig habe«, antwortet Felix.

Ich folge ihm zurück in die Küche des Pubs und merke zu spät, dass ich wahrscheinlich auf Lilian treffen werde. Eine Aussicht, die im besten Fall schlimm ist, aber unerträglich, wenn man verkatert ist.

»Felix!« Lilians Augen leuchten auf, als wir die Küche betreten. »Bist du hier, um zu übernehmen?« Ihr normalerweise tadelloses Äußeres wirkt ein wenig derangiert. Strähnen ihres kastanienbraunen Haares haben sich aus ihrem Dutt gelöst, und ihr sonst so perfektes Make-up sieht ein bisschen fleckig aus und kann die dunklen Ringe unter ihren Augen nicht verbergen. Obwohl ich bezweifle, dass *ich* im Moment besser aussehe.

»Hey, Caroline, Felix.« Hugo kommt mit einem Arm voller leerer Teller in die Küche.

»Hi, Hugo«, antworte ich.

»Gib mir fünf Minuten, Mum«, sagt Felix. »Ich will Caroline nur eben meine Katerkur machen.«

Na toll. Jetzt weiß Lilian zweifelsfrei, dass ich es gestern Abend übertrieben habe. Man sollte meinen, dass sie als Betreiberin eines Pubs an den einen oder anderen Kater gewöhnt ist, aber der Blick, den sie mir zuwirft, ist voller Abscheu. Das Ärgerliche ist, dass ich zu Hause kaum etwas trinke. Wahrscheinlich fühle ich mich deshalb heute so schlecht. Als Lilian bemerkt, dass ich sie ansehe, verzieht sie ihre Gesichtszüge zu einem unaufrichtigen Lächeln.

»Gute Nacht gehabt, hm?«, fragt mich Hugo.

»Du kannst für heut Schluss machen, Hugo«, blafft Lilian ihn an. »Jetzt, da Felix hier ist.«

»Tschüss, Mrs. F.« Hugo scheint sich nicht daran zu stören, dass alle von oben herab mit ihm reden. Eigentlich tut er mir ein bisschen leid. Er erinnert mich an einen Golden Retriever, der es allen recht machen will.

»Hi zusammen!« Eine junge Frau in Jeans und rotem Fleecepullover kommt vom Eingang des Lagerraums in die Küche gestürmt.

»Kim, Liebes, wie geht es dir?«, fragt Lilian und dreht sich zur Begrüßung um.

»Hey, Kim, wie gehts?«, fragt Felix. »Das ist Caroline. Caroline, Kim ist unsere Lieblingsgemüselieferantin.«

»Hi.« Ich lächle die Frau an und sie strahlt zurück.

»Es ist schön, dass du zurück bist«, sagt Lilian. »Wir haben dich vermisst. Wie war die Elternzeit? Und wie geht es deinem Kleinen?«

»Du solltest mal bei Nicki vorbeischauen«, sagt Felix. »Teddy ist jetzt fast ein Jahr alt, also müssen sie altersmäßig ziemlich nah beieinander sein.«

»Ach, echt? Ich kann es nicht glauben. Fast eins! Ja, ich würde mich gerne mit Nicki treffen. Spencer wird nächste Woche zehn Monate alt. Die Zeit vergeht wie im Flug. Wie gehts Seb nach Amy?«

Es entsteht eine kurze, sehr unangenehme Stille, in der Felix sichtlich erblasst und Lilian der Mund offen steht.

Hugo wirft mir einen warnenden Blick zu und schüttelt den Kopf.

»Oh, ich bin so unhöflich«, sagt Lilian und schenkt mir ein warmes Lächeln, das nur vorgetäuscht sein kann. »Kim, das ist Caroline, die Frau von Seb. Sie haben erst diesen Monat geheiratet. Caroline kommt aus Australien, also ist das hier alles ganz ungewohnt für sie.«

»Oh.« Kims Augen weiten sich, dann fasst sie sich wieder.

»Oh. Das ist schön. Herzlichen Glückwunsch.« Sie lächelt. »Ich wette, an den britischen Winter muss man sich erst einmal gewöhnen.«

»Auf jeden Fall«, antworte ich und werfe einen Blick zu Felix, aber der hat den Kopf gesenkt und fummelt an einem Mixer herum.

Nach ein paar weiteren Sekunden führt Lilian Kim zurück in den Lagerraum und fragt laut und offensiv nach Topinambur und Rosenkohl, vermutlich um das Thema von persönlichen Angelegenheiten aufs Berufliche zu lenken.

»Wer ist Amy?«, frage ich Felix.

Er starrt immer noch auf den Mixer und tut so, als hätte er mich nicht gehört.

»Felix?« Mein Herz klopft unangenehm, während ich darauf warte, dass er aufsieht und meine Frage beantwortet.

Als er das tut, ist sein Gesichtsausdruck ernst und ein wenig unbehaglich. »Ähm, ich glaube, das ist eher eine Frage für Seb.«

»Okay, aber ich frage *dich.*«

Felix zuckt mit den Schultern und schüttelt den Kopf.

»Hugo?«, frage ich.

»Ähh …« Er schluckt.

»Du kannst jetzt gehen, Hugo«, sagt Felix in einem Ton, der keine Widerrede zulässt.

Hugo zieht die Augenbrauen hoch, schenkt mir ein entschuldigendes Lächeln und verschwindet.

Es kommt mir seltsam vor, Felix nach Amy zu fragen, aber ich werde nicht zulassen, dass er die Sache unter den Teppich kehrt. Seb hat sie mir gegenüber nicht ein einziges Mal erwähnt. Und jetzt verhalten sich Felix und Lilian, was sie betrifft, äußerst fragwürdig. All das finde ich zunehmend beunruhigend.

Ich will Antworten. Und ich will sie jetzt.

NEUNZEHN

AMY

Der Wodka Tonic hinterlässt in ihrer Kehle ein angenehm scharfes, brennendes Gefühl. Fast wäre sie heute Abend nicht rausgekommen. Sie sagt eigentlich immer Nein, wenn ihre Mitbewohner sie fragen. So reflexartig, dass sie sich kaum noch die Mühe machen. Sie hat eine engere Beziehung zu ihren Lehrbüchern als zu irgendeinem menschlichen Wesen.

Die letzten zwei Jahre waren hart. Amy brennt für Medizin und liebt ihren Studiengang, aber der Zeitplan ist hart und sie ist dauerhaft erschöpft. Heute Abend hätte die Verlockung der Bettdecke fast gesiegt, aber dann blinkte die Nummer ihrer Mutter auf ihrem Handy auf und sie brachte es nicht fertig, dranzugehen. Sie wusste, wenn sie zu Hause bliebe, würde ihre Mutter so lange anrufen, bis Amy es nicht mehr aushielte und abnähme.

Seitdem ihre Schwester von zu Hause abgehauen ist, sind ihre Eltern unerträglich. Es ist nicht so, dass sie ständig über Michelle sprechen oder gar verärgert darüber sind, dass sie weg ist – wenn sie überhaupt erwähnt wird, ist es ein unterschwelliger Kommentar darüber, was für eine egoistische und gedankenlose Person sie ist. Das Problem ist vielmehr, dass sie jetzt all ihre beträchtlichen Energien auf Amy konzentrieren. Sie rufen jeden Abend an und wollen einen detaillierten Bericht über alles, was sie tut. Es ist so beengend. Es hat den Punkt erreicht, an dem sie das Klingeln ihres Handys fürchtet. Sie weiß, dass sie Glück hat, von ihnen unterstützt zu werden. Dass ihr Stolz auf sie etwas ist, worüber sie froh sein sollte. Aber ihre Kontrolle macht ihr Leben nur noch schwerer. Sie ist ihr einziger Fokus geworden.

Es ist über ein Jahr her, seit Michelle weg ist, und abgesehen von gelegentlichen Nachrichten, in denen sie sagt, dass es ihr gut geht, meldet sie sich überhaupt nicht mehr. Amy muss mindestens ein halbes Dutzend Nachrichten hinterlassen, bevor sie eine Antwort erhält. Manchmal fragt sie sich, warum sie sich überhaupt die Mühe macht, es weiter zu versuchen. Es stresst sie jedes Mal, wenn ihre Schwester sie ignoriert. Aber dann erinnert sie sich an Michelles freches Lächeln und ihren scharfen Verstand. Daran, wie sie zu Amy aufschaute, als sie jünger war.

Michelle beantwortet keine Fragen. Sie schreibt nur: Mir geht es gut, keine Sorge. *Das war's. Ihre Eltern bekommen nicht einmal das. Nach der ersten Woche der Panik, als Michelle ihr Zuhause verließ, haben sie ihre jüngste Tochter so gut wie verleugnet. Wenigstens hat sie ihre Handynummer behalten, auch wenn sie nicht wissen, wo sie ist oder was sie tut.*

Um sich also von dem schlechten Gewissen, die Anrufe ihrer Mutter ignoriert zu haben, abzulenken, ist sie heute Abend unter die Dusche gesprungen, hat sich eine verblichene Jeans und ihr schwarzes Lieblingsoberteil mit den aufgeschlitzten Ärmeln übergezogen und sich ihren Mitbewohnern Nat und Chloe angeschlossen, um ins Rose and Crown zu gehen. Dienstags sind die Drinks hier billig, sodass es von Studenten überschwemmt wird, wie sie feststellen musste, als sie versucht hat, sich einen Weg durch das dichte Gedränge zur Bar zu bahnen.

Und jetzt wird sie von DEM umwerfendsten Mann angesprochen, den sie je in ihrem Leben gesehen hat. Er ist zwar kein Model, aber groß und breitschultrig, hat schiefergraue Augen, gewelltes braunes Haar und ein Lächeln, das ein Kribbeln in ihrem Bauch auslöst.

»Brauchst du Hilfe damit?«, fragt er, während sie versucht, drei Getränke in zwei Händen durch den vollen Pub zu tragen.

Sie kommt eigentlich ganz gut zurecht, aber sie merkt, dass sie gerne einen Grund hätte, um weiter mit ihm zu reden. »Ähm, danke. Das wäre tatsächlich großartig. Aber bist du nicht auf dem Weg zur Bar?«

»Das war ich, aber ich glaube nicht, dass ich das ertrage.« Er deutet mit dem Kopf auf die Menschenmenge.

»Ich weiß, was du meinst«, antwortet Amy. »Ich habe den halben Abend gebraucht, um die hier zu ergattern.«

Er nimmt ihr zwei der Gläser aus ihren glitschigen Händen und überlässt ihr den Wodka Tonic, von dem sie einen großen Schluck nimmt.

»Habt ihr einen Tisch?«, fragt er.

»Machst du Witze?« Sie lächelt. »Meine Freunde sind hinten bei der Dartscheibe.«

Er folgt ihr durch die Menge, und sie hat einen Moment lang Panik, dass er das vielleicht nur tut, um ihr die Getränke zu stehlen. Er sieht nicht aus wie ein Dieb, aber vielleicht verlässt er sich auf sein gutes Aussehen, um die Leute dazu zu bringen, sie ihm auszuhändigen. Sie wirft einen ängstlichen Blick über die Schulter.

»Keine Sorge, ich bin nicht mit deinen Getränken abgehauen«, sagt er mit einem verschmitzten Augenzwinkern, als würde er ihre Gedanken lesen.

»Nein, das dachte ich auch nicht, ich wollte mich nur vergewissern, dass du nicht in der Menge untergegangen bist.«

»Ja, ja.« Er lacht.

Sie erreichen die Stelle, an der sie Nat und Chloe zurückgelassen hat, aber sie sind nicht da. Vielleicht sind sie auf die Toilette gegangen.

Er stellt die Gläser auf einem kleinen Regal ab, das an einer Säule befestigt ist.

»Sieht aus, als wären meine Freunde verschwunden«, sagt Amy und schaut sich um.

»Bist du Studentin?«, fragt er.

»Ja, und du?« Amy nippt an ihrem Drink, wohlwissend, dass er mit leeren Händen dasteht.

»Zweites Jahr Gastgewerbe. Ich bin an der Fachhochschule für Gastronomie.«

»Ich bin auch im zweiten Jahr.« Sie ist froh, dass sie ihr Lieblingsoberteil trägt und sich die Mühe gemacht hat, ihre Haare zu waschen. »Ich studiere Medizin.«

»Wow, das ist beeindruckend.«

»Das wäre es, wenn ich nicht jeden Tag in Panik geräte.«

»Oh. Tut mir leid, das zu hören.« Er reibt sich die leichten Bartstoppeln am Kinn und sie stellt sich vor, wie sie mit ihren Fingern dieselbe Linie entlangfährt.

Es entsteht eine gespannte Pause, und das Stimmengewirr tritt für einen Moment in den Hintergrund. Sie nimmt einen Schluck von ihrem Getränk und kehrt wieder ins Hier und Jetzt zurück. »Ich weiß nicht, was mit meinen Freunden ist. Vielleicht solltest du einen ihrer Drinks nehmen. Ich kann ihnen jederzeit einen neuen holen.«

»Was ist das?« Er beäugt die beiden Gläser misstrauisch.

»Das eine ist Birnen-Cider, das andere Wodka mit Cola.«

»Ich bin eher der Craftbier-Typ, aber ich kann mich auch an einem Birnen-Cider versuchen. Ich glaube, ich bin mir meiner Männlichkeit sicher genug, um ein halbes Pint davon zu trinken.« Er nimmt das Glas in die Hand und stößt mit meinem an. »Prost.«

Amy erwidert und beide trinken einen Schluck.

»Deine Augen sind unglaublich«, sagt er. »Sind sie grün?«

Ihr Herz setzt kurz aus. Sie schluckt. »Eigentlich haselnussbraun, aber manchmal können sie auch grün aussehen.«

Er beugt sich vor, um ihre Lippen zu küssen, und sie schließt die Augen, während sie seinen Kuss erwidert. Er dauert nicht lange, aber es ist bereits um sie geschehen.

»Wie heißt du?«, fragt er.

»Amy. Amy Nelson.«

»Hallo, Amy, Amy Nelson. Ich bin Seb, Seb Fletcher.«

ZWANZIG

LILIAN

Natürlich muss Kim Amy ausgerechnet dann erwähnen, wenn Caroline gerade in der Küche ist. Ich habe die Schnauze gestrichen voll von diesem ganzen Drama.

»Du übernimmst also die zusätzliche Lieferung für uns am Montag?«, frage ich Kim, die ich unbedingt loswerden will, damit ich mich um das kümmern kann, was jetzt in der Küche vor sich geht.

Kim schiebt die Hände in die Taschen ihres Fleecepullovers. Im Lagerraum ist es kühler als draußen. »Kein Problem. Passt euch sieben Uhr morgens?«

»Perfekt. Nochmals vielen Dank, Kim. Es ist schön, dich wieder hier zu haben.« Ich warte darauf, dass sie geht, aber sie zögert an der Hintertür.

»Es tut mir leid, wenn ich vorhin wegen Seb und Amy ins Fettnäpfchen getreten bin. Ich wusste nicht, dass er wieder geheiratet hat. Ich bin so ein Großmaul.«

»Mach dir keine Sorgen«, antworte ich. »Wie du weißt, hat es zwischen den beiden ziemlich schlimm geendet, und Seb spricht nicht gerne darüber. Zum Glück hat er inzwischen Caroline kennengelernt und es geht endlich wieder aufwärts.«

»Oh, das ist aber schön. Ich freue mich wirklich für die beiden.«

Mir wird bewusst, dass das, was ich Kim erzähle, tatsächlich stimmt. Für Sebastian *geht* es aufwärts. Vielleicht war ich zu hart zu meiner neuen Schwiegertochter. Immerhin hat sie ihn von Amys Verrat abgelenkt. Sie hat ihm einen Neuanfang ermöglicht. Und sie hat sich nicht beschwert, als ich sie vom Dienst abgezogen und in die Küche verfrachtet habe – das zeugt von Charakter und der Bereitschaft, mit anzupacken.

Ich habe außerdem erfahren, dass es nicht Caroline war, die das Geld aus der Portokasse genommen hat. Sebastian war zu Recht sauer auf mich, angesichts meiner voreiligen Schlüsse. Ich habe Felix vorhin danach gefragt, und er sagte, er habe sich das Geld für den Junggesellenabschied geliehen, weil er nur zweihundert Pfund am Geldautomaten abheben konnte. Zum Glück habe ich Caroline nicht direkt beschuldigt.

Vielleicht sollte ich aufhören, nach Problemen zu suchen, wo keine sind. Wenn ich nur sicher sein könnte, dass sie das Herz am rechten Fleck hat und gute Absichten hegt, dann könnte ich mich entspannen und sie mit offenen Armen in der Familie willkommen heißen. Aber es ist schwieriger, als ich dachte, ihr einen Vertrauensvorschuss zu geben, besonders wenn es um meine Jungs geht. Ich schätze, man könnte sagen, *gebranntes Kind ...*

»Nun, ich mache mich jetzt besser wieder auf den Weg.« Kim winkt unbeholfen und schließt die Tür hinter sich.

Ich atme tief durch und wappne mich, bevor ich zurück in die Küche gehe.

»Es tut mir leid, aber das geht mich nichts an«, sagt Felix zu einer finsteren Caroline. »Wie gesagt, da musst du Seb selbst fragen.«

»Was geht dich nichts an?«, frage ich Felix.

Sie schauen zu mir herüber, als ich den Raum betrete.

»*Amy*«, antwortet Felix und wirft mir einen Blick zu, der

sagt: *Hilf mir, da rauszukommen.* Er holt sein Handy aus der Tasche und fängt an, über den Bildschirm zu wischen.

»Ich *werde* Seb fragen«, antwortet Caroline. »Aber wenn ich schon mal hier bin, Lilian, kannst du mir vielleicht sagen, was hier los ist? Wer ist diese Amy? Und warum hat Kim sich nach ihr erkundigt? Waren sie und Seb ein Paar, bevor ich hierherkam? Wenn dem so ist, ist es mir egal. Jeder hat eine Vergangenheit. Ich verstehe nur nicht, warum das so eine große Sache ist. Warum ihr mir nichts sagen wollt. Hat sie auch hier gearbeitet?«

»Ach du meine Güte, all diese Fragen!«, sage ich fröhlich und klatsche in die Hände. »Sie ist nur eine Ex, kein Grund zur Sorge, aber *jetzt* ist nicht der richtige Zeitpunkt, um über persönliche Angelegenheiten zu sprechen. Ich muss Felix dabei helfen, alles für heute Abend vorzubereiten.« Eigentlich muss ich Felix gar nicht helfen. Ich hatte mich auf eine lange, heiße Dusche gefreut, gefolgt von ein paar Stunden, in denen ich die Füße hochlegen kann, bevor ich wieder in der Bar und im Restaurant sein muss. Aber dieses ganze Amy-Debakel hat mir einen Strich durch die Rechnung gemacht. Ich werde mich oben nicht entspannen können, solange Caroline denkt, wir hätten etwas zu verbergen. Warum Seb ihr nicht von seiner Ex erzählt hat, werde ich wohl nie erfahren. Es ist lächerlich, so etwas zu verheimlichen. Wir leben in einer Kleinstadt, in der jeder tratscht. Eigentlich ist es ein Wunder, dass es nicht schon früher herausgekommen ist.

»Wann *ist* denn ein guter Zeitpunkt, um darüber zu sprechen?« Caroline bleibt hartnäckig, ihre Augen verhärten sich.

»Später«, erkläre ich.

»Nun, Felix wollte mir eine Katerkur machen«, sagt sie, ohne sich zu rühren. Ich vermute, sie hofft, ihm ein paar Informationen entlocken zu können. Aber dazu wird es nicht kommen.

»Es tut mir leid«, sage ich und schaue sie ebenso streng an,

»aber hier gibt es im Moment viel zu viel zu tun.« Ich öffne den Kühlschrank und nehme eine Schüssel mit vorgekochten Nudeln heraus, nur um so zu tun, als wäre ich beschäftigt. »Warum gehst du nicht wieder nach oben? Trink viel Wasser. Du bist wahrscheinlich nur dehydriert.«

Sie schaut für einen langen Moment von mir zu Felix und ich mache mich auf weitere Fragen gefasst. Aber schließlich entspannt sich ihr Blick. »Na gut. Dann spreche ich eben mit Seb.«

Felix nickt ihr kurz zu und wendet sich dann mir zu, um zu erfahren, wie der Mittagstisch gelaufen ist.

Caroline stößt einen genervten Laut aus und verlässt schließlich die Küche.

»Sag Sebastian lieber Bescheid«, zische ich.

EINUNDZWANZIG

CAROLINE

Als ich die Treppe zur Wohnung hinaufgehe, merke ich, wie ich zittere. Schweiß kribbelt auf meiner Stirn und ich bin wackelig auf den Beinen. Lilian hatte wahrscheinlich recht, dass ich dehydriert bin. Mich hat es außerdem schockiert, als Kim fragte: »Wie geht es Seb nach Amy?« Es war so seltsam, seinen Namen so erwähnt mit ihrem zu hören, als Paar.

Ich bleibe auf dem oberen Treppenabsatz stehen und bereite mich darauf vor, mit Seb darüber zu sprechen. Ich finde es immer noch seltsam, dass er in den sechs Monaten, in denen ich mich mit ihm online ausgetauscht habe, nicht ein einziges Mal »Amy« erwähnt hat, auch nicht, als ich ihn nach seinen früheren Beziehungen fragte. Er erzählte von ein paar ernsthaften Verflossenen und ein paar Affären, aber Amy erwähnte er mit keinem Wort. Ich muss unbedingt herausfinden, was zwischen den beiden passiert ist. Warum haben sie sich getrennt? Warum sprechen er und seine Familie nie über sie? Wo ist sie jetzt?

Ich bin nicht in der besten Verfassung, um dieses Gespräch zu führen, aber ich habe keine andere Wahl. Ich marschiere ins

Wohnzimmer, um herauszufinden, was es damit auf sich hat. Der Raum ist leer.

»Seb!«, rufe ich, verlasse das Zimmer und werfe einen Blick in die Küche. Aber dort ist er ebenfalls nicht. Auch in unserem Schlafzimmer und im Bad ist keine Spur von ihm. Ich klopfe an die Schlafzimmertür von Lilian und Brian, aber es kommt keine Antwort. Ich bin mir ziemlich sicher, dass er auch da nicht ist, dennoch öffne ich die Tür und trete ein.

Ihr Zimmer ist etwas kompakter als das von Seb und riecht nach einer Mischung aus Brians Rasierschaum und Lilians Parfüm. Komisch, dass ich ihre individuellen Gerüche bereits kenne. Bei dieser Erkenntnis fühle ich mich ein bisschen komisch. Ihr Bett ist ein kleines Doppelbett im Gegensatz zu unserem Kingsize-Bett, und die Wände sind etwas schäbiger als in unserem Zimmer, das Holz ist von Weiß zu Creme verblasst.

»Seb?« Ich sage seinen Namen, obwohl ich weiß, dass er nicht hier ist.

Es fehlt mir gerade noch, dass Lilian mich dabei erwischt, wie ich in ihrem Schlafzimmer herumschnüffle. Das würde wirklich nicht gut ankommen, besonders nachdem sie mich vorhin gesehen hat, wie ich die Schreibtischschubladen im Büro durchwühlt habe. Die Vorstellung, dass sie mich hier findet, entlockt mir fast ein hysterisches Lachen. Schnell verlasse ich den Raum und schließe die Tür, mein Puls rast.

Wo zum Teufel ist Seb?

Mein Handy meldet sich. Es ist eine Nachricht von ihm:

Hey, Cal, es tut mir so leid, aber ich musste mit Dad nach Blandford fahren, um ihm zu helfen, ein paar Vorräte zu besorgen. Es wird nicht allzu lange dauern. Ich liebe dich xx

Mein Körper erschlafft, die Spannung fällt von mir ab. Ich hatte mich vorbereitet auf … nicht unbedingt eine Konfrontation, aber auch nicht auf eine sanfte Konversation, und jetzt gibt es niemanden sonst, den ich fragen könnte. Außer …

Ich trinke noch ein Glas Wasser, gehe kurz auf die Toilette, schnappe mir meinen Parka und schleiche die Treppe hinunter, weg von der Küche und hin zu einer ungewöhnlich leeren Bar, in der Tarik saubere Gläser stapelt.

Er schaut auf und lächelt. »Hey, du bist Caroline, oder? Ich glaube, wir sind uns bisher nicht richtig vorgestellt worden.«

»Hi.« Ich schenke ihm mein freundlichstes Lächeln und sehe, dass er es zu schätzen weiß.

»Herzlichen Glückwunsch zur Hochzeit«, antwortet er.

»Danke.«

»Kann ich dir einen Drink oder etwas anderes anbieten?«

»Danke, aber ich bin gerade auf dem Weg nach draußen.« Ich mache ein paar Schritte in Richtung Ausgang und bleibe dann stehen. »Du hast nicht zufällig eine Nachsendeadresse für Amy? Seb hat noch ein paar Sachen von ihr, die er loswerden will, und du weißt ja, dass er sich nicht gerne mit all dem aufhält, also dachte ich, ich erledige das für ihn.«

Tarik wirft mir einen Blick zu, der mir zeigt, dass er mir kein Wort glaubt. »Hör zu«, sagt er, »du musst dir keine Sorgen um Amy machen. Sie kann dir nicht das Wasser reichen.«

»Ich wollte nicht …«

»Ich merke Seb an, dass er … nun ja, dass er wirklich in dich verliebt ist.«

»Oh, danke, aber ich mache mir keine Sorgen. Ich bin …«

Er schüttelt den Kopf und weist meine Beteuerungen zurück. »Nur ein freundschaftlicher Rat – wühl das nicht wieder auf. Seb ging es lange Zeit schlecht, bis er dich kennengelernt hat. Genieße es einfach, mit ihm zusammen zu sein. Es hat keinen Sinn, Staub aufzuwirbeln, oder?«

»Ich habe nicht vor, Staub aufzuwirbeln.«

»Gut, aber erwarte nicht von mir, dass ich hinter Sebs

Rücken irgendjemanden in den Dreck ziehe, okay? Er ist mein Chef und außerdem ein guter Kumpel.«

»Verstanden«, antworte ich und ärgere mich über mich selbst, weil ich von vornherein so plump war. »Okay, wenn das so ist, kannst du mir dann sagen, wo ich Kim finde? Du weißt schon, die Lieferantin. Sie war vorhin hier. Wir haben uns gut verstanden und sie sagte, ich solle auf einen Tasse Tee vorbeikommen, aber ich habe die Adresse vergessen.«

Tarik zieht eine dunkle Augenbraue hoch, da er mir diese Geschichte offensichtlich auch nicht abkauft.

Gott, ich bin heute zu nichts zu gebrauchen. Ich ermahne mich, nie wieder so viel zu trinken. Mein Kater beeinträchtigt mein Urteilsvermögen.

Trotz Tariks Skepsis angesichts meiner ausgeklügelten Erzählung beantwortet er meine Frage. »Kim und Mike wohnen am anderen Ende der Stadt in der Darracott Lane Nummer drei, gleich hinter dem Postamt.«

»Danke, Tarik. Wir sehen uns später.« Ich nicke ihm zu und schlüpfe schnell zur Tür hinaus, weil ich plötzlich Angst habe, Lilian oder Felix könnten auftauchen.

Draußen ist es eiskalt. Wenigstens regnet es nicht, aber der eisige Wind fegt über die Straße, raubt mir den Atem und sticht mir in die Augen. Als ich mir einen Moment Zeit nehme, um mich zu orientieren, bleibt mein Blick an einem Radfahrer hängen, der über den Parkplatz des Pubs kommt. Es ist Hugo.

Ich winke und er kommt zu mir herüber, sein blondes Haar unter einem Fahrradhelm zurückgebunden, seine Wangen und Finger rot von der Kälte.

»Wo willst du hin?«, fragt er. »Das war ein bisschen peinlich vorhin, nicht wahr?«

»Weißt du, wer Amy ist?«, frage ich.

»Am besten nicht fragen«, sagt er. »Ich habe geschworen zu schweigen.« Seine Worte sind dramatisch, aber sein Ausdruck ist spielerisch.

»Du kannst es mir sagen.« Ich schenke ihm ein kokettes Lächeln. »Ich verspreche, dass ich es niemandem erzähle.«

Er öffnet den Mund, um zu antworten, als sich hinter uns die Tür zum Pub öffnet. Wir drehen uns um und sehen Tarik in der Tür stehen. Er mustert uns beide einen Moment lang und sieht dann Hugo an. Als er seinen Blick wieder auf mich richtet, sagt er: »Ich wollte dir nur sagen, dass ich nicht sicher bin, ob ihr Haus eine Nummer hat, aber es ist rosa, also wirst du es sofort erkennen.«

»Oh, äh, danke«, antworte ich.

»Alles klar, Hugo?«, fragt Tarik.

»Alles gut«, sagt er.

Tarik macht keine Anstalten, wieder hineinzugehen, und so stehen wir drei in betretenem Schweigen da. Schließlich ergreift Hugo das Wort: »Also, ich mache mich jetzt besser auf den Weg. Ich habe in etwa drei Stunden die nächste Schicht.«

»Warte mal kurz«, sage ich.

Aber er ist schon mit dem Fahrrad auf der Straße.

»Bis später«, ruft Tarik, bevor er ins Gebäude zurückkehrt.

Ich runzle die Stirn und frage mich, was da gerade passiert ist. Ist Tarik wirklich nur herausgekommen, um mir zusätzliche Hinweise zu geben? Oder wollte er sicherstellen, dass Hugo den Mund hält? Oder vielleicht bin ich einfach nur müde, verkatert und paranoid.

Ich schaue die Straße hinauf und hinunter und versuche, mich zu erinnern, in welche Richtung ich gehen muss. Ich glaube, das Postamt ist am anderen Ende der Hauptstraße. Na toll, dann laufe ich also direkt gegen den Wind. Ich neige den Kopf und kämpfe mich im Schein der dunstigen Straßenlaternen die Straße entlang. Es ist mehr los, als ich dachte, dick eingepackte Passanten, die einkaufen oder am späten Nachmittag einen Drink in einer der Bars und Cafés einnehmen, und Autos, die durch halbgefrorene Pfützen rauschen und deren Scheinwerferlicht die Dunkelheit durchschneidet.

Die Straße und der Gehsteig werden schmaler und die Menschenmassen lichten sich, als ich mich endlich dem Stadtrand nähere. Mir schwirren so viele Fragen im Kopf herum. Fragen, die niemand beantworten zu wollen scheint. Seit ich hier angekommen bin, ist alles aus dem Lot geraten. Der Optimismus, den ich damals in Byron verspürte, als es nur mich und Seb gab, hat mich im Stich gelassen. Ich habe kein gutes Gefühl im Bauch. Im Moment habe ich sogar ein Gefühl des puren Grauens.

Aber ich kann mich davon nicht abhalten lassen.

Auf der gegenüberliegenden Straßenseite sehe ich ein junges Pärchen, das sich in einer Ladentür küsst, vom Wind geschützt. Er umschlingt sie mit den Armen, und sie steht auf Zehenspitzen, ihr Gesicht zu seinem gereckt. Plötzlich bin ich neidisch auf die beiden. Um die schlichte Unschuld eines Kusses in einem Hauseingang. Sie zieht sich zurück und lehnt sich mit dem Rücken an die Wand, und ich erkenne sie wieder.

Es ist Mariah. Und der Mann, den sie geküsst hat, ist Tom Chancellor.

ZWEIUNDZWANZIG

CAROLINE

Ich bleibe einen Moment stehen, wie gelähmt von dem Anblick von Mariah und Tom. Von ihrer leidenschaftlichen Umarmung. Nachdem ich sie gestern Abend im Club gesehen habe, dachte ich, sie würden sich hassen. Nun, ich war mir zumindest sicher, dass Mariah kein Interesse an ihm hat. Ich muss mich geirrt haben. Vielleicht sind sie ein Paar und haben sich gestritten. Vielleicht war sie sauer auf ihn, weil er mir an den Hintern gefasst hat. Das ergibt Sinn. Ich neige den Kopf und eile vorbei, damit sie mich nicht sehen. Ich habe im Moment wichtigere Dinge, um die ich mich kümmern muss.

Ich laufe an der belebten Post vorbei, passiere die Schlange, die sich auf dem Gehsteig gebildet hat. Vor mir, auf der gegenüberliegenden Seite der Hauptstraße, liegt die Darracott Lane. Es ist eine winzig kleine Gasse, kaum mehr als ein asphaltierter Weg, mit einem Gehsteig, der so schmal ist, dass man ihn sich auch hätte sparen können.

Auf der rechten Seite sehe ich das einzige rosafarbene Haus der Straße, wie ein winziges Puppenhaus, eingezwängt zwischen zwei ebenso winzigen Häuschen. Bevor mich der Mut verlässt, gehe ich zur Haustür, hebe den vernarbten schwarzen Klopfer und klopfe zweimal.

Die Tür öffnet sich fast augenblicklich, und ich freue mich, Kim dort stehen zu sehen. Ihre Haustür führt direkt ins Wohnzimmer, wo ich einen Mann sehe, der vor dem Fernseher sitzt und ein Baby auf dem Schoß schaukelt. Für einen Moment huscht Verwirrung über Kims Gesicht, dann dämmert es ihr. »Oh, Sie sind die Frau von Seb Fletcher, richtig? Hi.«

»Hi, ja, ich bin Caroline.«

»Caroline, das war's! Bitte entschuldigen Sie, ich bin gerade erst von der Arbeit gekommen und mein Hirn ist ein bisschen durcheinander. Die erste Woche zurück nach der Elternzeit. Es war ein ziemlicher Schock für mein System.«

»Kim! Du lässt die ganze warme Luft raus!«, ruft der Mann.

»Entschuldigen Sie, möchten Sie reinkommen?«, fragt sie mich, tritt zurück und unterdrückt ein Gähnen.

Ich fühle mich ein bisschen schuldig, an einem Samstag an ihre Tür geklopft zu haben, wenn sie offensichtlich müde ist, aber ich werde sie nicht lange aufhalten. »Würde es Ihnen etwas ausmachen? Ich wollte nur kurz mit Ihnen reden, wenn das okay ist.«

»Ja, sicher.«

Ich trete über die Schwelle und sie schiebt die Tür hinter mir zu.

»Ihr Cottage ist so süß«, sage ich. »Ich liebe die Farbe.«

»Danke.« Sie lächelt. »Mike, das ist Caroline, die Frau von Seb Fletcher. Caroline, das ist mein Mann Mike.«

»Hi.« Er sieht mich mit einem freundlichen, aber verwirrten Gesichtsausdruck an, aber ich will jetzt nicht anfangen, meine und Sebs turbulente Beziehung zu erklären, also sage ich einfach »Hi« zurück.

»Lassen Sie uns in die Küche gehen, ja?« Kim wartet nicht auf meine Zustimmung, sondern geht durch das Wohnzimmer, vorbei an einer schmalen Treppe in eine großzügige, moderne Wohnküche mit Schieferboden und Flügeltüren.

»Oh, das ist entzückend«, schwärme ich, um sie auf meine Seite zu ziehen, aber ich meine es auch so.

»Danke. Wir haben hinten angebaut, bevor Spencer kam.«

»Das ist toll geworden.«

»Tee? Oder vielleicht etwas Stärkeres? Es ist fast fünf Uhr.«

»Für mich nichts, danke.«

»Setzen Sie sich.« Sie deutet auf einen hellen Holztisch mit Holzstühlen mit gebogener Rückenlehne. Ich ziehe einen davon heraus und setze mich, während sie in den Küchenbereich geht und den Wasserkocher anstellt. »Ich brauche dringend eine Tasse Tee«, sagt sie. »Ich mache welchen für mich und Mike. Wollen Sie wirklich keinen?«

»Mir geht es gut, danke. Tut mir leid, dass ich so hereinplatze, aber Ihre Bemerkung über Amy vorhin hat mich ein wenig überrascht.«

Sie bleibt stehen. »*Überrascht?*«

»Ja. Niemand hat sie mir gegenüber erwähnt. Also, nie. Ich nehme an, sie und Seb hatten eine ernsthafte Beziehung?«

Kim verzieht das Gesicht und schluckt merklich. »Ähm. Du meine Güte, vielleicht sollten wir nicht darüber reden. Die Fletchers sind Freunde und auch Kunden von uns. Ich möchte nicht, dass sie denken, ich würde hinter ihrem Rücken über sie tratschen.«

»Ich glaube nicht, dass es Klatsch und Tratsch ist, wenn ich seine Frau bin. Und ist das nicht ohnehin allgemein bekannt?«

Sie schüttelt den Kopf. »Es ist nur so, dass, wenn ich anfange, über Seb zu reden, und Sie ihm dann erzählen, dass Sie das von mir haben, nun, dann könnte das alles missverstanden werden, und ich mag keine Dramen oder …«

»Oh nein, absolut. Ich verstehe das vollkommen. Nein, ich wollte nur wissen, wo Amy hin ist. Wohnt sie noch in der Nähe?«

»Ich würde nicht empfehlen, Kontakt zu ihr aufzunehmen, falls Sie das vorhaben. Am besten lassen Sie sie in Ruhe. Ich meine, es ist Ihre Entscheidung, Ihre Beziehung, aber die Ex des Partners zu konfrontieren, könnte ein bisschen ...« Sie verzieht das Gesicht.

»Oh nein, Sie verstehen das falsch. Ich möchte nur wissen, ob sie sich im Streit getrennt haben. Wohnt sie in der Gegend und könnte zurückkommen und Ärger machen?«

»Nun ...« Kim nimmt ein paar klobige Keramikbecher von einem Regal. »Das glaube ich nicht. Seb hat sich scheiden lassen, nachdem sie mit einem anderen durchgebrannt ist.«

»Eine *Scheidung*!« Ich blinzle. »Er ist geschieden? Sie waren also *verheiratet*?«

»Mist.« Kim stellt die Tassen auf den Tresen und reibt sich die Wange. »Sehen Sie, ich bin schon jetzt ins Fettnäpfchen getreten.«

Ich schlucke aufsteigende Galle hinunter. Mein Verstand rast angesichts der Neuigkeiten, die ich gerade erfahren habe. *Geschieden.* »Wann ist das alles passiert?«

Sie stößt geräuschvoll die Luft aus. »Na gut, dann kann ich Ihnen ja auch gleich sagen, was ich weiß. Ich schätze, es kann nicht schaden, wenn ich nur berichte, was alle anderen auch wissen. Seb ist ein netter Kerl, aber ich kann nicht glauben, dass er Ihnen nicht erzählt hat, dass er verheiratet war. Es tut mir leid, dass ich es Ihnen sagen musste. Sind Sie sicher, dass Sie keinen Drink wollen?«

»Nein, danke. Haben Sie vielleicht ein Glas Wasser?«

Sie dreht den Wasserhahn auf und schenkt mir ein Glas ein.

»Also, wann ist das alles passiert?«, frage ich. »Die Trennung, meine ich.«

»Hm, lassen Sie mich nachdenken ... Es war vor Ostern, also ungefähr im März.«

»März dieses Jahres?«

»Ja.«

»Erst kürzlich also.«

Kim nickt verständnisvoll und reicht mir das Glas, bevor sie zum Kühlschrank geht.

»Ich habe versucht, Hugo oder Tarik dazu zu bringen, mit mir zu reden, aber es ist, als wären sie alle zum Schweigen verpflichtet oder so.« Ich nehme ein paar Schlucke von dem eiskalten Wasser.

Sie nickt und greift in den Kühlschrank, um die Milch herauszuholen. »Nun, sie arbeiten dort. Sie sind loyal. Alle lieben Seb, verstehen Sie? Was rede ich da? Natürlich tun Sie das, Sie haben ihn ja geheiratet, oder?« Sie lacht. »Wie auch immer, Hugo war ein bisschen in Amy verknallt, also würde ich nichts von dem, was er sagt, allzu ernst nehmen.«

»*Was?*«

»Oh, daran war nichts ungehörig«, fügt sie hinzu. »Sie hatte einfach eine Menge Charisma. Alle waren ein bisschen in sie verliebt, auch Hugo. Aber Amy und Seb ...« Kim bekommt einen verträumten Gesichtsausdruck. »Sie waren wie ein goldenes Paar. Beide so wunderschön und charmant.« Kim schlägt sich eine Hand vor den Mund. »Tut mir leid, ich wollte nicht ... Ich meine, offensichtlich war es nicht so, sonst wären sie noch verheiratet. Und *Sie*, Sie sind offensichtlich absolut perfekt für ihn. Ich meine, sehen Sie sich an!« Sie deutet mit beiden Händen auf mich und versucht, ihren Fauxpas wiedergutzumachen.

»Keine Sorge, es ist alles in Ordnung«, antworte ich und schüttle ihre Entschuldigung ab. Mein Herz klopft wie wild, als sie mir die scheinbar perfekte Beziehung von Seb und Amy schildert. »Was können Sie mir noch erzählen?«, dränge ich.

Kim lässt den Tee stehen und setzt sich mir gegenüber. »Ich weiß, das muss ein Schock gewesen sein, Liebes, aber ich möchte wirklich nicht mehr sagen. Ich glaube, Sie sollten jetzt besser nach Hause gehen und mit Seb reden, okay?«

Ich seufze. »Können Sie mir wenigstens sagen, ob Amy noch in der Nähe wohnt?«

»Das Letzte, was ich gehört habe, ist, dass sie die Gegend verlassen hat. Aber das ist nur Hörensagen. Ich bin mir nicht sicher. Alles, was ich Ihnen sagen kann, sind nur Gerüchte und Spekulationen. Wie schon gesagt, gehen Sie und sprechen Sie mit Ihrem Mann. Ich habe die Erfahrung gemacht, dass die beste Art, eine Ehe zu führen, darin besteht, offen und ehrlich zu sein und miteinander zu reden. Kommunikation ist alles.« Sie nimmt meine Hand und drückt sie.

Aus irgendeinem Grund treibt mir ihre plötzliche mütterliche Freundlichkeit die Tränen in die Augen. Ich rede mir ein, dass es der Kater ist, der mich emotional macht. Ich schiebe meinen Stuhl zurück, stehe auf und schenke ihr ein munteres Lächeln, um meinen inneren Aufruhr zu verbergen. »Danke, Kim. Ich weiß es wirklich zu schätzen, dass Sie ehrlich zu mir sind.«

Sie zuckt mit den Schultern. »Ich hoffe, Sie kriegen das geklärt.«

»Tut mir leid, dass ich Sie in eine unangenehme Lage gebracht habe.«

»Schon in Ordnung. Ich hätte an Ihrer Stelle vermutlich dasselbe getan. Passen Sie auf sich auf, Liebes.«

Ich verlasse Kims gemütliches Haus, trete auf die dunkle, kühle Straße hinaus und mache mich auf den Weg zurück durch die Stadt und den Hügel hinauf zum Pub. Ich hoffe, dass ich dort Antworten auf die unzähligen Fragen finde, die mir im Kopf herumschwirren. Dass ich von meinem Mann nicht die gleichen ausweichenden Antworten erhalte wie von allen anderen.

DREIUNDZWANZIG

MICHELLE

Michelle steht mit ihrem Eiskaffee auf dem Balkon. Im Moment kann sie sich nicht entscheiden, ob sie zu Hause bleiben und lesen oder mit ein paar Arbeitskollegen eine Wanderung machen soll. Obwohl es im Moment so heiß ist. Vielleicht bleibt sie erst einmal hier und geht dann später alleine spazieren.

Sie nimmt ihr Handy von dem weißen Metalltisch und tippt eine Antwort, in der sie schreibt, dass es ihr leidtue, aber sie heute nicht mitkommen könne. Sie beendet die Nachricht mit einem traurigen Emoji, aber innerlich lächelt sie zufrieden bei dem Gedanken, einen ganzen Tag für sich zu haben.

Sie bemerkt eine verpasste Nachricht auf ihrer Mailbox und hofft, dass es niemand ist, der sie überreden will, mitzukommen, aber dann sieht sie, dass sie von ihrer Schwester Amy ist.

Was für ein Stimmungskiller.

Jedes Mal, wenn sie eine Nachricht von ihrer Familie erhält, verkrampft sich ihr ganzer Körper vor einer Mischung aus Wut, Irritation, Schuldgefühlen und Selbstmitleid. Von allen ausgelösten Emotionen, ist die letzte die nervigste.

Sie fühlt sich schlecht, weil sie seit über zehn Jahren nicht mehr mit Amy gesprochen hat, obwohl sie sich früher einmal sehr nahestanden. Amy ist eine sanfte Seele, ein fleißiger und freundlicher Mensch. Aber ihre größte Schwäche ist, dass sie sich nicht für Michelle eingesetzt hat, wenn ihre Eltern sie zusammenstauchten. Sie hatte nicht das Rückgrat, ihren Eltern zu sagen, wie unfair sie sich verhielten. Amy hat einfach nur den Kopf eingezogen und weiter ihr Leben gelebt. Das war toll für sie, aber nicht so toll für Michelle.

Jedes Mal, wenn ihre Eltern über Michelle schimpften und fragten, warum sie nicht so wie ihre ältere Schwester sein konnte, blieb Amy stumm. Oh, sie brachte vielleicht einen schwachen Einzeiler heraus, um ihre Eltern zu besänftigen, aber im Allgemeinen nahm sie einfach ihre Großzügigkeit und ihr Lob an und überließ Michelle die Schuld an der Kritik.

Der endgültige Sargnagel kam, als Michelle siebzehn Jahre alt war. Ihre Eltern hatten Amy ein Medizinstudium ermöglicht, weigerten sich dann aber, Michelles Traum von einem Kunststudium zu unterstützen, weil das angeblich Geldverschwendung sei. Michelle sollte die Vorstellungen ihrer Eltern von ihrem Leben ausleben, oder sie würden ihr die Unterstützung entziehen.

Das Schmerzhafte war nicht, dass sie ihr die finanzielle Unterstützung verweigerten, sondern die Tatsache, dass sie Amy ihr vorzogen. Das hatten sie immer getan. Sie vermutete, dass sie enttäuscht waren, dass sie ein Mädchen war. Sie hatten bereits eine Tochter. Michelle hatte eigentlich ein Sohn werden sollen. Natürlich hätten sie es geleugnet, wenn sie sie darauf angesprochen hätte, aber man musste kein Raketenwissenschaftler sein, um dahinterzukommen. Sie vermutete sogar, dass der Name ihres Sohnes bereits festgestanden hatte – Michael, nach ihrem Großvater.

Michelle hatte gewollt, dass sie erkennen, wie unfair sie waren, als sie ihr ihre eigenen Wünsche aufzwangen. Als sie versuchten, sie zu einer anderen Version von Amy zu formen. Amy hatte – nach Michelles Meinung halbherzig – versucht, die

Friedensstifterin zu spielen, aber es endete in einem riesigen Streit, bei dem sie sich alle gegenseitig schreckliche Dinge an den Kopf warfen. Das hatte sie innerlich zerrissen, bis sie es nicht mehr aushielt und schließlich um ihrer eigenen Gesundheit und ihres Selbstwertgefühls willen gehen musste.

Nach der anfänglichen Panik ihrer Mutter hatten beide Eltern schnell akzeptiert, dass sie nicht mehr nach Hause zurückkehren würde, und schlossen sie kurzerhand aus ihrem Leben aus. Nach diesem ersten Monat nahmen sie nie wieder Kontakt auf. Hätte Michelle den Mut gehabt, tief genug in sich zu gehen, wäre sie enttäuscht gewesen, dass sie sie so einfach aufgaben. Aber so weit ließ sie es nicht kommen. Nein. Für sie war es besser, all das hinter sich zu lassen und sich auf ein neues Leben ohne ihre Familie zu konzentrieren.

Sie blieb über Textnachrichten mit ihrer Schwester in Kontakt, lehnte aber alle Angebote ab, sich persönlich zu treffen. Der Gedanke, die Vergangenheit wieder aufzuwärmen, war zu schmerzhaft. Vor allem, da ihre Eltern inzwischen beide verstorben waren. Ihre Mutter vor sieben Jahren an Eierstockkrebs und ihr Vater im Jahr darauf an einem Herzinfarkt. Michelle war zu keiner der beiden Beerdigungen gegangen. Ihre Eltern hatten alles Amy hinterlassen. Zu ihren Ehren sei gesagt, dass Amy das Erbe mit ihr hatte teilen wollen, aber ihr bitterer Stolz hatte es Michelle nicht erlaubt, dieses Angebot anzunehmen.

Normalerweise braucht Michelle mindestens eine Woche, um die Nachrichten ihrer Schwester zu lesen. Sie befinden sich ungeöffnet und anklagend auf ihrem Handy, als würde ihr jemand wiederholt an die Stirn tippen. Es ist allerdings ungewöhnlich, eine Sprachnachricht zu erhalten. Die letzte war, als Amy Michelle zu ihrer Hochzeit einlud – sie ging nicht hin. Die davor war, als ihr Vater starb. Und die davor war nach dem Tod ihrer Mutter. Jedes Mal hat sie mit einer Textnachricht geantwortet und sich dabei schlecht gefühlt, aber sie konnte sich nicht dazu durchringen, solch ausführliche Gespräche mit Amy zu führen, die – seien wir ehrlich – inzwischen praktisch zu einer Fremden geworden war.

Michelles erster Instinkt ist, das Gleiche wie immer zu tun und die Nachricht für mindestens eine Woche zu ignorieren. Aber das Eintreffen hat ihr bereits den freien Tag verdorben. Worum könnte es gehen? Schlechte Nachrichten? Gute Nachrichten? Oh, das ist hoffnungslos. *Das Grübeln würde sie in den Wahnsinn treiben.*

Nach einem beruhigenden Atemzug hört Michelle die Nachricht ihrer Schwester ab:

»Michelle, wenn du das abhörst, ruf mich bitte zurück.«

Michelle ist schockiert über die Emotionen in der belegten, tränenreichen Stimme ihrer Schwester.

»Ich weiß, dass wir nicht mehr miteinander reden, aber ich … ich wusste einfach nicht, wen ich sonst anrufen soll. Ich weiß nicht, was ich tun soll. Ich muss unbedingt mit dir reden. Ich brauche meine Schwester. Können wir nicht einfach die Vergangenheit hinter uns lassen und füreinander da sein? Ich habe etwas wirklich Dummes getan und alles ist … nun, es fällt alles auseinander und ich weiß nicht, was ich tun soll. Michelle, kannst du mich zurückrufen?« Es folgt eine Pause, in der sie hörbar schluckt, und dann sagt sie: »Ich liebe dich. Ruf mich an. Bitte.«

Die Nachricht endet. Es fühlt sich an, als wäre Michelle die ganze Luft aus den Lungen gesaugt worden. Eine Stille legt sich wie ein Mantel über sie, die den Verkehr auf der Straße unter ihr und das Vogelgezwitscher in den Bäumen dämpft. Michelle lässt sich schwer auf den nächstgelegenen Balkonstuhl sinken und den Klang der Stimme ihrer Schwester in ihren Ohren widerhallen. Die Stimme der Heimat, verpackt in tausend widersprüchliche Gefühle.

Sie ruft die Nachricht noch einmal ab und fragt sich, was es damit auf sich haben könnte. Ihre Schwester sagte, sie habe etwas

Dummes getan. Was könnte das sein? Amy ist nicht der Typ Mensch, der Dummheiten macht. Sie ist die Vernünftige.

Sie legt ihr Handy auf den Tisch und starrt es an, bevor sie es erneut in die Hand nimmt. Ihr Finger schwebt über der Rückruftaste. Ihr Herz klopft. Sie spürt ein Engegefühl in der Brust und eine Leere in ihrem Kopf. Sie kann es jetzt nicht tun. Sie kann nicht mit ihrer Schwester sprechen und zulassen, dass all diese bitteren Gefühle wieder hochkommen. Sie hat die letzten zwölf Jahre damit verbracht, sie zu begraben. Ein neues, glücklicheres Leben für sich selbst zu schaffen.

Egal was gerade mit Amy los ist, es geht Michelle nichts mehr an. Sie schluckt aufsteigende Galle hinunter. Amy hat alles – Eltern, die sie liebten und stolz auf sie waren, eine Karriere als angesehene Ärztin, einen gutaussehenden Ehemann, Geld. Michelle hat nichts von alledem. Sie musste sich ohne jegliche Unterstützung ein Leben aufbauen. Sie will nicht diese wütende Person sein, aber sie kann nicht anders. So reagiert sie jedes Mal, wenn ihre Schwester anruft. Vielleicht ist es jetzt an der Zeit, ihre Handynummer zu ändern und den Kontakt gänzlich abzubrechen. Das würde all diese unnötige Aufregung beenden.

Aber sie kann die Verzweiflung in der Stimme ihrer Schwester nicht vergessen. Was soll sie nur tun?

Michelle nimmt ihr Handy in die Hand und beginnt zu tippen:

Planänderung. Ich bin dabei. Haben wir schon eine Zeit und einen Ort festgelegt?

Eine schöne, lange Wanderung mit ihren Arbeitskollegen sollte helfen, ihre Schwester aus dem Kopf zu bekommen.

VIERUNDZWANZIG

CAROLINE

Ich sitze im Wohnzimmer und trinke einen Pfefferminztee, als Seb endlich aus Blandford zurückkehrt. Es war wohl kaum ein »Abstecher«, um Vorräte zu besorgen; er ist schon über zwei Stunden weg.

»Es tut mir so leid, Cal«, sagt er, geht durch das Wohnzimmer und beugt sich herunter, um mich zu küssen. »Ich wusste nicht, dass es so lange dauern würde.« Seine Lippen sind kühl und trocken. Sein Gesicht ist von wechselnden Emotionen überschattet. Ich merke, dass ich ihn bereits mit anderen Augen anschaue.

Ein Teil von mir fragt sich, ob er den Pub mit Absicht verlassen hat. Ob seine Mutter ihn vielleicht vorgewarnt hat, dass ich gleich kommen und nach Amy fragen würde. Aber es scheint ihm wirklich leidzutun, dass er weg war, also bin ich vielleicht nur paranoid.

»Schon okay«, antworte ich.

»Entschuldige. Das war kein besonders guter freier Tag, oder?« Er streift seinen Mantel ab und lässt sich neben mir auf das Sofa plumpsen.

»Hast du mit deiner Mum oder Felix gesprochen?«, frage

ich und rücke etwas von ihm ab, damit ich sein Gesicht sehen kann. Seine Reaktion auf meine Fragen.

»Ob ich mit ihnen gesprochen habe?« Er runzelt die Stirn. »Wann?«

»Heute Nachmittag, bevor du mit deinem Vater los bist. Oder nachdem du zurückgekommen bist.« Ich wende meinen Blick nicht von seinem Gesicht ab.

»Äh, nein, denke nicht. Sie sind am Arbeiten. Ich habe Mum unten kurz getroffen, als ich zurückkam, aber wir haben nicht miteinander gesprochen. Warum?«

Ich schlucke und lecke mir über die Lippen. »Warum hast du mir nicht gesagt, dass du verheiratet warst?«

Seb blinzelt einmal, zweimal. Seine Schultern sinken herab und er bedeckt seinen Mund mit den Fingern.

Ich warte auf seine Antwort.

Die Stille zieht sich hin. Er steht auf und beginnt, im Wohnzimmer auf und ab zu gehen. »Ich wollte es dir sagen.«

»Das hättest du mir vielleicht sagen sollen, *bevor* wir geheiratet haben«, sage ich und sehe zu ihm hinüber.

Er bleibt vor dem Fernseher stehen. »Hätte es einen Unterschied gemacht?«

»Dass ich dich heirate? Nein, natürlich nicht. Aber ich denke, so etwas sollte man seiner Freundin, Verlobten oder *Ehefrau* sagen.«

»Wer hat es dir gesagt?«, fragt er mit zusammengekniffenen Augen.

»Einer der Lieferanten hat Amy vorhin erwähnt.« Ich lasse Kims Namen weg, weil ich ihr keinen Ärger machen will.

»Welcher Lieferant?«

»Ehrlich gesagt, Seb, bin ich stocksauer, dass du dich mehr darum sorgst, wer den Namen deiner Ex-Frau erwähnt hat, als um die Tatsache, dass du mich angelogen hast.«

»Ich habe nicht gelogen!«

»Komm schon.« Ich lege den Kopf schief. »Eine Lüge durch Verschweigen ist immer noch eine Lüge.«

»Gut, du hast recht.« Er geht zum Fenster und starrt auf die dunkle Straße hinunter.

»Wie ist es geendet?« frage ich.

»Müssen wir darüber reden?«, fragt er und wendet sich wieder mir zu.

»Ich glaube, das müssen wir irgendwie, ja.«

»Es war eine so schreckliche Zeit in meinem Leben, dass ich sie nur bewältigen konnte, indem ich sie verdrängt habe. Indem ich so tat, als wäre es nie passiert.«

»Das klingt nicht sehr gesund.« Ich greife nach meinem Pfefferminztee und trinke einen Schluck. Er ist fast kalt.

»Vielleicht nicht. Aber die ganze Sache hat mich überrumpelt. Wir hatten eine, wie ich dachte, großartige Ehe, und dann, eines Tages ...« Seine Stimme bricht und er wischt sich mit dem Handrücken über die Augen.

Mein Herz rast und mein Kopf wird schwummerig. Ihm zuzuhören, wenn er so über sie spricht, ist ... Ich weiß nicht einmal, was es ist.

»Sie hat mich für einen anderen verlassen.« Er spuckt die Worte aus. »Sie hatte nicht einmal den Anstand, mit mir darüber zu reden. Sie ist einfach gegangen. Anscheinend hat sie sich verliebt. Was komisch ist, denn ich dachte, sie wäre in *mich* verliebt.«

»Liebst du sie denn noch?« frage ich.

»Nein!«, schnappt er. »Gott, nein«, sagt er dieses Mal etwas leiser. Er kommt zu mir zurück und setzt sich neben mich. Er nimmt meine Hand und legt sie in seine. »Caroline, du bist das Beste, was mir je passiert ist. Das verspreche ich dir. Ich dachte, ich wäre in Amy verliebt. Ich dachte, ich wäre glücklich mit ihr. Aber als ich dich traf ...« Er legt zwei Finger an mein Kinn und dreht mein Gesicht zu sich, damit ich ihn ansehe. »Wir sind auf einer ganz anderen Ebene miteinander verbunden. In deiner Nähe fühle ich mich wie ich selbst. Da gibt es kein Verstellen, keine Versuche, cool zu sein oder zu schauspielern, oder irgendwelche Spielchen, die Leute spielen, wenn sie sich zum ersten Mal treffen. Bei dir und mir ist alles echt.«

Ich schlucke und kaue auf der Innenseite meiner Wange herum. »Ich ... Ich kann nicht anders, als mich wie die Lückenbüßerin zu fühlen. Als hätte sie dich verlassen, und einen Monat später hast du angefangen, mit mir zu schreiben, und ich habe dich von deinem Schmerz abgelenkt.«

»Nein, das musst du mir glauben, so ist es überhaupt nicht.«

»Ich behaupte nicht, dass du das absichtlich gemacht hast. Aber du musst verstehen, worauf ich hinauswill.«

»Ich weiß. Ich weiß, wie es aussieht. Das ist auch der Grund, warum ich nichts sagen wollte. Aber du musst mir glauben, dass ich im Nachhinein froh bin, dass sie mich verlassen hat. Ich bin froh, dass wir geschieden sind. Denn wenn sie nicht mit einem anderen durchgebrannt wäre, hätte ich *dich* nie kennengelernt.«

»Du vermisst sie also überhaupt nicht?«

»Wir waren über zehn Jahre zusammen, also, wenn ich ganz ehrlich bin, ja, natürlich gibt es einen Teil von mir, der sie vermisst. Aber nicht so, dass ich mir wünsche, sie würde zurückkommen. Es ist eher eine Art Gewohnheit.«

Ich nicke. »Und wo ist sie jetzt?«

»Ich weiß es nicht.«

»Du weißt es nicht?« Ich runzle die Stirn.

»Sie hat mich verlassen, ich ließ mich scheiden und das war's.«

»Aber du musst doch eine Adresse haben, eine Ahnung davon, was sie jetzt macht und mit wem sie zusammen ist.«

»Nein, und ich bin nicht daran interessiert, es herauszufinden. Und das Letzte, was ich will, ist, dass du eine Konfrontation mit ihr hast. Ich meine, ich würde keinem deiner Ex-

Freunde hinterherlaufen. Auch, wenn ich vielleicht neugierig auf sie bin.«

Ich nicke. »Und mit wem ist sie durchgebrannt?«

»Ich weiß es nicht.«

Ich rümpfe die Nase. »Wie kannst du das nicht wissen? Ihr wart verheiratet, und dann verlässt sie dich und du weißt nicht einmal, mit wem sie zusammen ist? Das ergibt keinen Sinn.«

»Hör zu, Cal, ich habe dir jetzt alles gesagt. Das ist alles, die ganze Wahrheit.«

»Das ergibt einfach keinen Sinn«, wiederhole ich.

Seb schüttelt den Kopf. »Warum machst du deswegen so einen Wirbel? Ich meine, ich weiß, dass ich dir nichts von ihr erzählt habe, und das ist meine Schuld …«

»Meinst du?«, schnauze ich.

»Das habe ich doch gerade gesagt«, antwortet er. »Ich habe zugegeben, dass ich es dir hätte sagen müssen. Ich bin hier im Unrecht. Aber jetzt habe ich dir alles gesagt, also weiß ich nicht, was ich noch sagen soll.«

»Hmm.«

»Was?«

»Seb! Ihr wart jahrelang zusammen, und du hast mir nichts davon erzählt. Soll ich jetzt einfach sagen: ›Na ja, danke, dass du mir von deiner heimlichen Ex-Frau erzählt hast, vergessen wir's‹, und gut ist?«

»Aber das ist jetzt nicht mehr wichtig. Was jetzt zählt, bist du. Warum können wir die Vergangenheit nicht einfach hinter uns lassen und mit unserem Leben weitermachen? Das ist genau der Grund, warum ich dir von Anfang an nicht von ihr erzählen wollte. Das macht alles nur kompliziert und schmutzig, statt schön und romantisch.«

»Um Himmels willen, Seb! Ich bin auch nicht begeistert, darüber zu reden, aber du kannst die schlechten Seiten nicht einfach wegwischen! Wir müssen darüber sprechen, wenn wir noch eine Chance auf eine anständige Ehe haben wollen.«

»Na schön. Wir haben uns in Plymouth kennengelernt, wo sie an der Uni Medizin studiert hat und ich an der Fachhochschule für Gastronomie war, und wir haben sieben Jahre später geheiratet. Sie war Hausärztin in der örtlichen Praxis. Sie wollte keine Kinder, ich schon. Darüber haben wir uns ein wenig gestritten, aber abgesehen davon waren wir ziemlich glücklich. Dann lernte sie einen anderen kennen, verließ mich und wir ließen uns scheiden.« Er rattert ihre Geschichte herunter, als wäre es eine lästige Packliste. »*Zufrieden?*« Seine Augen sind plötzlich finster, sein Mund mürrisch.

Ich atme ein. »Nein, Seb. Im Moment bin ich überhaupt nicht zufrieden.«

»Großartig. Perfekt.« Er steht auf und fährt sich mit der Hand durch die Haare. »Ich weiß nicht, was du noch von mir hören willst.«

»Ich will es nur wissen, das ist alles. Was ist daran so schlimm?«

Er murmelt etwas vor sich hin.

»Was hast du gesagt?« Ich stehe ebenfalls auf, weil ich das Gespräch wieder in Gang bringen will, aber nicht weiß, wie ich ihn beruhigen soll. Ich werde nicht zustimmen, das Thema einfach fallen zu lassen, nur weil er sich unwohl fühlt. Er schuldet mir ein Gespräch darüber.

»Ich sagte, ich bin fertig damit.«

»Nun, ich bin es nicht«, antworte ich.

»Um Himmels willen!«, schreit er und lässt mich zusammenzucken. »Warum kannst du nicht verstehen, dass ich nicht darüber reden will? Nicht jetzt. Niemals!« Er läuft im Kreis herum und bleibt stehen. »Ich gehe raus, um einen klaren Kopf zu bekommen«, sagt er, diesmal etwas leiser, aber sein Ton ist eiskalt.

»Du gehst?«

»Ich gehe. Einfach nur. Raus. Um meinen Kopf. Freizubekommen.«

Ich beiße die Zähne zusammen und lasse mich wieder auf das Sofa sinken. »Na gut.«

Er nickt und verlässt den Raum.

Mein Herz rast und ich bin kurzatmig. Das ist so mies gelaufen, wie es nur hätte laufen können, und ich weiß immer noch nicht, was wirklich passiert ist.

Ich bin mir ziemlich sicher, dass Seb mir etwas verheimlicht.

Nur habe ich keine Ahnung, was.

FÜNFUNDZWANZIG

LILIAN

Als ich von der Küche zur Bar gehe, vernehme ich laute Stimmen aus dem oberen Stockwerk. Ich bleibe stehen und spitze die Ohren, um zu lauschen. Vielleicht habe ich es mir eingebildet. Der Pub ist heute Abend gerammelt voll, es könnte also durchaus jemand in der Bar gewesen sein. Aber nein. Ich erkenne Sebastians Stimme. Er klingt wütend.

Mein Magen dreht sich um bei dem Gedanken an den Schmerz, den mein jüngster Sohn durchgemacht hat. Und dann spüre ich die Wut, dass dieses Mädchen, diese *Fremde*, das alles mit ihren Fragen wieder an die Oberfläche holen könnte. Was spielen Sebastians frühere Beziehungen für eine Rolle? Wenn man entscheidet, jemanden zu heiraten, nachdem man ihn drei Wochen zuvor zum ersten Mal getroffen hat, dann muss man damit rechnen, dass man nicht alles über ihn weiß. Meine Güte, man wird nicht einmal zehn Prozent von dem anderen wissen, wer er oder sie ist, wer er oder sie war und alles dazwischen.

Ein Knall reißt mich aus meinen Gedanken und ich sehe, wie Sebastian am oberen Ende der Treppe auftaucht. Er steht einfach nur da und atmet schwer. Er hebt den Kopf und sieht mich. Er seufzt und kommt die Treppe herunter, die Last der Welt scheint seinen ganzen Körper niederzudrücken. Am liebsten würde ich ihn in den Arm nehmen und alles besser machen, aber ich halte mich zurück.

»Alles in Ordnung?«, frage ich.

»Ich gehe nur raus, um frische Luft zu schnappen«, sagt er mürrisch.

»Möchtest du etwas Gesellschaft?«

»Nein, danke.«

»Ist Caroline sauer wegen Amy ...?«

»Lass es einfach, Mum.« Er starrt die Wand an, wirft mir einen finsteren Blick zu und geht in die Bar.

Ich beiße mir auf die Lippe und lasse ihn gehen, obwohl es mir das Herz bricht, ihn wieder in seinem alten traurigen Zustand zu sehen. Das ist der Nachteil, wenn man in einem Familienunternehmen arbeitet und alle zusammenleben. Wir haben Einblick in das Privatleben aller. Wir erleben alles mit, jedes böse Wort und jede mürrische Stimmung.

Es sind Momente wie dieser, in denen ich am liebsten alles hinschmeißen und auf eine Insel ziehen würde, wo mich niemand kennt. Aber ich weiß, dass das nur ein flüchtiger Gedanke ist. Wenn es hart auf hart käme, könnte ich meine Familie nie verlassen. Dafür liebe ich sie zu sehr.

Ich schaue die Treppe hinauf, dorthin, wo Caroline ist. Zweifellos bläst sie in der Wohnung Trübsal, nachdem sie sich mit Sebastian gestritten hat. Das Restaurant braucht mich, aber es juckt mir in den Fingern, hinaufzugehen und herauszufinden, was da los ist. Um zu erfahren, was sie gesagt hat, das ihn so verärgert hat. Das verheißt nichts Gutes für ihre Ehe. Aber vielleicht ist das gar nicht so schlecht. Ich glaube nicht, dass sie die richtige Frau für ihn ist. Ich habe von Anfang an gespürt, dass mit ihr etwas nicht stimmt.

Vielleicht bin ich ein bisschen unfair. Immerhin hat Caroline gerade herausgefunden, dass er schon einmal verheiratet war. Ich nehme an, das ist eine ziemlich große Sache. Ich sollte am besten zu ihr gehen und versuchen, die Wogen zu glätten, damit sie sich wieder beruhigt, bis Sebastian zurückkommt.

Ich seufze und stapfe die Treppe hinauf. Als ich oben an der Tür ankomme, verspüre ich fast den Drang zu klopfen, um sie wissen zu lassen, dass ich hereinkomme. Das ist doch lächerlich. Das hier ist mein Zuhause. Ich klopfe nicht an! Stattdessen öffne ich die Tür und rufe leise in den Flur:

»Caroline? Bist du hier oben? Ich bins, Lilian.«

Es herrscht einen Moment lang Stille, dann ertönt eine Antwort aus dem Wohnzimmer. »Ich bin hier!«, ruft sie mit leiser, schwankender Stimme.

Ich atme tief durch und gehe selbstbewusst durch den Flur ins Wohnzimmer, wo ich sie im Schein der Lampe zusammengekauert auf dem Sofa sitzen sehe. Nach ihrer Stimme zu urteilen, hatte ich angenommen, dass sie weint, aber sie schaut auf, mit weißem Gesicht und trockenen Augen.

Sie sagt nichts, also liegt es wohl an mir, das Gespräch zu beginnen. »Alles in Ordnung?«

»Ja, alles gut«, sagt sie ohne Gefühlsregung. »Ich wollte gerade duschen gehen.« Sie sieht aus, als würde sie gleich aufstehen. Ich will nicht, dass sie geht, bevor ich die Situation beruhigt habe.

»Wollen wir zuerst eine Tasse Tee trinken?«

»Danke, aber ich hatte gerade einen.«

»Die Anfänge einer Ehe können hart sein«, sage ich und setze mich ihr gegenüber.

Sie rollt nur kurz mit den Augen, sieht mich aber nicht an.

»Hast du von Amy erfahren?«

»Ja.«

»Es war schwer für Sebastian. Sie hat ihn für einen anderen verlassen. Er war untröstlich und gedemütigt. Auch, wenn er es wahrscheinlich nicht zugeben würde.«

»Ja, er sagte, er wolle nicht darüber reden.«

»Vielleicht solltest du ihm etwas Freiraum lassen? Warten, bis er bereit ist, darüber zu reden?«

»Oder du erzählst es mir.« Sie wirft mir einen herausfordernden Blick zu.

»Nun, es ist geht mich nicht wirklich etwas an ...«

»Das sagen alle. Aber wenn es niemanden etwas angeht und Seb es mir nicht sagen will, *was* dann? Soll ich einfach sagen: ›Na ja‹ und alles ist gut? Mich weiterhin wie eine frisch Verliebte verhalten, während diese große Sache einfach unter den Teppich gekehrt wird?«

»Da gibt es nichts zu erzählen, Caroline. Du weißt jetzt über Amy Bescheid, was erwartest du also noch von ihm? Willst du, dass er auf die Einzelheiten eingeht, wie sie untreu war und ihn schäbig behandelt hat? Er hat Monate gebraucht, um über sie hinwegzukommen. Warum willst du das alles wieder aufwärmen? Ich dachte, du liebst ihn!«

»Nichts für ungut, Lilian, aber du bist seine Mutter. Du wirst nicht gerade objektiv sein können, wenn es um deinen Sohn geht, oder? Du bist nicht hier, um zu sehen, wie es mir geht oder was das Beste für mich ist. Du bist hier, damit ich seine Perspektive verstehe. Um die Wogen zu glätten, damit er sich nicht mit einer wütenden Frau herumschlagen muss. Aber ich bin wütend. Und dass du hier bist und versuchst, mir zu sagen, ich solle es vergessen, wird nichts daran ändern.« Ihre Stimme wird mit jedem Wort lauter. Sie steigert sich wieder hinein.

Ich weiß, ich sollte ihr zustimmen, ihr sagen, dass ich sie verstehen kann, und versuchen, sie zu beruhigen, aber ich finde, sie benimmt sich wie eine kleine Göre. Anstatt Seb zu trösten, weil er eine schwere Zeit durchgemacht hat, geht es hier nur um sie. »Ich glaube, du musst es aus seiner Sicht sehen, Caroline.«

»*Was?!*« Sie steht auf.

»Es war eine schreckliche Zeit für Seb, und niemand will,

dass du das alles wieder ausgräbst. Kein Wunder, dass der arme Junge so aufgewühlt ist. Zeig ein bisschen Feingefühl.«

»Ich muss nicht hierbleiben und mir das anhören.«

»Eigentlich musst du das sehr wohl, Caroline. Wenn du willst, dass eure Ehe funktioniert, dann solltest du etwas Mitgefühl für seine Lage zeigen.«

»Und wie steht es mit dem Mitgefühl für meine Lage?«

»Soweit ich das beurteilen kann, ist deine Lage verdammt gut! Du hast dir einen gutaussehenden, klugen und erfolgreichen Ehemann geangelt. Du hast ein Dach über dem Kopf und bist Teil eines profitablen, sicheren Familienunternehmens.«

Sie stößt ein ungläubiges Lachen aus. »Denkst du ernsthaft, ich bin nur auf das Geld aus?«

»Wem der Schuh passt ...«

»Du bist unmöglich. Glaubst du, mir gefällt es hier in diesem klaustrophobischen, unfreundlichen Pub mitten in einem beschissenen Winter? Ich habe einen angesehenen Job und tolle Freunde an einem der schönsten Orte der Welt zurückgelassen, um hierherzukommen. Ich liebe deinen Sohn, aber ich finde, ich muss mir den Unsinn, den ich bisher ertragen habe, nicht gefallen lassen. Du hast mich wie ein unmündiges Dienstmädchen behandelt, und wir alle lassen Mariah damit durchkommen, dass sie mich wie Dreck behandelt und mir Fallen stellt, nur weil sie – das arme Ding – in Seb verliebt ist und wir sie daher mit Samthandschuhen anfassen sollen, ohne Rücksicht darauf, wie ich, Sebs eigentliche Frau, mich fühle.«

»Bist du *endlich* mit deinem Selbstmitleid fertig?«

»Und Nicki ist ein Miesepeter«, fährt sie mit ihrer Tirade fort. »Wahrscheinlich, weil sie dich als Schwiegermutter ertragen muss, seit sie vor weiß ich wie vielen Jahren in diese Familie eingeheiratet hat.«

»Was ist hier oben los?« Brian betritt das Wohnzimmer, sein Gesicht ist besorgt. »Ich kann euch beide unten in der Bar hören!«

»Diese Xanthippe hat Sebastian verärgert, und jetzt geht sie auch noch auf mich los. Ich weiß nicht, wie man in Australien miteinander spricht, aber hier in Großbritannien benehmen wir uns zivilisiert.«

»Ach, indem man seine Gefühle unterdrückt und so tut, als wäre nichts passiert? Indem man sich passiv-aggressiv verhält und so tut, als wäre man eine selbstherrliche, matriarchalische Retterin? Mach mal halblang!«

»Okay, Caroline, das reicht jetzt«, sagt mein Mann in dem Ton, den er schon bei den Jungs anschlug, als sie Teenager waren.

»Danke«, antworte ich und bin erleichtert, dass ich Brian habe, der sich für mich einsetzt. Dass er mir in einer so schwierigen Situation den Rücken stärkt. »Siehst du jetzt, wie sie ist?«, frage ich ihn.

»Lilian, du machst alles nur noch schlimmer«, schnauzt er mich an. »Warum gehst du nicht wieder nach unten. Übernimm für mich die Bar.«

Ich kann nicht glauben, dass er in *ihrer Gegenwart* so mit mir spricht. Ich schaue ihn böse an. »Gleich. Zuerst muss ich …«

»Bitte, Lilian. *Jetzt.*«

Normalerweise hört er in solchen familiären Situationen auf mich, deshalb bin ich schockiert und verärgert, dass er mir vorschreibt, was ich tun soll. Es wäre besser, wenn er sich nicht auf ihre Seite schlagen würde. »Brian, können wir uns einen Moment im Schlafzimmer unterhalten?« Ich möchte, dass er versteht, was hier vor sich geht, aber ich will nicht, dass Caroline über unser Gespräch urteilt.

Er schüttelt den Kopf. »Nicht jetzt. Der Pub braucht einen von uns, und ich lasse euch beide nicht allein hier oben.« Er zieht die Schultern hoch und wirft mir einen stählernen Blick zu.

»Na gut, ich gehe.« Ich sehe Caroline abschätzig an. »Aber glaube ja nicht, dass es damit vorbei ist.»

»Natürlich ist es nicht vorbei«, lacht sie und verschränkt die Arme vor der Brust. »Ich würde nichts anderes von dir erwarten, Lilian.«

»Hast du das gehört?« Ich schaue meinen Mann an, der nur enttäuscht den Kopf schüttelt, bevor er mich aus meinem eigenen Wohnzimmer hinauskomplimentiert.

SECHSUNDZWANZIG

CAROLINE

Ich zittere förmlich nach dem Gespräch mit meiner Hexe von Schwiegermutter. Und jetzt sieht es so aus, als müsste ich mich auch noch mit meinem Schwiegervater herumschlagen. Aber immerhin hat er Lilian abblitzen lassen.

»Was sollte das alles?«, fragt Brian sanft und reibt sich das Kinn. Er setzt sich auf die Armlehne des Sofas und deutet auf das Sofa gegenüber.

Ich tue, worum er mich bittet, bleibe aber auf der Kante hocken, bereit zu fliehen, falls er anfängt, mich anzugreifen. Ich atme ein paarmal tief durch. Seb hatte die richtige Idee, rauszugehen und frische Luft zu schnappen. Wenn ich auch rausgegangen wäre, hätten sich seine Eltern vielleicht nicht eingemischt. Aber so habe ich immerhin die Möglichkeit, Brian eventuell ein paar Informationen zu entlocken.

»Hat das etwas mit Amy zu tun?«, fragt Brian.

Ich nicke kurz und verschränke meine Finger in meinem Schoß.

»Dir ist schon bewusst, dass nichts von dem, was mit Amy passiert ist, Sebs Schuld ist? Ich weiß, als sein Vater bin ich vielleicht voreingenommen, aber er war ein großartiger

Ehemann. Sie war diejenige, die sein Vertrauen gebrochen hat.«

»Warum hat er mir dann nicht einfach von ihr erzählt?«

»Ich bin sicher, dass er es dir sagen wollte. Aber ihr seid erst so kurz zusammen.«

»Und Lilian war so unverschämt zu mir, als wäre das alles meine Schuld!« Ich höre den gereizten Ton in meiner Stimme und nehme mir vor, ruhiger zu sprechen. Ich möchte, dass Brian mich respektiert. Dass er mich mag. Er scheint ein vernünftiger Mensch zu sein. Jedenfalls vernünftiger als Lilian.

»Du musst meiner Frau etwas Zeit geben. Sie war sehr verärgert über das, was mit Amy passiert ist, und jetzt ... nun ja ...« Er streckt seine Hände aus. »Sie beschützt Sebastian. Sie macht sich Sorgen um ihn.«

»Weil er mit *mir* zusammen ist, meinst du.«

»Habe ich das so gesagt?«

»Nein. Tut mir leid.«

»Du wirst merken, wie das ist, wenn du erst einmal Kinder hast.«

»Ich habe es nicht eilig«, blaffe ich.

Brian lacht. »Ich mache dir keinen Vorwurf. Ich liebe meine Söhne, aber sobald man Kinder hat, ändert sich alles.«

»Also ... *Amy*?«, frage ich, um zum Thema zurückzukehren. »Was ist passiert? Ist sie weggezogen? Oder stammt sie von hier? Meine Ankunft hier hat die Leute bereits irritiert. Muss ich mich darauf vorbereiten, dass auch eine wütende Ex auftauchen könnte?«

»Ich würde sagen, das ist sehr unwahrscheinlich«, antwortet er. »Wir haben nicht einmal eine Nachsendeadresse für das Mädel. Ich bin mir ziemlich sicher, dass sie ihr eigenes Leben lebt. Du solltest sie aus deinem Kopf verbannen und dich auf dich und Seb konzentrieren.«

»Ich wünschte nur, er hätte mich nicht wegen ihr angelogen.«

»Nun, ich vermute, er war von der Romantik des Treffens mit dir gefangen. Er wollte nichts sagen, was eurer Beziehung einen Dämpfer hätte verpassen können, meinst du nicht? Ich glaube, er wollte einen Neuanfang, ohne den ganzen Ballast, der ihn trüben kann.«

»Aber das ist doch nicht das wahre Leben, oder?«, sage ich.

»Nein«, antwortet er traurig. »Nein, da hast du recht. Das ist es nicht.«

»Und Seb will vielleicht einen Neuanfang, aber ich habe das Gefühl, dass alle anderen hier entschieden haben, mich zu hassen, bevor sie mich überhaupt richtig kennengelernt haben.«

»Ich glaube nicht, dass dem so ist«, sagt er.

»Nicki kann mich nicht leiden.«

»Nimm das nicht persönlich. Sie ist mit ihren eigenen Problemen beschäftigt. Das Baby, Felix, der wochenlang weg war. Sie verhält sich uns allen gegenüber so. Ich denke, jetzt, wo Felix zurück ist, wird sich ihre Laune ein bisschen bessern.«

»Und von Mariah will ich gar nicht erst anfangen«, sage ich.

»Nun, das ist leicht zu erklären ...«

»Oh. Ja. Felix hat mir erzählt, dass sie in Seb verknallt ist.«

»Da hast du's«, sagt Brian. »Es ist nicht so, dass dich jeder hasst. Ganz und gar nicht. Sie hat nur realisiert, dass es mit Sebastian nichts wird. Sie leckt ihre Wunden.«

»Wenn Mariah so verliebt in Seb ist, warum habe ich sie dann vorhin Tom Chancellor küssen sehen?«

Brian zieht eine Augenbraue hoch. »Tom Chancellor?«

Ich nicke, während Brian das Gesicht verzieht. Wir lachen beide.

»Ich bin froh, dass Mariah nach vorne sieht«, sagt er. »Aber ich bin mir nicht sicher, ob er der Richtige für sie ist.«

»Um ehrlich zu sein, bin ich mir nicht sicher, ob er der Richtige für irgendjemanden ist«, antworte ich mit einem Schaudern.

»Hmm.« Brian gibt keinen weiteren Kommentar ab, aber ich habe immer noch ein ungutes Gefühl bei Mariah und Tom. Irgendetwas passt da nicht zusammen.

SIEBENUNDZWANZIG

LILIAN

Ich bin die Letzte im Pub. Sogar Brian ist schon ins Bett gegangen. Mit dem Lappen in der Hand gehe ich von Tisch zu Tisch und wische die Theke ab, suche nach Krümeln oder verschütteten Getränken und vergewissere mich, dass es genügend saubere Bierdeckel gibt. Heute Abend lasse ich mir Zeit, um die übliche Schließroutine im Pub durchzugehen, denn ich habe beschlossen, ein paar Stichproben zu machen. Meine Mitarbeiter machen ihre Arbeit gut, und ich habe selten etwas auszusetzen, aber es kann nicht schaden, es hin und wieder zu kontrollieren. Und, wenn ich ehrlich bin, zögere ich es hinaus, wieder nach oben zu gehen.

Meine Konfrontation mit Caroline vorhin hat mich mehr erschüttert, als ich zugeben möchte, und ich bin wütend auf Brian, weil er sich nicht eindeutig auf meine Seite gestellt hat. Dass er versucht hat, der Vernünftige zu sein, und mich dadurch wie einen Drachen aussehen ließ. Was ich von ihm gebraucht hätte, war, dass er mir den Rücken stärkt. Dass wir vor ihr eine vereinte Front bilden. Seine Gelassenheit ließ mich dumm dastehen. Wie eine überfürsorgliche Mutter, die ihre Kinder verhätschelt, obwohl das gar nicht der Fall ist.

Wenn mein Mann gewusst hätte, was wirklich passiert ist, wäre er nicht so diplomatisch gewesen. Aber ich glaube nicht, dass das Brians Schuld ist. Es war meine Entscheidung, ihm nicht alle Fakten zu nennen, und damit muss ich jetzt leben.

Die Oberflächen glänzen alle zu meiner Zufriedenheit. Selbst die schwer zugänglichen Ecken und Ritzen sind frei von Staub und Krümeln. Aber ich merke, dass ein Teil von mir heute Abend irgendetwas bemängeln möchte, nur damit ich dem Ärger Luft machen kann, der immer noch in meinem Brustkorb brodelt.

Ich überprüfe, ob alle Flaschen, Eisbehälter, Zapfhähne und Schankpistolen gereinigt und desinfiziert und die Snacks aufgefüllt wurden. Ich stelle fest, dass wir kaum noch Cashewkerne haben, und will mir das gerade notieren, als ich höre, wie sich die Hintertür der Küche mit einem lauten Knall schließt. Meine Schultern entspannen sich. Jetzt kann ich mir eingestehen, dass der wahre Grund, warum ich hier unten war, der ist, dass ich Sebastians Rückkehr abwarten wollte, wo auch immer er vorhin hingestürmt ist. Und jetzt ist er hoffentlich wieder zu Hause.

Ich öffne die Tür zur Bar und spähe in den Flur, wo Sebastian gerade die Küche verlässt.

Er sieht mich sofort und seine Augen weiten sich ein wenig. »Mum, du bist ja noch wach.«

»Ich mache nur ein paar Kontrollen. Wo warst du, Sebastian? Wir haben uns alle ziemliche Sorgen gemacht, weißt du. Eine Nachricht oder ein Anruf wären nicht verkehrt gewesen.«

»Tut mir leid«, antwortet er schroff. »Ich war spazieren und bin bei Nicki gelandet. Sie hat Abendessen gemacht, während ich auf Teddy aufgepasst habe. Dann kam Felix und ich dachte, ich gehe besser nach Hause.« Er sieht ziemlich niedergeschlagen aus.

Ich muss mich zurückhalten, um nicht zu ihm hinüberzugehen und ihn in die Arme zu schließen.

»Ich wollte dich vorhin nicht anpflaumen, Mum. Ich war wütend, weißt du?«

Seine Entschuldigung lässt mein Herz aufatmen.

»Ich war stinksauer, dass Caroline das mit Amy auf diese Weise herausgefunden hat. Ehrlich gesagt, hatte ich immer vor, ihr von meiner ersten Ehe zu erzählen, aber es gab nie den richtigen Zeitpunkt. Ich wollte wohl unsere Flitterwochenblase nicht platzen lassen.«

Ich nicke. »Nun, zumindest weiß sie es jetzt und ihr könnt es beide hinter euch lassen.«

»Ich hoffe es.«

»Natürlich könnt ihr das. Es ist ein Neuanfang, nicht wahr, und wenn Caroline das nicht versteht, dann ...«

»Mum«, warnt er.

Ich halte meine Hände hoch. »Du hast recht, tut mir leid. Ich mache mir nur Sorgen, dass sie all diese schmerzhaften Erinnerungen weckt. Du weißt, dass das nicht gut für deine geistige Gesundheit ist. Du erholst dich gerade von einem kleinen nervlichen Zusammenbruch. Du brauchst weniger Stress, nicht mehr. Ich weiß nicht, warum um alles in der Welt du so kurz nach deiner Scheidung wieder heiraten musstest ...« Ich unterbreche mich, bevor er sich wieder über mich ärgert. »Nun gut, das ist jetzt zu spät. Aber wenn Caroline Teil dieser Familie sein soll, muss sie aufhören, die Dinge aufzuwühlen.«

»Mum, versuch einfach, dir keine Sorgen um mich und Caroline zu machen, okay? Ich weiß, dass du nach dem, was mit Amy passiert ist, besorgt bist, aber das musst du nicht sein. Mir geht es jetzt gut. Vielleicht wäre es besser, wenn Caroline und ich uns eine eigene Wohnung in der Nähe suchen. Damit du und Dad etwas Freiraum habt. Es kann nicht einfach sein, wenn wir die ganze Zeit hier sind und aufeinander rumhängen.»

Ich bin von seinem Vorschlag überrascht. »Sebastian, das ist dein Zuhause, und du darfst nie denken, dass du hier nicht wohnen kannst. Oder dass du im Weg bist. Das bist du absolut nicht.«

»Aber Mum, Caroline muss das Gefühl haben, dass dies auch ihr Zuhause ist«, sagt er. »Und wenn das zu schwer für dich ist – was ich verstehe –, dann ist es für uns alle besser, wenn wir ausziehen.«

»Wir sollten keine voreiligen Entscheidungen treffen«, sage ich.

»Wie auch immer«, sagt Sebastian, »lass uns jetzt nicht darüber reden. Alles Gute zum Geburtstag.«

»Was?«

»Es ist nach Mitternacht, also ist es offiziell dein Geburtstag.«

Mir wird klar, dass er recht hat. »Oh, ja, das ist es wohl. Bei all dem Drama hatte ich das völlig vergessen.«

Sebastian kommt herüber und drückt mir einen Kuss auf die Wange. »Wir sollten wohl besser nach oben gehen und die Suppe auslöffeln«, sagt er verlegen.

»Du hast recht, das sollten wir tun. Du gehst zuerst hoch. Ich schalte hier unten nur noch alle Lichter aus.«

»Nein, ist schon gut, ich helfe dir, und dann können wir zusammen hochgehen«, antwortet er.

Ich nicke und merke, dass auch er es hinauszögert, nach oben zu gehen.

Wir laufen in einer gewohnten Routine durch den Pub, schalten das Licht aus und überprüfen die Schlösser dreimal.

Schließlich, als alles still und dunkel ist und wir nichts mehr tun können, geben wir uns geschlagen und gehen nach oben.

ACHTUNDZWANZIG

MICHELLE

Michelle hatte gehofft, die Wanderung würde sie von Amys Anruf ablenken, aber das tat sie nicht. Die Sonne brannte zu stark, sie war durstig, ihre Stiefel waren zu eng, und die ganze Zeit über fühlte sie sich wie in einem Fiebertraum. Der Spaziergang verschaffte ihr dennoch ein gewisses Maß an Klarheit. Ihr wurde bewusst, dass ihre Schwester sie jetzt braucht, egal was in der Vergangenheit passiert ist.

Okay, vielleicht hatte Amy ihr nicht die Unterstützung gegeben, die sie gebraucht hätte, aber Amy war jung und in ihr aufreibendes Studium vertieft gewesen. Vielleicht hatte sie auch helfen wollen, konnte es aber nicht, weil Michelle sie nicht nah genug an sich herangelassen hatte. Sie hatte sich verzweifelt Amys Unterstützung gewünscht, es aber einfach nicht zugeben wollen. Sie war zu wütend und stolz, um sie an sich heranzulassen.

Zurück von ihrer Wanderung, zieht sie sich ihre schrecklichen Stiefel aus, trinkt ein großes, kühles Glas Wasser und geht in ihr Schlafzimmer, um ihre Schwester zurückzurufen.

Seltsamerweise ist die Nummer von Amy nicht mehr in Gebrauch, was sie etwas beunruhigt. Sie versucht es mehrere

Male, aber jedes Mal erhält sie den gleichen leeren Ton und die Meldung, dass die Nummer nicht vergeben ist.

Michelle kann sich an keine Zeit erinnern, in der sie nicht in der Lage war, mit ihrer Schwester in Kontakt zu treten – wenn sie es gewollt hätte, was sie nie getan hat. Nein, Michelle hat es immer für selbstverständlich gehalten, dass Amy am Ende der Leitung ist, wenn sie sie braucht. Aber jetzt ist sie es zum ersten Mal nicht …

NEUNUNDZWANZIG

CAROLINE

Seb schleicht sich irgendwann nach Mitternacht in unser Bett. Gleichzeitig höre ich, wie sich Lilian nebenan bewegt, das leise Gemurmel von ihr und Brian, die sich unterhalten. Ich liege mit dem Rücken zu Seb und atme schwer und gleichmäßig, damit er denkt, ich würde schlafen. Ein Teil von mir hofft, dass er versuchen wird, mich zu wecken, damit wir ein vernünftiges Gespräch darüber führen können, was vorhin passiert ist. Darüber, dass er einfach hinausgestürmt ist. Aber ich bin so erschöpft, dass es wahrscheinlich das Beste ist, wenn wir die Sache auf morgen verschieben. Ich frage mich, wie es um seine Stimmung bestellt ist. Hat er sich seit vorhin überhaupt beruhigt? Oder ist er immer noch wütend? Innerhalb von fünf Minuten, nachdem er in unser Bett gestiegen ist, schnarcht er bereits lautstark.

Ich ärgere mich darüber, wie schnell er einschlafen konnte, während ich mich hier seit Stunden in einem Gefühlschaos herumwälze. Durch meine Verärgerung fühle ich mich nur noch wacher. Ich rolle mich auf den Rücken und starre an die Decke. Eine Straßenlaterne wirft ein langes gelbes Rechteck aus Licht durchs Fenster und quer durch den Raum. Nicht zum ersten Mal frage ich mich, was zum Teufel ich hier in diesem schicken Country-Pub mitten im Winter mache, meilenweit entfernt von meinem sonnigen Zuhause. Vielleicht war ich verrückt, Seb zu heiraten. Hierherzukommen, um bei seiner Familie zu leben, ohne sie vorab kennengelernt zu haben. Bisher ist es nicht gerade reibungslos verlaufen. Tatsächlich scheint jeder Tag ein neues Drama oder eine neue Katastrophe zu bringen.

Jetzt, da ich hier neben meinem Mann liege, habe ich mich noch nie so allein gefühlt.

Ich schließe die Augen und versuche, meinen Atem zu verlangsamen. Zu entspannen. Um einzuschlafen. Aber mein Gehirn fühlt sich an wie ein Kaugummi, das sehr schnell gekaut wird. Sorgen und Unsicherheiten schießen durch mich hindurch und lassen mich nicht los. Ich wünschte, ich könnte mit jemandem reden. All diese kreisenden Gedanken loswerden, anstatt sie in mich hineinzufressen.

Ich habe gedacht, dass Seb bei allem auf meiner Seite stehen würde. Dass er mir gegenüber loyal sein würde. Online ist unsere Verbindung war so stark gewesen. Er hat mir gesagt, dass es von nun an nur noch ihn und mich geben würde, gegen den Rest der Welt. Das hat mir gefallen. Aber heute scheint es, als träte *ich* allein gegen die Welt an. Mit Seb als Teil der »Welt«. Das ist kein gutes Gefühl. Ganz und gar nicht. Und sein Schweigen heute Abend hat mir nur wieder bestätigt, dass unsere Verbindung nicht so stark ist, wie ich gedacht habe. Jetzt, wo wir hier in England bei seiner Familie sind, hat sich seine Loyalität verschoben.

Ich muss sie zurückgewinnen.

Nachdem ich eine Stunde lang hier gelegen habe und mein Gehirn auf Hochtouren läuft, wird mir klar, dass ich meine Schlaflosigkeit auch genauso gut nutzen kann.

Langsam setze ich mich auf und schlage die Decke zurück. Seb schläft nach wie vor tief und fest. Ich schlüpfe aus dem

Bett, ziehe mir eine Jogginghose und ein Sweatshirt über und gehe zu seiner Seite des Bettes, um nachzusehen, ob mein Mann noch schläft. Das tut er. Vielleicht sollte ich das lassen, aber wenn ich von Seb oder seiner Familie keine Antworten bekomme, dann muss ich sie mir eben selbst besorgen.

Vorsichtig nehme ich Sebs Schlüsselbund von seinem Nachttisch. Ich erstarre, als er klimpert und klirrt. Aber Seb rührt sich nicht. Sein Gesicht ist schlaff, seine Augenlider flattern, als würde er träumen. Ich umklammere die Schlüssel fest und schleiche aus dem Zimmer, wobei ich die Tür fest hinter mir zuziehe. Im Flur lausche ich nach Geräuschen aus Lilians und Brians Zimmer, aber es ist nichts zu hören.

Bevor ich es mir anders überlegen kann, gehe ich vorsichtig den Flur entlang, schließe die Wohnungstür auf und schleiche auf Zehenspitzen die Treppe hinunter, wobei ich jedes Mal zusammenzucke, wenn sie knarrt. Mein Herz rast. Ich habe keine Ahnung, was ich tun soll, wenn einer von ihnen aufwacht und mich hier unten herumschleichen sieht. Ich weiß, dass die Bar, das Restaurant und die Küche nachts alarmgesichert sind, aber der Flur und das Büro sind ungesichert, da Lilian und Brian, abgesehen von einer kleinen Portokasse, die Tageseinnahmen oben aufbewahren.

Schnell laufe ich den Flur entlang, meine nackten Sohlen frieren auf den kalten Fliesen. Das Büro ist verschlossen, also probiere ich einen nach dem anderen von Sebs Schlüsseln aus – und lausche regelmäßig, ob jemand kommt –, bis ein Schlüssel passt und sich mit einem zufriedenstellenden Klicken drehen lässt. Trotz der nächtlichen Kühle bricht mir der Schweiß aus und kribbelt mir auf der Oberlippe und im Nacken. Ich betrete den Raum, schalte das Licht an, ziehe die Tür hinter mir zu und atme erleichtert aus. Solange Seb nicht aufwacht und sich fragt, wo ich bin, sollte ich hoffentlich unentdeckt bleiben. Falls er doch herunterkommt, werde ich nicht versuchen zu verbergen, was ich tue. Ich werde es ihm geradeheraus sagen.

Ich beginne mit den Schreibtischschubladen und öffne vorsichtig jede einzelne. Ich ignoriere die Kassenschublade, die Rechnungen und das Büromaterial und konzentriere mich stattdessen auf alle anderen Papiere. Ich nehme jeden einzelnen Stapel heraus und gehe jedes Blatt durch. Es gibt Beschwerdebriefe, Dankesbriefe, Checklisten, Marketingmaterial, aber nichts, was mich interessiert. Das Regal zu meiner Linken enthält Bücher, ein paar lokale Trophäen und einige Ornamente. In der Ecke hinter dem Schreibtisch steht ein Aktenschrank mit zwei Schubladen, aber ich mache mir keine allzu großen Hoffnungen, dass ich darin finde, was ich suche. Ich werde trotzdem einen Blick hineinwerfen.

Der Schrank ist verschlossen, aber ich finde schnell den kleinen Schlüssel an Sebs Schlüsselbund, der ihn aufschließt. Als ich die oberste Schublade öffne, erschrecke ich über das Geräusch, das sie macht und die Stille erschüttert. Ich halte inne und lausche, aber hinter der geschlossenen Tür scheint alles still zu sein. Im Inneren des Schranks sehe ich, dass jede Hängemappe alphabetisch beschriftet ist. Es gibt Kontoauszüge, bezahlte Rechnungen, Bestellformulare und andere Dokumente, die mit dem Pub zu tun haben. Ich schließe die Schublade und ziehe die darunterliegende auf. Mein Herz macht einen kleinen Hüpfer. Diese Schublade sieht vielversprechender aus. Es gibt noch weitere Kontoauszüge und Rechnungen von Versorgungsunternehmen und diversen Versicherungen, aber sie beziehen sich nicht auf den Pub, sondern sind alle persönlich auf die Fletchers bezogen. Ganz hinten gibt es vier Akten, für jedes Familienmitglied eine – Brian, Felix, Lilian und Sebastian.

Ich nehme die grüne Akte mit der Aufschrift »*Sebastian Fletcher – Privat*« heraus. Sie enthält medizinische Informationen, Bildungsabschlüsse, eine Kfz-Versicherung und das Dokument, das ich gesucht habe – seine Scheidungspapiere.

Ich setze mich an den Schreibtisch, breite die Papiere vor mir aus und atme durch.

Nach einer kurzen Durchsicht erkenne ich, dass der erste Antrag bereits im April dieses Jahres gestellt wurde, und die endgültige Anordnung etwas mehr als sechs Monate später erfolgte. Also erst vergangenen Monat. Das erklärt vielleicht, warum Seb zu diesem Zeitpunkt zu mir nach Australien fliegen wollte – seine Scheidung war gerade durch. Aber dass er mich dann gleich heiraten wollte, ist verrückt. Ich habe das Gefühl, dass es einfach eine Reaktion auf Amys Untreue war. Wenn das überhaupt wirklich passiert ist.

Als ich mir ihre gemeinsame Erklärung über die Gründe für das Scheitern der Ehe durchlese, erscheint alles sehr vage, es gibt keinen konkreten Hinweis auf Ehebruch; sie führen nur unüberbrückbare Differenzen an. Aber sie haben es beide unterschrieben, also muss es etwas sein, das beide wollten. Ärgerlicherweise ist die Adresse oben auf der Seite die Adresse des Pubs. Eine andere Adresse für Amy gibt es nicht. Vermutlich war sie noch hier gemeldet, als sie die Scheidung einreichten.

Ich lehne mich im Stuhl zurück und reibe mir die Augen, denn ich fühle mich plötzlich schwer vor Erschöpfung. Es gibt hier nichts, was mir etwas anderes sagt als das, was Seb mir erzählt hat. Vielleicht suche ich nach dunkleren Geheimnissen, wo es keine gibt. Aber mir ist es immer noch ein Rätsel, warum sie nicht Ehebruch angegeben haben. Wenn das der Grund für die Trennung war, hätte man das doch sicher auf dem Scheidungsformular vermerkt.

Ich schiebe die Papiere zurück in Sebs Akte, hänge sie in den Schrank und schließe ihn ab. Ich sollte wieder nach oben gehen. Ich will mein Glück nicht überstrapazieren, indem ich länger als nötig hier unten bleibe. Ich schalte das Licht im Büro aus, verlasse den Raum und schließe die Tür hinter mir. Als ich die Treppe zur Wohnung hinaufgehe, wird mir klar, dass ich

Seb zur Rede stellen will, auch wenn das bedeutet, dass ich zugeben muss, herumgeschnüffelt zu haben. Aktuell ist wahrscheinlich ein schlechter Zeitpunkt, um das Thema anzusprechen, denn Seb und ich stehen nach unserem Streit ohnehin auf wackligen Beinen. Außerdem hat Lilian heute Geburtstag, also wird sich an diesem Tag alles um sie drehen.

Aber wenn nicht heute, dann bald. Denn ich muss etwas über die Frau erfahren, die vor mir da war. Und warum Seb gelogen hat.

DREISSIG

LILIAN

Beim Aufwachen erwarten mich ein Frühstück im Bett und ein wunderschöner Strauß handgebundener rosa Lilien von meinem Mann.

»Herzlichen Glückwunsch zum Geburtstag, mein Schatz. Lilien für meine Lilian«, sagt er, wie er es immer an meinem Geburtstag tut.

»Danke, Brian. Sie sind wunderschön.«

»Nicht so schön wie du«, antwortet er.

Ich bin schon immer früh aufgestanden. Ich gehöre zu den Menschen, die voller Energie aus dem Bett springen. Aber in letzter Zeit bin ich morgens müder und langsamer als sonst. Ich hoffe, es ist nicht das Alter, das mich einholt. Ich habe den leisen Verdacht, dass es mehr mit Stress als mit dem Älterwerden zu tun hat. Wie konnte ich heute Morgen als Achtundsechzigjährige aufwachen? Ich fühle mich immer noch, als wäre ich in den Dreißigern.

»Felix hat dein Lieblingsessen gemacht«, sagt Brian und stellt das Tablett neben mir auf die Bettdecke. »Eggs Benedict und geräucherter Lachs auf einem getoasteten Brötchen.«

»Mmh.« Ich lasse meinen Blick über den Teller schweifen. »Was für ein Genuss.«

»Und eine schöne heiße Tasse Tee.« Brian beugt sich zu mir herunter und küsst mich. Ich erwidere den Kuss, schläfrig, aber zufrieden für den Moment. Ich weiß, dass es außerhalb dieses Zimmers dringende Familienangelegenheiten gibt, um die ich mich kümmern muss. Aber das kann eine Weile warten.

»Was ist das?«, frage ich und schaue auf ein kleines, ordentlich verpacktes, längliches Päckchen neben dem Teller.

»Mach es auf und finde es heraus.«

Ich lächle und lege eine Hand auf mein Herz, plötzlich überwältigt von Liebe und Dankbarkeit für diesen wunderbaren Mann, der seit über vierzig Jahren an meiner Seite ist.

Ich löse die Schleife und drehe das Päckchen um, um den Tesafilm zu lösen, aber es ist zu gut verpackt, also reiße ich stattdessen doch das Blumenpapier auf. Im Inneren befindet sich eine schwarze Plastikschachtel mit Goldrand. Ich öffne den Deckel und blicke auf eine goldene Kette mit einem Smaragdanhänger im Quadratschliff.

»Sie ist wunderschön, Brian! Das wäre doch nicht nötig gewesen.« Ich blinzle und komme mir lächerlich vor, als mir die Tränen in die Augen schießen. In letzter Zeit war alles so schrecklich und stressig, dass es wunderbar ist, sich so wertgeschätzt zu fühlen.

»Hier, lass mich ...« Er nimmt die Kette und ich beuge mich vor, als er sie mir um den Hals legt und selbstbewusst den Verschluss schließt. Er starrt auf meinen Hals, wo der Anhänger kühl auf meiner warmen Haut liegt. »Wunderschön«, sagt er.

»Danke«, sage ich.

»Wirst du emotional, Lil?«

»Was? Nein. Ich bin immer noch nicht ganz wach. Meine Augen jucken.«

»Hm.« Er lächelt und strafft die Schultern. »Nun gut, ich gehe besser nach unten und fange in der Bar an.«

»Warum bleibst du nicht und frühstückst mit mir?«, frage ich, noch nicht bereit, ihn gehen zu lassen. »Das ist viel zu viel, als dass ich es allein essen könnte.«

Er klopft sich auf den Bauch. »Um ehrlich zu sein, hat Felix mir schon ein komplettes Englisches Frühstück gemacht. Aber ich hole mir einen Kaffee und setze mich ein bisschen zu dir.«

Ich nicke, hebe das Tablett auf meinen Schoß und schneide das Brötchen auf.

Das Frühstück ist viel zu schnell vorbei, und der Morgen geht über in das übliche Vorbereitungsgeschäft, gefolgt vom Mittagstisch. Obwohl ich Geburtstag habe, nehme ich mir ungern frei. Ich würde mir nur Sorgen machen, wenn ich nicht da wäre. Es ist schön, herumzuwuseln, während Freunde, Familie und Mitarbeiter mir alles Gute zum Geburtstag wünschen und mir Geschenke, Leckereien und Getränke überreichen. Der Star der Show ist meine Smaragdhalskette, zu der jeder etwas sagt und Brian ein Kompliment macht, weil er ein so liebevoller und aufmerksamer Ehemann ist. Ich kann nicht umhin, ein wenig selbstgefällig über mein Glück zu strahlen.

Der einzige Wermutstropfen ist meine mürrische neue Schwiegertochter, die ein Gesicht macht wie sieben Tage Regenwetter. Sie hat mir zum Geburtstag gratuliert, aber ihr Auftreten ist verhalten. Ich tue so, als würde ich es nicht bemerken – ich lasse mir von Caroline nicht den Tag verderben.

EINUNDDREISSIG

CAROLINE

Als ich die Küche verlasse, um auf die Toilette zu gehen, sehe ich Mariah mit düsterer Miene den Flur entlang auf mich zukommen.

»Hi«, sage ich und frage mich, ob der finstere Blick mir gilt oder ob sie nur schlechte Laune hat.

Sie rollt mit den Augen und geht an mir vorbei in die Küche.

»Was ist dein Problem, Mariah?«, frage ich und bereue es, kaum dass mir die Worte über die Lippen gekommen sind. Ich habe schon genug Probleme, ohne ihren Namen auf die Liste zu setzen.

Ich hätte mir keine Sorgen machen müssen, denn sie ignoriert mich und stürmt durch die Schwingtür in die Küche. Ich schüttle verärgert den Kopf und gehe zur Toilette. Auf dem Weg zurück nach draußen habe ich das Pech, ihr erneut zu begegnen.

»Mein Problem ist«, sagt Mariah, die meine Bemerkung von vorhin aufgreift, »dass ich nicht glaube, dass du Seb wirklich liebst. Ich glaube, du nutzt ihn nur aus.«

Fast hätte ich ihr ins Gesicht gelacht. Stattdessen stoße ich ein ungläubiges Husten aus. »Und wie kommst du darauf?«

»Es ist offensichtlich«, sagt sie leichthin. »Ihr seid verheiratet, aber ich sehe euch nie zusammen. Er ist ganz vernarrt in dich, aber du siehst aus, als würdest du versuchen, vor ihm zu fliehen. Das ist doch lächerlich!«

»Nicht, dass es dich etwas angehen würde«, sage ich leise und versuche zu bedenken, dass sie angeblich in meinen Mann verliebt ist, »aber ich stehe nicht so auf öffentliche Zurschaustellung von Zuneigung. Ich behalte mein Privatleben lieber für mich.«

»Sicher, wie auch immer«, antwortet sie.

»Jedenfalls«, erwidere ich, »habe ich dich gestern in der Stadt gesehen, wie du Tom Chancellor geküsst hast. Was hat das zu bedeuten? Ich dachte, du hasst den Kerl. Seid ihr jetzt zusammen? Wann genau hat das angefangen?«

Mariah schluckt und starrt auf ihre Füße, bevor sie den Kopf wieder hebt und mich trotzig ansieht.

»Denn«, fahre ich fort, »ich frage mich nur, ob du und Tom mich letzte Woche vielleicht absichtlich reingelegt habt.« Ich bin erleichtert, dass ich endlich meine Gedanken aussprechen kann, auch wenn meine Hände bei dieser unerwarteten Konfrontation zu zittern beginnen.

»Was meinst du?«, schnauzt sie. »Hör zu, ich muss wieder raus und weiterarbeiten, sonst rastet Lilian aus.«

»Ich *meine*, ob du Tom veranlasst hast, mich zu begrapschen, nur um an meinem ersten Tag ein Drama zu verursachen? Um mich zu einer Reaktion zu zwingen und mich in Schwierigkeiten zu bringen?«

»Erzähl keinen Scheiß, natürlich hab ich das nicht.« Sie macht einen Schritt von mir weg in Richtung Speisesaal.

Ich gehe einen Schritt hinter ihr her. »Ich glaube dir nicht.«

»Glaub, was du willst.«

»Du hast nie erwähnt, dass du dich mit Tom triffst«, beharre ich.

»Weil dich das nichts angeht.«

»Und doch sind Sebastian und ich irgendwie deine Angelegenheit. Wie auch immer, im Club hast du gesagt, dass du Tom nicht ausstehen kannst.«

»Na und?« Sie rollt wieder mit den Augen, aber ich sehe, dass sie nicht so unbehelligt ist, wie sie mir weismachen will. An ihrem Hals bilden sich rote Flecken und sie zupft an ihren Fingernägeln herum.

»Warum küsst du ihn dann, wenn du ihn nicht magst? Ich glaube, du und er habt euch auf meine Kosten amüsiert.«

»Gott, Seb hat ja wirklich ein Händchen für Frauen«, murmelt sie abfällig.

»Was meinst du damit? Redest du von Amy?«

»*Was*?«

»Sebs Ex-Frau«, erkläre ich und achte aufmerksam auf eine Reaktion.

Mariah schluckt und blinzelt.

»Weißt du, was mit ihr passiert ist?«, frage ich. »Hattest du deine Finger im Spiel, um sie zu loszuwerden? Willst du mir das Gleiche antun, weil du Seb für dich haben willst?«

»Was willst du eigentlich von mir?« Sie verzieht das Gesicht. »Ich habe die Frau nie getroffen. Habe hier erst angefangen zu arbeiten, nachdem sie weg war. Ich hab gehört, sie hat sich aus dem Staub gemacht. Hat Seb mit gebrochenem Herzen sitzengelassen. Er meinte, er käme nie über sie hinweg.«

Das ist offensichtlich eine plumpe Anspielung auf mich. Der Versuch, mir weiszumachen, dass Seb für mich nicht das empfindet, was er für Amy empfunden hat, obwohl ich weiß, dass das überhaupt nicht der Fall ist. Seb hat mir oft genug gesagt, dass ich die Liebe seines Lebens bin. Dass er noch nie so etwas für einen anderen Menschen empfunden hat. Es sei denn ... er hat mich angelogen.

»Hör zu, Mariah«, sage ich, weil mir klar wird, dass ich das Problem ansprechen muss. »Ich habe gehört, dass du in Seb verknallt bist, und das tut mir leid. Ich hatte keine Ahnung, dass du ihn magst. Woher auch? Ich war in einem anderen Land, als wir zusammenkamen. Aber wir müssen ja keine Feinde sein. Ich will keine schlechte Stimmung. Ich weiß, wie es ist, wenn man in jemanden verknallt ist, der diese Gefühle nicht erwidert.«

Ihr Gesicht läuft feuerrot an und sie macht einen Schritt auf mich zu. »*Verknallt*? Du hast ja keine Ahnung!«

Ich blinzle und runzle die Stirn. »Nun, warum sagst du es mir nicht?«

»Es stimmt, ich mochte Seb. Aber er mochte mich auch.«

»Okaaay, und was willst du damit sagen?«

»Ich will damit sagen, dass wir miteinander geschlafen haben. Mehr als einmal.«

Ich starre sie mit offenem Mund an und versuche herauszufinden, ob sie mir die Wahrheit sagt oder nur versucht, mich zu provozieren. »Ich glaube dir nicht.«

Sie schenkt mir ein verschmitztes Lächeln. »Glaub, was du willst.«

»Wenn er mit dir geschlafen hat, warum hat er mich dann geheiratet?«

»Wer weiß? Vielleicht, weil ich ihm gesagt habe, dass der beste Weg, über ein Miststück wie seine Ex-Frau hinwegzukommen, der ist, unter eine andere zu kommen.«

Bevor ich realisiere, was ich tue, schießt meine Hand hervor und landet seitlich in ihrem Gesicht.

Mariah hält sich die Wange. »Du hast mich geschlagen!«

Ich weiß, dass ich das nicht hätte tun dürfen, aber sie stachelt mich an, seit ich hier bin.

»Was ist hier los?« Eine Stimme von hinten schreckt mich auf.

Ich drehe mich um und kann nicht so recht glauben, dass

Seb ausgerechnet in dieser Sekunde aus seinem Büro auf den Flur tritt.

»Hast du das gesehen?«, schreit Mariah, ihre Augen blitzen hasserfüllt. »Deine Psycho-Frau hat mich gerade geschlagen!«

»Vielleicht liegt es daran, dass sie sich Lügen über euch beide ausdenkt«, antworte ich. Meine Handfläche kribbelt vor Schmerz und mein ganzer Körper zittert. »Sie hat gesagt, du hättest mit ihr geschlafen!«

Seb steht vor dem Büro und sieht zerknirscht aus.

Ich lenke meinen Blick von ihm auf eine triumphierend dreinblickende Mariah.

»Ihr *habt* also miteinander geschlafen?«, frage ich ihn.

»Sieh mal, Caroline ...«

»Das ist ja großartig«, antworte ich. »Du solltest vielleicht in die Küche gehen und deinem Bruder helfen, denn meine Schicht ist gerade zu Ende.« Ich marschiere die Treppe zur Wohnung hinauf. Mein Atem kommt in kurzen Stößen, mein Herz rast, meine Hände zittern. Auf halbem Weg bleibe ich stehen, drehe mich um und werfe einen Blick über die Schulter zurück, um zu sehen, wie die beiden eng beieinanderstehen und flüstern. Seb steht mit dem Rücken zu mir, aber Mariah sieht auf und fängt meinen Blick ein, und ein selbstgefälliges Lächeln huscht über ihr Gesicht.

ZWEIUNDDREISSIG

LILIAN

Ich muss zugeben, dass ich, als sich der Ansturm zur Mittagszeit gelegt hat, mehr als nur ein bisschen beschwipst bin. Der Gedanke an ein Nachmittagsschläfchen ist äußerst verlockend und ich frage mich, ob ich mich für eine halbe Stunde nach oben schleichen kann.

»So, Lil«, sagt Brian und reibt sich die Hände. »Tarik, Mariah und die anderen halten hier unten für eine Stunde oder so die Stellung, während wir nach oben gehen und zur Feier des Tages einen Tee trinken.«

»Oh, Brian, das ist nicht nötig.«

»Nötig? Es ist dein Geburtstag. Felix hat frische Scones gebacken. Nur wir als Familie.»

Ich atme tief durch und versuche, ein wenig Aufregung in die Aussicht zu zaubern. Wenn es nur Brian und die Jungs wären, wäre das ja wunderbar. Aber der Gedanke an die Anwesenheit von Caroline jagt meinen Blutdruck in die Höhe.

»Komm schon, Lilian«, murmelt mir Brian ins Ohr. »Lass uns diese kleine Feier als Neuanfang betrachten, ja?«

Seine Worte wirken nach, und mir wird klar, dass er recht hat. Meine Familie kann nur dann glücklich werden, wenn wir uns alle Mühe geben. Als Matriarchin muss ich mit gutem Beispiel vorangehen. Ich muss großherzig und liebevoll sein. Die Verletzungen der Vergangenheit hinter uns lassen und alle zusammenbringen. Meine Güte, ich bin wirklich ein bisschen betrunken. »Du hast absolut recht«, antworte ich und drücke meinem Mann einen Kuss auf die glatt rasierte Wange. »Ich liebe dich, Brian Fletcher.«

»Natürlich«, antwortet er mit einem Augenzwinkern.

Wir begeben uns alle nach oben ins Wohnzimmer, das mit Luftballons und einem Glückwunschschild über dem Kamin geschmückt ist. Die Wand- und Tischlampen tauchen den Raum in ein gemütliches Licht, das die Düsternis des winterlichen Nachmittags vertreibt. Brian fährt den wenig benutzten Esstisch in der Ecke aus, während ich die cremefarbene, bestickte Tischdecke meiner Mutter aus der Schublade der Anrichte hole und sie darauf ausbreite. Seb kommt mit einem Stapel zusätzlicher Stühle von unten herein und stellt sie um den Tisch.

»Mum, du sitzt dort«, sagt Felix und weist mir den Weg zum Kopfende des Tisches.

»Ich setze erst mal Wasser auf«, antworte ich und mache einen Schritt in Richtung Küche.

»Das übernehme ich«, sagt Nicki und gibt den kleinen Teddy an Felix weiter.

»Ich muss mich um die Scones kümmern«, antwortet Felix, küsst den Kopf seines schlafenden Sohnes und blickt erwartungsvoll zu seiner Frau zurück, die mit den Schultern zuckt und in der Küche verschwindet.

»Gib ihn her«, antworte ich und nehme meinen wunderschönen Enkel auf den Schoß. Er ist warm und schwer und erinnert mich an meine Jungs, als sie in dem Alter waren. Mir wird bewusst, dass ich nicht annähernd genug Zeit mit meinem Enkel verbringe. Diese ersten Jahre vergehen so schnell. Ich kann immer noch nicht glauben, dass meine

Söhne erwachsen und verheiratet sind. Es erscheint mir so surreal.

Während ich meine Familie beobachte, wie sie mit Tee und Geschirr durchs Zimmer huscht, fällt mir auf, dass Caroline und Sebastian immer noch nicht miteinander reden. Er versucht immer wieder, ihren Blick zu erhaschen, aber sie weicht ihm absichtlich aus. Dummerchen. Sie sollte versuchen, die Dinge in Ordnung zu bringen, anstatt zu schmollen.

Bald ist der Tisch mit Tee, Holunderblütensaft, Mini-Sandwiches, Chips, Snacks, frischen Scones, aufgeschlagener Sahne und Erdbeermarmelade gedeckt. Sebastian entkorkt eine Flasche Champagner und füllt unsere Gläser. Ich nippe an meinem und genieße die frisch-spritzigen Bläschen auf meiner Zunge, während die Grenzen meiner Gedanken verschwimmen.

Nicki schaltet das Licht aus, als Felix mit einer riesigen, mit Schokoladenbuttercreme überzogenen Geburtstagstorte hereinkommt, auf der eine gold-weiße Kerze in Form einer Achtundsechzig flackert und seltsame Schatten auf die Gesichter meiner Familie wirft.

»*Happy Birthday to you …*« Ihr Gesang erfüllt die Luft, während sich Felix mit der theatralisch hochgehaltenen Torte nähert.

Nicki kommt herüber und nimmt mir den noch schlafenden Teddy vom Arm. Caroline rückt zur Seite, um Platz für die beiden zu machen, und stößt dabei mit dem Ellbogen gegen Felix' Arm. Seine Hand dreht sich zur Seite und ich sehe ungläubig dabei zu, wie meine wunderschöne Geburtstagstorte von der goldenen Tortenplatte rutscht, auf den Tisch fällt und an meinem cremefarbenen Hosenbein hinunterrutscht und mit einem dumpfen Platschen auf dem Wohnzimmerteppich landet.

Ein kollektives Aufatmen, gefolgt von einem Moment entsetzter Stille. Carolines Wangen sind glühend rot, und ich meine, den leisesten Anflug eines Lächelns zu erkennen, bevor es wieder verschwindet.

Bevor wir Zeit haben, auf das Unglück zu reagieren, bemerke ich, dass die Flamme der Geburtstagskerze das Tischtuch meiner Mutter gestreift hat. Mit einem kleinen Aufschrei kippe ich fast von meinem Stuhl, als der Tisch vor mir mit einem heftigen Zischen Feuer fängt.

»Mum!« schreit Felix.

»Lilian!« Brian stürmt herbei. Er schüttelt seine Jacke ab und wirft sie mir über den Arm.

Da spüre ich einen stechenden Schmerz an meinem Handgelenk.

Felix löscht den Rest des Feuers mit dem Krug Holunderblütensaft, wirft meine schöne Schottenkaro-Wolldecke über das Ganze und klopft es ab.

»Oh!«, schreie ich und merke, dass mein ganzer Körper zittert. Ein schrecklicher Geruch von verbranntem Haar und Fleisch steigt mir in die Nase.

Brian hilft mir auf die Beine und schiebt mich sanft von dem zerstörten Tisch weg. »Komm und setz dich aufs Sofa. Lass mich mal einen Blick auf deinen Arm werfen.«

»Es tut mir so leid«, sagt Caroline und schüttelt den Kopf. »Ich kann nicht glauben, dass ich …« Sie verstummt.

Teddy ist plötzlich wach und schreit.

»Nicki«, durchbricht Felix' Stimme den Lärm. »Meinst du, du könntest …«

»Ich gehe mit ihm in die Küche«, murmelt Nicki und verschwindet durch die Tür. Ich bemerke, dass sie mich nicht einmal gefragt hat, wie es mir geht.

Brian und Sebastian sitzen zu beiden Seiten von mir, und Felix zieht sich ein Sitzkissen heran, auf dem er sich niederlässt, während Caroline unbeholfen am Tisch herumhängt. Brian hebt vorsichtig seine Jacke von meinem Arm. Wir keuchen allesamt auf, als wir meine verkohlte Bluse sehen, die an der Haut meines Handgelenks klebt. Da ist ein roter, klebriger Fleck mit Blasen, dessen Anblick und Geruch mich ein wenig benommen machen.

»Ohh«, rufen Felix und Sebastian zeitgleich aus.

»Ich glaube, wir bringen dich besser in die Notaufnahme«, sagt Brian.

Caroline kommt herüber und untersucht mein Handgelenk. »Hol deiner Mum ein großes Glas Wasser, Seb.«

»Ich bin nicht durstig«, schnauze ich.

»Das ist gegen die Dehydrierung«, sagt sie mit ruhiger und fester Stimme. »Und wir müssen sie in kaltem Wasser baden. Brian, kannst du ihr das Armband und die Ringe abnehmen, falls ihr Arm und ihre Finger anschwellen?«

Ich strecke die Hand aus, um die größte Blase zu berühren, aber Caroline hält meine Hand fest.

»Nicht anfassen«, sagt sie. »Nicht dass wir eine Infektion riskieren. Brian, wenn du das Auto holst, bade ich ihr das Handgelenk, dann kannst du sie ins Krankenhaus fahren.«

»Soll ich etwas Eis holen?«, fragt Seb, sein Gesicht ist blass und grünlich gefärbt.

»Kein Eis«, antwortet sie und übernimmt die Kontrolle über die Situation.

Sie hat absolut recht mit dem, was sie sagt. Ich bin mit meiner Erste-Hilfe-Ausbildung auf dem neuesten Stand, und so wie es klingt, ist sie es auch. Mein Mann und meine Söhne stehen alle nutzlos herum und starren mich an, warten auf meine Bestätigung. »Steht nicht so herum, hört auf das, was das Mädchen sagt«, sage ich heiser.

Alle springen auf und ich werde von meiner Schwiegertochter vorsichtig ins Bad geführt.

Caroline hat all das verursacht – sie hat Felix den Teller aus der Hand geschlagen – und ich bin mir sicher, sie danach lächeln gesehen zu haben. Aber jetzt ist sie so übertrieben fürsorglich. Sie hilft mir auf effiziente und freundliche Weise.

Genauso, wie ich jemandem mit einer solchen Verletzung helfen würde.

Die Frage ist nur, ob ich mir ihr höhnisches Grinsen nur eingebildet habe, oder ob sie eine Art verdrehtes Spiel spielt. Wollte sie mich wirklich verletzen?

DREIUNDDREISSIG

CAROLINE

Ich stelle die Dusche an und lasse das heiße Wasser sein Bestes tun, um das heutige Drama wegzuwaschen. Nach der abgebrochenen Geburtstagsparty habe ich Felix geholfen, das Wohnzimmer und den Esstisch aufzuräumen, während Brian und Seb Lilian ins Krankenhaus gebracht haben. Sie musste nicht allzu lange warten, bis sie untersucht wurde. Es war nur eine oberflächliche Verbrennung, also haben sie sie verarztet, ihr ein paar Schmerzmittel gegeben und sie nach Hause geschickt.

Trotz Felix' Gesprächsversuchen konnte ich mich nicht konzentrieren, denn mir ging alles durch den Kopf, was heute passiert ist. Von Mariahs Enthüllung, dass sie und Seb mal etwas miteinander hatten, bis hin zu Lilians Tortendesaster. Ich schäme mich, Mariah so angegriffen zu haben. Ich glaube, dass mir das alles langsam über den Kopf wächst. Ich muss meine Beziehungen zu allen neu aufbauen, aber ich bin so angespannt, dass das fast unmöglich ist. Während sich das Wasser über mich ergießt, wünschte ich, ich könnte einfach darunter stehenbleiben und müsste nicht herauskommen, um mich mit ihnen allen zu befassen.

»Danke, dass du Mum heute Nachmittag geholfen hast«,

sagt Seb, nachdem ich mich endlich von der Dusche gelöst habe und ins Schlafzimmer komme, wo ich mir die Haare mit einem Handtuch trockne. Er sitzt auf der Bettkante und beobachtet mich.

»Selbstverständlich«, antworte ich kurz und knapp.

»Der Arzt meinte, dass du ihr durch dein Handeln wahrscheinlich eine Menge Schmerzen erspart hast.«

»Nun, es ging alles so schnell.«

»Ich habe nicht wirklich gesehen, was passiert ist«, sagt Seb. »In der einen Minute singen wir Happy Birthday und in der nächsten …« – er wirft die Hände hoch – »… bricht die Hölle los.«

Ich höre auf, meine Haare zu trocknen, und werfe das Handtuch in einem Anflug des Unmuts in den Wäschekorb. Ich bin verärgert. Er hat sich nach unserem Streit gestern Abend immer noch nicht entschuldigt und die Tatsache, dass er mit Mariah geschlafen hat, hat er nicht erwähnt. Ich frage mich, ob ich überhaupt etwas über Seb weiß.

»Also, was ist passiert?«, fragt er.

»Was meinst du?« Ich drehe mich um und sehe ihn an.

»Mum sagte, du hättest Felix gegen den Arm gestoßen.«

Ungläubig atme ich angesichts seiner Andeutungen aus. »Weil ich Nicki und Teddy Platz machen wollte.«

»Oh, okay, tut mir leid.«

Ich ziehe mir mein Arbeits-T-Shirt über. »Du dachtest doch nicht ernsthaft …«

»Nein, nein, ganz und gar nicht.« Seine Augen weiten sich vor Sorge, dass ich denken könnte, er würde mir so etwas Schreckliches vorwerfen. »Es ist nur so, dass Mum gesagt hat …«

»Deine Mutter denkt, ich hätte ihr die Torte absichtlich in den Schoß gestoßen und ihr den Arm angezündet?« Ich starre meinen Mann an, alle Gedanken an eine einfache Lösung sind verflogen.

»Nein, sei nicht albern. Natürlich nicht.«

Mein Herz rast und meine Handflächen sind feucht. Ich kann immer noch nicht ganz glauben, was heute passiert ist. Außerdem macht das ganze Geburtstagsdebakel alles andere so viel schwerer.

»Schon bevor das passiert ist«, fügt Seb hinzu, »hast du nicht so ausgesehen, als würdest du dich besonders gut amüsieren. Du sahst ... nun ja, du sahst trübselig aus.«

»Es ist schwer, sich zu amüsieren, wenn wir uns immer noch streiten.« Ich setze mich aufs Bett und ziehe meine Jeans an.

»Ich streite nicht«, antwortet er müde, steht auf und geht zum Fenster hinüber. »Die Sache mit Mariah ist passiert, bevor wir uns kennengelernt haben. Das war, nachdem sie hier angefangen hatte zu arbeiten. Amy hatte mich gerade verlassen und ich war völlig durcheinander. Es hätte nie passieren dürfen, aber es sollte uns beide nicht beeinträchtigen. Es liegt weit in der Vergangenheit. Als du und ich anfingen zu schreiben, habe ich das sofort beendet.«

»Vielleicht, aber es bleibt immer noch eine weitere Sache, die du mir nicht erzählt hast. Ich verstehe, dass wir beide eine Vergangenheit haben, aber sie arbeitet mit mir zusammen, um Himmels willen. Ich hätte gedacht, ich hätte zumindest eine Vorwarnung von dir verdient, damit ich unsere Beziehung nicht vor ihr zur Schau stelle.«

»Ich weiß, es tut mir leid. Es ist nur ... es ist mir peinlich.« Er dreht sich wieder zu mir um. »Niemand sonst weiß, was los war. Meine Eltern denken nur, dass sie in mich verknallt ist. Mum würde durchdrehen, wenn sie wüsste, dass ich mit einer der Angestellten geschlafen habe.«

»Warum wohl«, antworte ich und rolle mit den Augen. »Es ist ja nicht so, als würde es ein Drama auslösen oder so.«

Seb schenkt mir ein verlegenes Lächeln.

Ich werde ihn nicht so einfach davonkommen lassen. »Wie

schon gesagt, ich erwarte nicht, dass du keine Vergangenheit hast, ich mag es nur nicht, wenn immer wieder diese bösen Überraschungen auftauchen. Es ist ärgerlich, ganz zu schweigen davon, dass es mich wie eine Idiotin aussehen lässt.«

»Es tut mir leid«, sagt er, kommt herüber und nimmt meine Hand. »Das tut es wirklich. Aber ich bin auch enttäuscht, dass du es auf Mums Geburtstag abfärben lässt. Sie arbeitet so hart, und das sollte ein Nachmittag sein, an dem wir ihr alle unsere Wertschätzung zeigen und sie ein bisschen verwöhnen wollten. Es kommt nicht oft vor, dass um sie ein großes Aufheben gemacht wird.«

»Es ist nicht meine Schuld, dass Felix die Torte fallen gelassen hat.«

»Ich spreche nicht von der Torte, ich spreche von ... deiner ... deiner allgemeinen Laune.«

Seine Anschuldigung lässt mich sträuben. »Kannst du mir das verübeln? Abgesehen von dem, was mit Mariah passiert ist, bist du gestern während unseres Streits rausgestürmt und erst zurückgekommen, als ich schon schlief. Und heute Morgen hast du ein paar Geburtstagsbesorgungen gemacht, ohne zu fragen, wie es mir geht. Soll ich einfach vergessen, dass du geschieden bist und es mir nie gesagt hast?«

»Was auch immer unsere Differenzen im Moment sein mögen, ich liebe dich, Cal, und ich wollte dich wirklich nicht verletzen. Können wir uns bitte, bitte wieder vertragen? Es ist so furchtbar, sich mit dir zu streiten. Mein Magen ist wie verknotet. Ich habe den ganzen Tag kaum was gegessen. Und dann noch der Unfall meiner armen Mum ...«

Ich beiße die Zähne zusammen und versuche, keine lieblosen Gedanken über Lilian zu denken. Plötzlich tut mir Amy leid, dass sie zwölf lange Jahre mit ihr auskommen musste. Wobei, immerhin musste sie nicht auch noch mit ihr arbeiten. »War das das Zimmer, das du mit ihr geteilt hast? Mit *Amy*?«, frage ich.

Seb antwortet nicht, schüttelt nur den Kopf und seufzt verzweifelt.

»Ihr habt all die Jahre hier gelebt?« Ich bleibe hartnäckig. »Warum habt ihr euch keine eigene Wohnung gesucht?«

»Das brauchten wir nicht. Uns ging es hier gut.» Er schiebt die Hände in die Taschen seiner Jeans.

»In diesem Zimmer?« Ich gehe zurück ins Bad und kämme mir das feuchte Haar.

»Was ist damit?«, fragt er und folgt mir.

»Nichts. Aber es gibt nicht viel Privatsphäre, oder?« Ich binde mir die Haare aus dem Gesicht und gehe zurück ins Schlafzimmer.

»Es gibt vier Wände. Eine Tür.«

»Du weißt, was ich meine.«

»Ja, ich glaube schon. Du magst meine Eltern nicht.«

»Nein, das stimmt so nicht. Es ist nur ... Ich schätze, ich war immer an meine eigenen vier Wände gewöhnt. Es ist ein ziemlicher Schock, so dicht mit der Familie zusammenzuwohnen, weißt du?«

Seb lässt die Schultern hängen. »Es tut mir leid, Cal. Du hast ja recht. Ich glaube, ich war unsensibel.« Er schüttelt den Kopf. »Du bist nicht an das Familienleben gewöhnt.« Er kommt zu mir und zieht mich in eine Umarmung, aber ich bin immer noch zu angespannt, um sie richtig zu erwidern. »Oder vielleicht hast du keine guten Erfahrungen gemacht, weil du in einer Pflegefamilie aufgewachsen bist.«

Ich antworte nicht.

»Ich verspreche dir, dass wir sparen, damit wir so bald wie möglich in eine eigene Wohnung umziehen können, okay?« Er lehnt sich ein wenig zurück und sieht zu mir herunter.

»Ich kann immer noch nicht glauben, dass ihr jahrelang zusammengelebt habt und deine Ex-Frau damit einverstanden war.«

Seb fährt sich mit der Hand durch die Haare. »Caroline,

können wir die Vergangenheit ruhen lassen und einfach nur genießen, dass wir zusammen sind?«

»Aber wie konntest du mich bitten, hier im selben Zimmer zu wohnen, ohne auch nur zu erwähnen, dass du dort mit deiner ersten Frau geschlafen hast?«

Sein Kiefer spannt sich an, aber er antwortet nicht.

»Du bist also wirklich nicht bereit, mit mir darüber zu reden?«, dränge ich.

»Ich sehe keinen Sinn darin, über etwas zu reden, das vorbei ist.«

»Aber ich würde gerne wissen, was passiert ist. Ich möchte, dass du mir erzählst, wie es in deiner Ehe war. Wenn du nicht mit mir reden willst, wozu hast du dann eine Frau? Eine Partnerin? Ich möchte, dass wir eines dieser Paare sind, die keine Geheimnisse haben. Die sich einander anvertrauen, sich gegenseitig unterstützen.«

»Ich habe keine Geheimnisse«, antwortet er ausdruckslos.

»Du hast gesagt, sie hat dich betrogen«, antworte ich.

»Das hat sie.«

»Hör zu, das wird dir nicht gefallen«, sage ich und verkrampfe mich angesichts seines drohenden Zorns.

»Was meinst du?« Sein Gesicht verfinstert sich.

»Letzte Nacht konnte ich nicht schlafen, also bin ich nach unten ins Büro gegangen und habe deine Scheidungspapiere gefunden.«

Mein Mann wendet sich ab und entfernt sich, wobei er die Hände an seiner Seite zu Fäusten ballt und wieder löst.

Ich fahre fort, ohne seine Reaktion zu beachten. »In den Papieren steht, dass ihr die Scheidung ohne Schuldanerkennung eingereicht habt. Ist Amy also wirklich mit einem anderen durchgebrannt, oder wart ihr beide schuld daran? Gibt es etwas, das du mir verschweigst?«

Ich bin mir nicht sicher, ob Seb sich noch mehr abschottet

oder sich darauf vorbereitet, in die Luft zu gehen. Er steht wieder am Fenster, sein ganzer Körper ist starr.

Ich wage kaum zu atmen.

Nach ein paar Augenblicken seufzt er, dreht sich um und lehnt sich an die Fensterbank. »Der einzige Grund, warum wir uns haben scheiden lassen, ist, dass ich es nicht in die Länge ziehen wollte. Ich hätte Ehebruch anführen können, aber um ehrlich zu sein, war es mir egal, was in den Papieren steht. Ich wollte es einfach hinter mir haben.«

Ich nicke langsam und stelle fest, dass das, was er sagt, durchaus plausibel ist.

»Außerdem hatte ich nach Amys Weggang keine Möglichkeit, mit ihr in Kontakt zu treten. Sie hat ihre Nummer geändert, sich aus den sozialen Medien zurückgezogen und keine Nachsendeadresse hinterlassen. Das war die einzige Möglichkeit, wie wir uns ohne großen Ärger scheiden lassen konnten. Sie hat bei der Arbeit gekündigt, ist ausgezogen und hat weitergemacht ... Ich kann nicht glauben, dass du nach unseren Scheidungspapieren gesucht hast. Vertraust du mir nicht?«

Ich zögere. »Es ist nicht so, dass ich dir nicht vertraue. Es ist eher so, dass du dich mir nicht öffnen willst. Du bist so zurückhaltend. Seit ich das mit deiner Ex herausgefunden habe, habe ich das Gefühl, dass ich dir jede Einzelheit aus der Nase ziehen muss. Als wäre ich dein Feind und nicht deine Frau. Mariah ist das perfekte Beispiel dafür. Als wir in Australien waren, wirktest du so offen und glücklich. Du hast mir versprochen, dass wir eine echte Partnerschaft führen würden. Aber seit ich hier bin ...«

»Ich weiß, es war nicht der beste Start.«

Ich beiße mir von innen auf die Lippe, um die Worte zurückzuhalten. Ich muss mich beruhigen, meine Spätschicht beginnt bald.

»Hör zu«, sagt er und setzt sich neben mich aufs Bett, »ich weiß nur, dass es mich erwischt hat, als ich angefangen habe, online mit dir zu schreiben. Ich war fast froh, dass Amy mich verlassen hatte, denn wenn sie es nicht getan hätte, hätte ich dich nie kennengelernt.« Er nimmt meine beiden Hände in seine.

Ich blicke in seine grauen Augen und frage mich, ob er mir diesmal die Wahrheit sagt oder ob er noch weitere Geheimnisse vor mir verbirgt. Und wenn ja, werde ich dahinterkommen?

VIERUNDDREISSIG

CAROLINE

»Gute Nacht!«, ruft Hugo, als er sich durch die Hintertür der Küche nach draußen drängt.

»Bis morgen«, antwortet Felix.

»Nacht«, antworte ich lustlos.

»Okay, was ist los?» Felix legt seinen Putzlappen beiseite und schaut mich an.

»Hmm? Nichts.« Ich wende mich ab und stelle die letzten Dessertschüsseln zum Abspülen ins Spülbecken.

»*Nichts*, sagt sie. Nachdem sie fast die ganze Schicht schweigend mit grimmiger Miene verbracht hat.« Er sagt die Worte neckisch.

Trotz seines sanften Tonfalls zucke ich zusammen, noch immer aufgewühlt von meinem früheren Gespräch mit Seb.

»Geht es darum, was heute mit Mums Torte passiert ist?«, fragt er. »Du weißt doch, dass das ein Unfall war, oder? Und du hast es mit deiner Florence-Nightingale-Nummer danach wieder wettgemacht.«

»Darum geht es nicht, aber danke, dass du so nett bist.« Ich drehe den Wasserhahn zu und beginne, die Schüsseln in die Spülmaschine zu räumen.

»Und? Willst du es mir nicht sagen? Soll ich mich um meine eigenen Angelegenheiten kümmern?«

»Es ist nichts«, beharre ich. Ich glaube nicht, dass ich die geistige Energie habe, heute Abend alles mit Felix durchzugehen. Nicht nach dem Tag, den ich hinter mir habe.

»Na gut«, sagt er und verschränkt die Arme. »Stell die Spülmaschine an und lass den Rest stehen.«

»Schon in Ordnung, ich bin fast fertig.«

»Eben. Ein paar Schüsseln machen keinen Unterschied.«

»Aber ...«

»Nein, komm schon.« Er bindet seine Schürze los.

»Was? Wohin gehen wir?«

»In die Bar.«

»Ich glaube, es ist alles geschlossen.«

»Genau. Wir werden in Ruhe was trinken, und du kannst mir erzählen, was dich so unglücklich macht.«

»Was ist mit Nicki?«, frage ich, denn ich will nicht, dass sie noch mehr Gründe findet, mich nicht zu mögen.

»Ach, sie ist bestimmt schon längst im Bett. Mach dir keine Sorgen, ein schneller Drink macht den Kohl nicht fett. Nach meinen Spätschichten schläft sie fast immer.«

»Na, wenn du meinst ...«

»Tue ich. Also, was hat mein Bruder getan?«

Ich schüttle den Kopf. Mit Felix lässt sich so gut reden, aber ich bin mir nicht sicher, ob es richtig wäre, ihm die Ohren über meinen Mann vollzujammern.

»Du kannst es mir sagen. Ich kenne Sebby seit seiner Geburt.« Felix grinst. »Wenn es ein Problem zu lösen gibt, bin ich der perfekte Mann, um zu helfen.«

Ich verdränge meine Vorbehalte. Was soll's. Vielleicht kann Felix etwas Licht ins Dunkle bringen. Oder vielleicht auch nicht. So oder so könnte ich einen Drink gebrauchen und eine Ausrede, um noch nicht wieder nach oben zu gehen.

Ich folge meinem Schwager in den Pub, und er

verschwindet hinter die Bar, während ich mich auf einen der ledernen Barhocker setze.

»Also, Caroline, was trinkst du am liebsten?«

»Ehrlich gesagt, könnte ich jetzt einen warmen Kakao vertragen.«

»Nein«, antwortet Felix und deutet auf die Reihe der Flaschen.

»Na gut, dann nehme ich einen Whiskey Cola. Aber ich trinke nur einen. Ich muss morgen arbeiten.«

»Okay, okay. Ich auch.«

Ich beobachte, wie er ein Glas nimmt und eine doppelte Menge Whiskey hineingibt. Ich greife über den Tresen, um mir selbst Cola hinzuzufügen und fülle das Glas bis zum Rand auf. Er schenkt sich ebenfalls einen doppelten Schuss ein, gibt aber nur einen Spritzer Cola dazu. Wir stoßen an und nehmen jeweils einen Schluck. Obwohl das Getränk stark verdünnt ist, steigt es mir direkt zu Kopf.

»Und?«, fragt Felix.

Ich werfe ihm einen verwirrten Blick zu, obwohl ich genau weiß, dass er möchte, dass ich ihm meine Beziehung zu Seb anvertraue. Ich zögere immer noch, ihm von meinem Privatleben zu erzählen, aber da Seb ein Problem damit hat, sich über seine Ex-Frau zu äußern, wird Felix vielleicht etwas offener sein. Ich beschließe, Mariahs kurze Affäre mit Seb nicht zu erwähnen. Er hat mir gesagt, dass niemand etwas davon weiß, und ich will nicht noch mehr Drama um etwas machen, das schon lange vorbei ist. Und außerdem habe ich andere, wichtigere Dinge im Kopf.

»Du bist offensichtlich wegen irgendetwas verärgert«, sagt Felix und zieht einen Hocker aus der hinteren Ecke heran. Er setzt sich an die Seite, sodass wir uns diagonal über die Theke hinweg gegenübersitzen.

»Ach, ich will nicht hinter seinem Rücken über ihn lästern.

Wir sind frisch verheiratet, wir sind noch dabei, alles zu regeln.«

»Natürlich. Ich wollte nur, dass du weißt, dass du immer mit mir reden kannst, wenn du ein offenes Ohr brauchst. Wir sind eine eingeschworene Familie. Ich bin mir ziemlich sicher, dass Nicki vor Seb über mich herzieht. Aber das ist in Ordnung für mich. So kann sie sich alles von der Seele reden.« Er zwinkert mir grinsend zu.

Ich hatte schon mitbekommen, dass Nicki und Seb sich nahestehen, und ich bin mir nicht ganz sicher, was ich angesichts der anderen Enthüllungen davon halten soll. »Danke.« Ich nehme einen übergroßen Schluck von meinem Drink. *Ach, was soll's.* Ich starre in mein Glas und fange an zu reden: »Okay, also, ich mache mir Sorgen, weil Seb überhaupt nicht über Amy reden will. Ich habe erfahren, dass er eine Ex-Frau hat, und er hält es für keine große Sache, dass er mir nichts von ihr erzählt hat. Nicht nur das, er will so tun, als hätte es diesen Teil seines Lebens nie gegeben.« Ich hebe den Blick und sehe, dass Felix mich mitleidig anschaut.

»Ich glaube, er will die Vergangenheit einfach hinter sich lassen.«

»Das hat er mir auch gesagt, aber ich bin seine Frau, ich sollte in der Lage sein, mit ihm über diese Dinge zu reden.«

»Sprichst du denn mit ihm über deine Ex-Freunde?«, fragt Felix.

»Nein. Aber ich würde es tun, wenn er mich nach ihnen fragen würde. Und außerdem ist Amy nicht nur irgendeine Ex-Freundin. Sie waren über ein Jahrzehnt lang zusammen.»

Felix ist einige Augenblicke lang still. Er nimmt mein fast leeres Glas und füllt es wieder auf. Ich öffne den Mund, um zu protestieren, schließe ihn dann aber wieder. In meinem Kopf macht sich ein angenehm weiches Gefühl breit. Die Wirkung des Alkohols in Verbindung mit einer tiefen Erschöpfung und wenig Essen führt dazu, dass ich all meine Sorgen ausspreche, ohne mich wirklich besorgt zu fühlen, was eine schöne Abwechslung ist. Es fühlt sich an, als würde ich aus großer Entfernung auf alles hinabschauen.

Felix stellt mein Glas vor mir ab und füllt es mit Cola auf. Er sieht einen Moment lang nachdenklich aus. »Ich glaube, mein Bruder war nicht nur schockiert über Amys Untreue, sondern fühlte sich dadurch auch gedemütigt. Ich meine, falls du es noch nicht bemerkt hast, Stalbridge ist eine Kleinstadt. Jeder weiß über die Angelegenheiten der anderen Bescheid. Seb hat den Klatsch und das Mitleid gehasst. Er wollte so weit wie möglich von all dem weg.«

Ich nicke und nehme einen Schluck. »Ich denke, das ergibt Sinn.«

»Er liebt dich, Caroline. Außerdem will er dich beeindrucken. Er will das Gefühl haben, dass du ihn genauso liebst.«

»Das tue ich!«

»Tja, weißt du, Amy hat sein Vertrauen gebrochen. Sie hat ihn dazu gebracht, an sich selbst zu zweifeln. Ich denke, der Grund, warum er dich so schnell um deine Hand bat, war, dich zu testen. Um zu sehen, ob du ihn genauso liebst. Ob du bereit bist, dich zu binden.«

»Aber das ist ja das Seltsame«, denke ich laut. »Ich hätte gedacht, dass er, nachdem er einmal verletzt wurde, es nicht so eilig hätte, erneut zu heiraten. Bei mir wäre es jedenfalls so gewesen.«

Er zuckt mit den Schultern. »Seb ist ein Romantiker. Hör mal, wahrscheinlich sollte ich das lieber nicht sagen …«

Ich reiße den Kopf hoch und sehe Felix an, alarmiert durch seinen Tonfall, durch sein Zögern, mir zu sagen, was immer er auf dem Herzen hat. »*Was?*«

»Nein, es ist nichts. Mach dir keine Sorgen.« Er wendet den Blick ab.

»Das kannst du nicht machen! Das ist nicht fair. Du musst es mir jetzt sagen.«

Er reibt mit Daumen und Fingern an seinem Kiefer. »Okay, aber hör zu, du darfst Seb nichts sagen.«

»Warum nicht?«

»Darum.«

»Ich kann keine Geheimnisse vor meinem Mann haben.«

»Okay, vergiss es.« Er rutscht von seinem Hocker und füllt sein Getränk mit Ginger Ale auf.

»Felix!«

Er antwortet nicht.

»Okay, ich verspreche es«, sage ich nachsichtig und frage mich, ob ich dieses Versprechen halten kann. Ich hätte meine Finger hinter meinem Rücken verschränken sollen.

»Also ...« Er setzt sich wieder hin. »Damals, als Seb und Amy verheiratet waren, hat Amy sich ein paarmal an mich rangemacht.«

»Nein!«, keuche ich.

»Ich habe sie natürlich abgewiesen. Es war wirklich unangenehm und ich war unglaublich erleichtert, als sie ihn verließ.«

»Hast du es jemandem erzählt? Was ist mit Nicki? Du musst es *ihr* gesagt haben.«

Er schüttelt den Kopf. »Nein. Du bist die Erste und Einzige, der ich es erzähle.«

»Warum hast du es Seb damals nicht gesagt? Warum solltest du es *mir* sagen?«

»Weil ich möchte, dass du weißt, was Amy für ein Mensch war.«

Ich merke, dass meine Handflächen schwitzen und mein Puls rast. Ich habe zu viel getrunken. Ich fühle mich ein wenig außer Kontrolle. Leichtsinnig.

»Sie war nicht gut für ihn«, fährt Felix fort, der nicht weiß, wie sehr mich diese Nachricht aufwühlt. »Ich bin mir auch ziemlich sicher, dass sie meinem Bruder während ihrer gesamten Ehe untreu war. Vielleicht hat er geahnt, was vor sich ging, aber er hat es ignoriert. Ich erzähle dir das, damit du weißt, dass sie nie die Richtige für Seb war. Du bist es.«

Ich trinke einen Schluck Whiskey und versuche zu begreifen, was Felix mir da sagt. Ich bin mir nicht sicher, ob das die Sache besser oder schlechter macht. »Wann hat sie sich an dich rangemacht?«

Er zuckt mit den Schultern. »Ein paarmal im Laufe der Jahre. Es ist nicht wirklich wichtig.«

»Aber mal ehrlich, hättest du es Seb nicht sagen müssen? Ihn warnen, was vor sich geht?«

»Vielleicht.« Er kaut auf der Innenseite seiner Wange herum. »Ich war wahrscheinlich egoistisch, aber er ist mein Bruder. Ihm so etwas zu sagen ... das hätte unsere Beziehung ruinieren können. Ich konnte ihm das nicht antun. Uns das nicht antun.«

Ich nicke, aber in meinem Kopf dreht sich alles. Ich starre auf mein fast leeres Glas und bedaure, so viel getrunken zu haben. »Also, sie hat sich an dich rangemacht, als sie mit Seb verheiratet war, und ihn dann schließlich für einen anderen verlassen, aber niemand weiß, wo sie jetzt ist?«

»Das ist es so ziemlich. Ich glaube, das Beste, was du jetzt für dich und Sebby tun kannst, ist, die Vergangenheit ruhen zu lassen und euer neues gemeinsames Leben zu genießen. Ganz ehrlich, was bringt es, den ganzen Mist noch einmal durchzukauen?«

»Ich meine, natürlich will ich mit meinem neuen Leben weitermachen. Aber es ist schwierig, wenn der Mann, den ich gerade geheiratet habe, mir dieses riesige Geheimnis vorenthalten hat. Ich fühle mich betrogen, verstehst du?« Meine Worte sind undeutlich. Ich greife über die Theke und gieße Cola in mein leeres Glas.

Felix greift herüber, um es mir abzunehmen. »Lass mich dir noch einen Schuss geben.«

»Nein!« Ich halte mein Getränk fest. Und dann etwas

leiser: »Nein. Ich hatte genug. Eigentlich hatte ich schon zu viel.«

Er stellt das Glas ab und hebt kapitulierend die Hände. »Okay, okay.«

»Hast du Chips oder Erdnüsse? Ich brauche etwas, um den Alkohol aufzusaugen.«

Er schiebt mir ein paar geröstete Erdnüsse zu. Ich reiße die Packung auf und stecke mir eine Handvoll in den Mund. Ich knabbere, kaue und schlucke, aber ich fühle mich immer noch benommen. »Ich habe das Gefühl, dass hinter der ganzen Amy-Geschichte noch mehr steckt, weißt du? Wenn ich nur mit ihr reden und herausfinden könnte, warum sie so lange in der Ehe geblieben ist, obwohl sie unglücklich war.«

Er wirft mir einen seltsamen Blick zu. »Da gibt es nichts herauszufinden. Ehrlich, ich würde es dir sagen, wenn ich etwas wüsste. Und du weißt ja schon, wie Seb ist – er ist der größte Softie überhaupt. Das Mädchen hat von Anfang an nur Ärger gemacht. Sie hat ihm das Herz gebrochen. Du bist das Beste, was ihm passiert ist, seit sie weg ist. Eigentlich seit jeher. Ich bin wirklich froh, dass er dich gefunden hat, Caroline.«

Ein knarrendes Geräusch zu meiner Rechten lässt mich zusammenzucken.

»Was ist denn hier los?« Brian betritt in einem marineblau karierten Pyjama und einer grauen Strickjacke die Bar. Er sieht stirnrunzelnd zu, wie wir beide zusammen trinken.

»Hi, Brian«, sage ich und versuche, nüchtern zu klingen.

Er schenkt mir ein angespanntes Lächeln.

»Hey, Dad. Wir haben gerade eine Nachbesprechung nach der Schicht«, sagt Felix. »Willst du auch einen?«, er deutet auf die Flaschen.

»Nein, ich bin bettfertig.« Brian klingt untypisch mürrisch, aber ich denke, das ist nicht verwunderlich, wenn man bedenkt, was für einen Tag er hinter sich hat. »Ich hoffe, du trinkst nicht den ganzen Gewinn weg.«

Ich halte mein Glas hoch. »Cola«, sage ich, ohne ihm zu sagen, dass ich bereits vier Whiskeys in mich hineingekippt habe.

Er nickt, lächelt aber diesmal nicht. »Du solltest zu Nicki gehen, Felix«, sagt er. »Es ist schon nach Mitternacht.«

Felix antwortet, aber ich konzentriere mich nicht auf das, was er sagt. Meine Gedanken sind in Aufruhr. Ich weiß nicht, ob es der Stress des heutigen Tages ist, der Whiskey oder Felix' Geschichte über Amys Annäherungsversuch, aber ich weiß, dass es so nicht weitergehen kann. Ich bin keinen Schritt weiter, etwas über die Ehe von Seb und Amy herauszufinden. Wenn ich nicht weiter nachbohre, werde ich es wohl nie erfahren. Ich bin in eine Sackgasse geraten. Keiner redet, keiner nimmt mich ernst. Ich glaube, ich muss Felix dazu bringen, sich zu öffnen. Und dafür fällt mir nur ein Weg ein.

Brian sagt Gute Nacht und erinnert uns noch einmal daran, dass wir alles ausschalten und aufräumen sollen.

Im Pub wird es still, als seine Schritte verklingen.

»Ich glaube, Dad hat recht«, sagt Felix und gähnt. »Ich sollte mich auf den Heimweg machen.«

»Felix ...«, beginne ich.

Er kippt den Rest seines Getränks hinunter und beginnt, das Glas im Spülbecken der Bar abzuwaschen.

»Felix«, sage ich etwas lauter, um mir über das Rauschen des Wasserhahns hinweg Gehör zu verschaffen.

»Hm?«

»Es gibt etwas, das du wissen solltest.«

Er sieht verschlafen auf, doch sein Blick wird ernst, als er mein Gesicht sieht. Er dreht den Wasserhahn zu, stellt das Glas ab und schenkt mir seine volle Aufmerksamkeit.

Mein Puls rast und mein Mund ist trocken, als ich mich anschicke zu sprechen.

»Um was geht es?«, fragt er.

»Die Sache ist die«, beginne ich. Mein Blut rauscht in

meinen Ohren. Ich weiß, dass es ein Risiko ist, es ihm zu sagen, aber mir gehen die Möglichkeiten aus. Ich räuspere mich und schaue ihm direkt in die Augen. »Es gibt etwas, das ich euch nicht erzählt habe. Aber es ist ein Geheimnis, also musst du mir versprechen, dass du es niemandem weitersagst.«

FÜNFUNDDREISSIG

LILIAN

Wo ist Brian hin? Ich schiebe die Decke mit meinem heilen Arm zurück und schwinge die Beine über die Bettkante. Mein Handgelenk fühlt sich immer noch an, als würde es brennen, obwohl der Arzt einen Verband angelegt und mich mit Schmerzmitteln vollgepumpt hat. Das Einzige, was das bewirkt hat, ist, dass ich mich leicht krank und sehr benommen fühle. So habe ich mir meinen Geburtstag definitiv nicht vorgestellt.

Ich habe geschlafen, seit ich aus dem Krankenhaus zurück bin, und jetzt fühle ich mich ziemlich verwirrt und seltsam. Ich bin aufgewacht, als Brian nach oben kam, um sich bettfertig zu machen, aber dann ist er gegangen, und er ist schon seit fast zwanzig Minuten weg. Ich trinke einen Schluck Wasser und stelle das Glas auf den Nachttisch. Meine neue Halskette liegt neben einer Flasche Schmerzmittel, der Smaragd glitzert unter meiner Nachttischlampe, die Goldkette liegt in einem kleinen, verhedderten Haufen.

Ich stehe auf, ziehe einen Morgenmantel über mein Nachthemd und schlurfe aus dem Zimmer, um zu sehen, wo mein Mann geblieben ist.

»Brian«, krächze ich und gehe den Flur hinunter in Richtung Wohnzimmer. Von hier aus kann ich sehen, dass die Küche im Dunkeln liegt, also ist er offensichtlich nicht dort. Ich werfe einen Blick ins Wohnzimmer. Dort herrscht das reinste Chaos – meine Geburtstagsdekoration sieht in dem leeren Raum, der nur von einer einzigen Tischlampe beleuchtet wird, erbärmlich aus. Ich sollte sie ausmachen, aber mir fehlt die Kraft dazu. Ich werde Brian bitten, es zu tun, sobald ich ihn gefunden habe.

Ich denke an den heutigen Tag zurück, als ich das letzte Mal in diesem Raum war. Die Wärme, von meiner Familie umgeben zu sein. Verwöhnt und betüdelt zu werden. Und dann der Schock, als die Torte herunterfiel, das Chaos, das sie verursachte, gefolgt von den Flammen auf meinem Arm. Ich zucke zusammen, als ich mich an den Schmerz erinnere, und stelle fest, dass es umso mehr wehtut, je mehr ich daran denke. Vorhin habe ich vielleicht besonnen reagiert, aber der ganze Vorfall hat mich mehr schockiert, als ich zugeben möchte. Ich habe immer noch den Geruch von verbranntem Haar und Fleisch in der Nase.

Ich schaudere, wende mich ab und gehe den Weg zurück, den ich gekommen bin. Es war Caroline, die Felix die Torte aus der Hand geschlagen hat. Ich weiß, dass es wahrscheinlich ein Unfall war, aber ich kann nicht umhin zu denken, dass es möglicherweise anders war. Natürlich glaube ich nicht, dass sie mich in Brand setzen wollte. Wahrscheinlicher ist, dass sie nur die Torte ruinieren wollte. Meinen Tag. Vielleicht war sie deshalb so bemüht, mir zu helfen – sie fühlte sich schuldig wegen des versehentlichen Feuers. Oder vielleicht bin ich einfach nur müde und paranoid. Caroline und ich hatten nicht den besten Start, aber so bösartig ist sie sicher nicht …

Sebs Schlafzimmertür ist geschlossen. Ich bleibe draußen stehen und lausche. Von drinnen ist kein Geräusch zu hören, also gehe ich weiter bis zum Ende des Flurs, öffne die Wohnungstür und spähe die Treppe hinunter. Da unten brennt noch Licht, also ist noch jemand auf, es sei denn, es wurde vergessen. Vielleicht überprüft mein Mann noch einmal alles.

»Brian!«, rufe ich leise.

Ich höre Schritte, und Sekunden später erscheint die beruhigende Gestalt meines Mannes am Fuß der Treppe. »Lil, warum bist du auf?«, seufzt er und kommt schwerfällig die Stufen zu mir herauf.

Ich trete zurück, um ihn durchzulassen, und warte, bis er die Tür geschlossen hat.

»Willst du nicht abschließen?«, frage ich.

»Nein. Caroline ist noch unten.«

»Immer noch? Was macht sie?«

Er seufzt. »Sie trinkt was mit Felix.«

»*Was?*« Meine Gedanken rasen an Orte, an die sie nicht sollten.

»Psst, komm schon.« Brian geht zurück in unser Schlafzimmer und ich folge ihm. »Wie geht es deinem Arm?«

»Tut weh, aber ich werde es überleben.« Brian hilft mir, meinen Morgenmantel abzulegen. Ich zucke zusammen, als er über meinen Verband streift. »Sag mir, dass nicht nur die beiden da unten sind.«

Brian zieht seinen Bademantel aus und hängt ihn an die Rückseite der Tür neben meinen. »Alles gut. Ich habe Felix gesagt, dass er jetzt nach Hause gehen soll.«

»Aber was machen die überhaupt da unten? Es ist mindestens eine halbe Stunde nach Ladenschluss.«

»Es war nur ein schneller Feierabend-Drink, Lil, keine Sorge.«

»Und ich nehme an, Sebastian liegt im Bett und wartet darauf, dass sie hochkommt?« Ich schlüpfe zitternd zurück unter die Decke.

Brian setzt sich neben mich. »Du bist ja eiskalt. Komm her, ich wärme dich auf.«

»Pass auf meinen Arm auf.«

»Mach dir keine Sorgen.« Er beginnt, meinen heilen Arm zu streicheln. »Leg deine Füße auf mein Bein.«

Ich tue, was er sagt, und genieße die Wärme, die von ihm ausgeht. »Ich mache mir Sorgen wegen dieses Mädchens, Bri. Ich glaube, sie macht Ärger.«

»Du solltest sie vergessen und versuchen, etwas zu schlafen.«

»Ich weiß. Du hast recht. Aber nach dem, was Sebastian mit diesem Flittchen Amy durchgemacht hat ... Ehrlich gesagt, glaube ich, er hat kein Händchen für Frauen.«

»Trau dem Jungen was zu«, antwortet Brian sanft. »Er und Amy waren zusammen für ... wie viele Jahre waren das?«

»Zwölf«, grunze ich.

»Ja, zwölf. Sie müssen also auch eine schöne Zeit gehabt haben. Es ist nur schade, dass es nicht geklappt hat. Aber jetzt scheint er mit Caroline glücklich zu sein, also sollten wir ihr einen Vertrauensvorschuss geben.«

Ich atme tief ein und versuche, die Bitterkeit in meiner Kehle zu verdrängen. »Gut. Aber würdest du mir einen Gefallen tun?«

»Ich tue alles für meine süße Lilian.»

Ich rolle mit den Augen, schenke ihm aber ein Lächeln. »Könntest du nochmal runtergehen und nach ihnen sehen? Sag ihnen, dass du jetzt alles ausschalten willst, dann kannst du mit Caroline wieder hochkommen. Ich werde sonst nicht schlafen können.«

Brian presst die Lippen zusammen und runzelt zögernd die Stirn. »Na gut. Für dich gehe ich runter und stecke meine Nase in Angelegenheiten, die mich nichts angehen.«

»Danke.« Ich beuge mich vor, um ihn zu küssen. »Und danke für den heutigen Tag, auch wenn er nicht ganz so verlaufen ist, wie wir es uns gewünscht haben.«

»Ich werde es wiedergutmachen. Wir holen es nach, wenn

es dir wieder besser geht.« Er setzt sich auf und steigt aus dem Bett.

»Diesmal keine Geburtstagstorte, bitte.«

Er gluckst. »Nach dem heutigen Tag wird es nie wieder Geburtstagstorte geben.«

Brian verlässt das Schlafzimmer, und meine Ängste lassen ein wenig nach, nun, da ich weiß, dass er die kleine Party da unten beenden wird. Mein Herz schlägt für Sebastian. Ich hoffe, er schläft und wälzt sich nicht im Bett und wartet darauf, dass seine Frau wieder nach oben kommt. Ich würde meinen jüngsten Sohn gerne ermahnen, sein Herz vor Caroline zu hüten, ihm sagen, dass er aufpassen soll, falls sie es auf Felix abgesehen hat. Aber das kann ich nicht tun. Das Letzte, was ich will, ist, dass zwischen Sebastian und Felix Feindseligkeit entsteht. Ihr enges brüderliches Band soll nicht beschädigt werden. Nein. Ich darf Sebastian nicht von meinem Verdacht erzählen. Es gibt nur eine Person, mit der ich über diese Situation sprechen muss – Felix.

SECHSUNDDREISSIG

MICHELLE

Als Michelle von der Arbeit nach Hause kommt, lässt sie sich auf ihr Bett sinken und schließt die Augen. Nur für einen Moment. Die letzten Tage waren äußerst beunruhigend. Seit dem verzweifelten Anruf ihrer Schwester und der Erkenntnis, dass Amys Nummer nicht mehr vergeben ist, kann Michelle sich auf nichts mehr konzentrieren. Bei der Arbeit hat sie dumme Fehler gemacht, und die Stunden dazwischen sind wie im Flug vergangen.

Heute, in ihrer Pause, hat Michelle die Kontaktdaten des Pubs von Amys Ehemann, des Royal Oak, ausfindig gemacht. Sie leben dort zusammen, in einer beschaulichen Kleinstadt in Dorset. Michelle hatte sich das Lokal im Internet angesehen, als Amy ihre Verlobung bekannt gab, aber seitdem hat sie die Seite nicht mehr aufgesucht.

Sie lehnt sich an das Kopfende des Bettes, räuspert sich und wählt mit klopfendem Herzen die Nummer. Das ist das erste Mal seit Jahren, dass sie tatsächlich mit ihrer Schwester sprechen will. Sie muss herausfinden, was sie neulich so aufgewühlt hat. Sie muss wissen, dass es ihr gut geht.

Nach mehrmaligem Klingeln meldet sich eine ältere Frau. »Royal Oak, wie kann ich helfen?«

»Hallo, kann ich bitte mit Amy Fletcher sprechen?«

Es entsteht eine Pause, bevor die Frau antwortet: »Wer ist am Apparat?«

»Amys Schwester, Michelle.«

Es herrscht eine noch längere Stille am Ende der Leitung. Dann räuspert sich die Frau. »Ich fürchte, Amy wohnt nicht mehr hier.«

Michelle fragt sich, ob Amy und ihr Mann zusammen ausgezogen sind. Oder vielleicht haben sie sich getrennt, und sie war so deshalb aufgebracht. »Oh. Haben Sie eine Nachsendeadresse oder eine Festnetznummer von ihr?«

»Nein. Tut mir leid.« Die Frau klingt ungeduldig, als wolle sie das Gespräch beenden.

Michelle richtet sich im Bett auf und spricht schnell: »Wissen Sie, ob ihr Mann mit ihr umgezogen ist? Oder ist er da? Wenn ja, kann ich bitte mit ihm sprechen?«

Die Frau wirkt verärgert. »Hören Sie, ich will nicht albern klingen, aber woher weiß ich, dass Sie ihre Schwester sind? Sie könnten sonst wer sein.«

Michelle ist kurzzeitig verwirrt. »Warum sollte ich vorgeben, Amys Schwester zu sein? Wer sind Sie überhaupt?«

»Ich bin Amys Schwiegermutter, und ich glaube nicht, dass sie es gutheißen würde, wenn ich ihre persönlichen Daten am Telefon preisgäbe. Sie hat gesagt, sie habe sich von ihrer Schwester entfremdet.«

Michelle atmet aus. »Na gut. Wie wäre es, wenn ich persönlich vorbeikomme und einen Ausweis mitbringe?«

Es folgt eine weitere Pause.

»Hallo?«, fragt Michelle nach einer Weile.

»Ich will nicht noch mehr Drama«, sagt die Frau. »Wenn Sie es unbedingt wissen wollen: Sebastian und Amy haben sich getrennt. Sie wollen sich scheiden lassen, weil sie mit einem

anderen abgehauen ist und ihm das Herz gebrochen hat. Zufrieden?«

Es dauert ein paar Sekunden, bis sie die Information verinnerlicht hat. »Das klingt nicht nach etwas, das Amy tun würde.«

»Woher wollen Sie das wissen?«, schnauzt die Frau. »Amy meinte, Sie hätten seit Jahren nicht mehr mit ihr gesprochen. Dass Sie nicht einmal zur Beerdigung Ihrer eigenen Eltern gekommen sind.«

»Wow.« Michelle ist einen Moment lang fassungslos über die Unhöflichkeit der Frau.

Es folgt ein Seufzer und dann: »Ich entschuldige mich für den Ausbruch, aber Sie müssen verstehen, dass Ihre Schwester Sebastian sehr schlecht behandelt hat.«

»Okay.« Michelle schluckt. »War das kürzlich? Es ist nur so, dass sie mir eine Nachricht auf die Mailbox gesprochen hat, und sie klang ziemlich aufgebracht. Und jetzt ist ihre Handynummer außer Betrieb.«

»Es ist noch nicht lange her, und die Dinge sind immer noch nicht ausgestanden«, antwortet die Frau. »Wir haben ebenfalls versucht, sie zu erreichen, aber wie Sie schon sagten, ist die Nummer nicht mehr vergeben. Sie will offensichtlich nicht, dass wir sie kontaktieren. Nach allem, was passiert ist, wäre es mir lieber, wenn Sie hier nicht mehr anrufen würden. Mein Sohn ist durch all das sehr aufgewühlt und das Letzte, was er braucht, ist, dass Amys Schwester sich bei ihm meldet.«

»Entschuldigung, aber wenn Sie mir nur sagen könnten, wo sie ist …«

»Sie hat keine Nachsendeadresse hinterlassen. Und, um ehrlich zu sein, wären wir alle glücklicher, wenn wir sie nie wiedersehen würden. Ich sage das jetzt nur einmal, und ich möchte, dass Sie gut zuhören …«

Michelle zieht die Augenbrauen hoch, aber sie antwortet nicht.

»Sind Sie noch dran?«

»Ja, ich bin noch dran.« Angesichts des herablassenden Tonfalls der Frau knirscht sie mit den Zähnen.

»Rufen Sie hier nicht mehr an. Kommen Sie nicht hierher. Versuchen Sie nicht, meinen Sohn zu kontaktieren. Ich will nicht, dass er noch einmal von Amy oder einem Mitglied ihrer Familie aufgebracht wird. Habe ich mich klar ausgedrückt?«

Michelle atmet ein und verkneift sich sämtliche Erwiderungen, die ihr auf der Zunge liegen. »Kristallklar«, antwortet sie schließlich und bemitleidet Amy dafür, dass sie eine so furchtbare Schwiegermutter hatte. »Aber bevor ich auflege, können Sie mir bitte sagen, wo sie Ihrer Meinung nach hingegangen sein könnte? Irgendeinen Hinweis, damit ich wenigstens versuchen kann ...«

»Ich habe Ihnen alles gesagt, was ich weiß«, antwortet die Frau und beendet das Gespräch.

Michelle starrt auf ihr Handy und fühlt sich außer Atem und etwas überrumpelt von der Situation. Das Problem ist, dass sie immer noch keine Antworten hat.

Was soll sie jetzt tun?

Wie soll sie ihre Schwester ausfindig machen, wenn die Familie ihres Mannes nicht einmal bereit ist, mit ihr zu sprechen?

SIEBENUNDDREISSIG

CAROLINE

»Ein *Geheimnis?*« Felix mustert mich stirnrunzelnd über den Tresen hinweg. »Was für ein Geheimnis?«

Es fühlt sich an, als würde alles im Raum den Atem anhalten. Ich schlucke und beschließe, es einfach auszusprechen.

»Ich bin die Schwester von Amy.«

Es herrscht einen Moment lang Stille.

»Was hast du gerade gesagt?« Felix ruckt mit dem Kopf zurück. »Darüber macht man keine Witze.«

Ich schlucke. »Es ist wahr. Ich bin die Schwester von Amy.«

»Halt die Klappe, nein, das bist du nicht.« Er lacht nervös. »Ich habe ein Foto gesehen, auf dem die beiden zusammen sind. Ihr Name ist Michelle und sie haben seit Jahren nicht mehr miteinander gesprochen. Sie sieht dir überhaupt nicht ähnlich.« Seine Stimme verstummt, als sich ein Hauch von Zweifel einschleicht. »Wie auch immer, sie ist ins Ausland gezogen ...« Sein Mund bleibt offen stehen. »Oh.«

Was habe ich getan?

Was. Habe. Ich. Getan?

»Mein richtiger Name lautet Michelle Nelson«, sage ich und fühle mich geradezu körperlich krank. Ich hätte es ihm nicht sagen dürfen. Warum habe ich das getan? Weil ich eine Idiotin bin, die zu viel getrunken und nicht nachgedacht hat. Ich frage mich, ob ich mit der Behauptung durchkommen würde, dass ich einen Scherz gemacht habe. Der Geschmack von saurem Whiskey Cola steigt mir in die Kehle. Die Lichter hinter der Bar sind zu hell. Die Luft um uns herum ist still und leise. Der Geruch von Möbelpolitur, Desinfektionsmittel und Bier sticht mir in die Nase.

Auf Felix' Gesicht dämmert das Verständnis. »O mein Gott, du meinst es wirklich ernst. Du bist ihre Schwester.« Sein Gesicht rötet sich und wird dann blass. Er blinzelt und schluckt. »Weiß Seb davon?«

Ich schüttle langsam den Kopf.

»Verdammt noch mal, Caroline. Ich meine, *Michelle*? Das ist verrückt.« Er massiert sich mit den Fingerspitzen die Stirn und wendet sich ab. Dann dreht er sich wieder um. »Aber deine Haare, dein Gesicht ... du siehst überhaupt nicht aus wie auf dem Foto.«

»Was soll ich sagen? Damals war ich noch ein Kind. Ich bin von zu Hause ausgezogen, auf Reisen gegangen, habe abgenommen und mir die Haare gefärbt. Vergiss, wie ich aussehe, ich *fühle* mich nicht einmal mehr wie derselbe Mensch, der ich damals war.« Ich merke, dass ich plötzlich stocknüchtern bin.

»*Warum?*«, schreit Felix. »Warum tust du Seb das an?« Er schüttelt den Kopf. »Ich kann das nicht glauben. Ich verstehe das nicht.«

»Meine Schwester ist verschwunden. Ich bin zu Tode besorgt. Ich muss herausfinden, was mit ihr passiert ist. Ich weiß nicht, ob ihre neue Beziehung vielleicht toxisch oder gefährlich ist. Ich habe seit Monaten nichts mehr von Amy gehört. Nicht, seit sie Seb verlassen hat. Ich muss wissen, dass es ihr gut geht.«

Felix steht wieder der Mund offen. Er holt tief Luft. »Du willst mir also sagen, dass du meinen Bruder nur geheiratet hast, um herauszufinden, wo deine Schwester ist? Das ergibt doch keinen Sinn. Das ist Wahnsinn. Warum solltest du das tun?«

Mir wird klar, dass es ein riesengroßer Fehler war, Felix zu sagen, wer ich wirklich bin. Und jetzt ist es zu spät, es rückgängig zu machen. Ich habe dummerweise gedacht, er könnte ein Verbündeter sein.

»Du hast ihn benutzt!«, schreit Felix.

»Nein. Sieh mal, es mag so angefangen haben, aber wir haben uns ineinander verliebt. Ich bin ihm völlig verfallen.« Das stimmt zwar nicht ganz, aber das muss Felix ja nicht wissen. Ich war so dumm zu glauben, er würde auf meiner Seite stehen. Ich habe unsere Freundschaft überschätzt. Ich hätte länger warten sollen, um sicherzugehen. Ich hätte mich mehr anstrengen sollen, die Wahrheit herauszufinden, ohne meine Identität preiszugeben. Jetzt habe ich es vermasselt. Die Frage ist: Wird Felix mir helfen oder wird er alles ruinieren? Ich schüttle meine Zweifel ab. Wenn er erst einmal gemerkt hat, dass ich das mit guten Absichten getan habe, wird er sich schon wieder beruhigen.

»Ich glaube, du solltest mir lieber genau sagen, was hier vor sich geht«, sagt Felix, dessen bronzefarbenen Augen funkeln. Dieser Mann hat keinerlei Ähnlichkeit mehr mit meinem freundlichen Schwager. Nein. Nun bin ich der Feind.

Ich stehe von meinem Hocker auf und laufe in der Bar auf und ab. Ich überlege, wie ich mich am besten ausdrücken kann, damit Felix mich nicht noch mehr hasst. Wie erkläre ich, dass ich mir ein Pseudonym zugelegt und mich online mit Sebastian Fletcher angefreundet habe? Dass ich seine Posts und Kommentare auf Facebook und Instagram studiert habe und mich dann zu seinem perfekten Mädchen gemacht habe.

Ich hatte die vage Vorstellung, dass, wenn ich sein Vertrauen erst gewonnen hätte, Seb mir von seiner Ex-Frau erzählen würde. Er hatte jeden einzelnen Hinweis auf Amy aus seinen sozialen Medien gelöscht, aber ich war mir sicher, dass er sie irgendwann im Gespräch erwähnen würde. Aber das tat er nie. Auch nicht, als ich ihn ganz offen nach seinen früheren Beziehungen fragte. Es war, als hätte sie nie existiert. Ich konnte ihren Namen nicht erwähnen, denn dann hätte er wissen wollen, woher ich von ihr weiß.

Das ganze Kennenlernen dauerte viel länger, als ich erwartet hatte, aber ich wollte, dass es sich echt anfühlt. Ich wollte, dass er mir vollkommen vertraut. Es war ein Balanceakt. Ich musste ein wenig zurückhaltend sein, um nicht zu bedürftig zu wirken, aber auch interessiert genug, um ihn nicht abzuschrecken. Natürlich kann ich Felix nicht die reine, ungeschminkte Wahrheit sagen. Ich muss sie abschwächen, damit er sieht, dass ich keine andere Wahl hatte. Ich muss ihn auf meine Seite ziehen, damit er mir mehr darüber erzählt, wo er glaubt, dass Amy sein könnte.

Ich gehe zurück zum Tresen, aber ich setze mich nicht. Wir stehen jetzt beide und schauen uns an. Angespannt. Er ist wütend. Ich bin entschlossen.

Er spricht nicht. Er wirft mir nur einen Blick zu, der sagt: »*Also?*«

Ich schaue einen Moment lang hoch zur Decke, zu einem der Eichenbalken, der wahrscheinlich schon seit Hunderten von Jahren dort ist und alles miterlebt hat, was in dieser Bar passiert. Die Dramen und Feiern. Alltägliches und Liebeskummer. Geständnisse und Enthüllungen. Ich richte meinen Blick wieder auf meinen falschen Schwager. »Ich wollte nur meine Schwester finden«, sage ich. »So hat es angefangen. Sie hinterließ mir diese panische Nachricht, in der sie sagte, sie hätte etwas Dummes getan.«

»Eine Nachricht?« Seine Augen verengen sich. »Hast du sie noch?«

»Nun, ja, aber …«

»Kannst du sie abspielen?«, fragt er.

»Was, jetzt?«

Er nickt.

»Denke schon.« Ich nehme mein Handy von der Theke, scrolle bis zur Nachricht und drücke auf Play.

Als Amys Stimme den Raum erfüllt, schlucke ich meine Gefühle hinunter, blinzle die Tränen zurück. Zum hundertsten Mal wünschte ich, ich hätte sie sofort zurückgerufen. Dass ich nicht zugelassen hätte, dass ein uralter Familienzwist mich davon abhält, eine Beziehung mit ihr zu haben. Im Laufe der Jahre haben wir diesen dummen Tanz aufgeführt, bei dem sie immer wieder die Hand nach mir ausstreckte und ich sie immer wieder abwies. Sie hat mich nie aufgegeben. Deshalb bin ich es uns beiden schuldig, herauszufinden, wo sie steckt, und all die verschwendeten Jahre wiedergutzumachen.

»*Michelle, wenn du das abhörst, ruf mich bitte zurück. Ich weiß, dass wir nicht mehr miteinander reden, aber ich … ich wusste einfach nicht, wen ich sonst anrufen soll. Ich weiß nicht, was ich tun soll. Ich muss unbedingt mit dir reden. Ich brauche meine Schwester. Können wir nicht einfach die Vergangenheit hinter uns lassen und füreinander da sein? Ich habe etwas wirklich Dummes getan und alles ist … nun, es fällt alles auseinander und ich weiß nicht, was ich tun soll. Michelle, kannst du mich zurückrufen?*

Ich liebe dich.

Ruf mich an.

Bitte.«

Ich starre auf mein Handy und beobachte, wie der Bildschirm schwarz wird. Ich frage mich erneut, wo meine Schwester sein könnte. Vielleicht wohnt sie nur die Straße runter, oder vielleicht ist sie weggezogen, um neu anzufangen. Hat sie mich aufgegeben? Hat sie endlich beschlossen, meine jahrelange Ablehnung zu akzeptieren? Hat sie aufgehört zu versuchen, meine Schwester zu sein?

»Okay«, sagt Felix.

Ich schaue wieder zu ihm. »Nun, da du es gehört hast,

versteht du sicher, warum ich hierherkommen musste. Ich habe versucht, sie zurückzurufen, aber die Nummer ist nicht mehr vergeben. Nun, das weißt du ja bereits.«

»Warum bist du nicht einfach als du selbst gekommen?«, fragt er. »Als Amys Schwester. Ich finde es unglaublich, dass du all diese Mühen auf dich genommen hast. *Die Heirat.* Diese ganze Täuschung. Wozu?«

»Es ist ja nicht so, dass ich es von Anfang an so machen wollte. Vor all dem habe ich mehrfach hier angerufen, als ich selbst. Doch als ich mit deiner Mum sprach, meinte sie, sie wäre nicht bereit, mir am Telefon irgendwelche Auskünfte zu geben. Also sagte ich ihr, ich würde persönlich vorbeikommen. Nun, das kam gar nicht gut an. Sie hat mir unmissverständlich klargemacht, dass ich besser nicht herkommen und auch nie wieder anrufen soll. Ich ließ mich nicht beirren. Ich habe immer wieder hier angerufen. Habe mit deinem Vater, Seb und diversen anderen Mitarbeitern gesprochen. Habe erklärt, dass ich Amys Schwester bin, aber alle haben mir das Gleiche gesagt – dass sie weg sei und es keine Nachsendeadresse gebe. Was hätte ich also tun sollen?«

Felix antwortet nicht.

»Wie auch immer, danach habe ich die britische Polizei verständigt, aber die wollten nichts unternehmen. Sie sagten, es handele sich nicht um einen Vermisstenfall und es sei normal, dass Menschen den Kontakt abbrechen. Sie schlugen vor, einen Suchdienst einzuschalten, und gaben mir einen Link zu einer Website. Ich dachte, es wäre einfacher, es selbst in die Hand zu nehmen.«

»Mir ist gerade erst klar geworden, dass du gar nicht aus Australien kommst.« Er verschluckt sich an einem ungläubigen Lachen. »Du bist eine gute Schauspielerin, das muss ich dir lassen. Du benutzt immer noch deinen falschen Akzent, sogar jetzt noch!«

Ich knirsche mit den Zähnen über seinen Tonfall. »Eigentlich nicht. Ich habe so lange dort gelebt, dass ich wie eine Einheimische klinge. Vermutlich trage ich einfach nur ein bisschen dicker auf als sonst.«

Er schüttelt den Kopf. »Ich kann es immer noch nicht glauben. Wie hast du Seb dazu gebracht, dich zu heiraten?«

»Das habe ich nicht. Ich meine, das war nicht Teil meines Plans. Ich wollte nur online mit ihm chatten und ihn dazu bringen, mir zu sagen, wo Amy ist und mit wem sie zusammen ist. Aber leider hat er sie überhaupt nicht erwähnt. Es war seine Idee, zu mir zu fliegen. Ich war zuerst total dagegen. Es ist eine Sache, mit jemandem über das Internet zu schreiben, aber eine ganz andere, sich persönlich zu treffen. Der Gedanke hat mir Angst gemacht.«

»Aber du hast es trotzdem getan«, sagt Felix und kräuselt die Lippen.

»Ja, das habe ich. Da ich meine Schwester finden wollte, hatte ich keine andere Wahl.«

»Richtig. Und deine Mitbewohner, was ist mit denen? Wussten sie, was du tust? Waren sie eingeweiht?«

»Nein. Ich habe Sebs Besuch auf die Zeit gelegt, in der meine Mitbewohner nicht da waren, damit ich nichts über meine Namensänderung erklären musste. Bevor sie zurückkamen, sind Seb und ich eine Woche lang campen gegangen.«

»Kurze Zwischenfrage ...« Felix legt sich einen Finger ans Kinn. »Ich nehme an, du hast mit Seb geschlafen?«

Ich schlucke und unterdrücke einen Anflug von Wut. All diese Fragen sollten mich nicht überraschen, aber ich hasse es, wie er mit mir redet, als wäre ich eine widerliche Kriminelle, dabei mache ich mir nur Sorgen um meine Schwester. »Um ehrlich zu sein, nein, das habe ich nicht.«

»*Was?*«, spottet er. »Das glaube ich nicht. Du bist mit ihm verheiratet.«

»Nicht, dass ich es dir erklären müsste, aber ich habe Seb von Anfang an gesagt, dass ich vor der Ehe nicht mit ihm schlafen würde. Als wir dann hier waren, habe ich ihm gesagt, dass ich nicht möchte, dass wir es in der Wohnung deiner Eltern tun, weil mir das zu unangenehm ist.«

»Praktisch. Aber ich habe gesehen, wie du ihn geküsst hast.«

Ich zucke mit den Schultern.

»Nun, mein Bruder ist ein geduldiger Mann. Ich weiß nicht, ob ich in der Lage gewesen wäre, so lange zu warten.«

Ich rolle mit den Augen. »Er ist nicht gerade glücklich darüber ... aber ich habe Grenzen. Mit dem Ex-Mann meiner Schwester zu schlafen, überschreitet diese Grenze.«

»Aber ihn zu heiraten, nicht?«

»Wir sind nicht wirklich verheiratet, Felix. Ich habe einen befreundeten Schauspieler dafür bezahlt, als Standesbeamter zu fungieren, und eine Heiratsurkunde mit meinem falschen Namen ausgedruckt. Ich habe einen separaten Flug nach Großbritannien genommen, damit Seb meinen echten Pass nicht sieht.«

»Wow, du hast dir wirklich alles zurechtgelegt, nicht wahr? Ich dachte, du liebst ihn!«

Mir ist klar, dass ich zu viel verraten habe, als dass Felix das glauben könnte. »Ich denke, er ist ein wirklich guter Mensch«, biete ich lahm an.

Felix verschluckt sich an einem bitteren Lachen. »Du wechselst also von der Aussage, dass du ihn liebst, dazu, dass er ein guter Mensch ist. Dazwischen klafft eine ziemliche Lücke, meinst du nicht?«

Ich habe keine Antwort auf diese Frage. Felix hat recht. Ich liebe Sebastian nicht.

»Wie hast du dir das Ganze vorgestellt?«, fragt er. »Wolltest du meinen Bruder einfach sitzenlassen, ohne eine Erklärung abzugeben? Wolltest du einfach verschwinden und ihn *wieder* mit einem gebrochenen Herzen zurücklassen?«

»Ich weiß es ehrlich gesagt nicht.«

»Nun, das ist großartig.«

»Ich will nur meine Schwester finden, das ist alles. Das kannst du doch bestimmt verstehen? Was wäre, wenn es Seb wäre, der verschwunden ist? Du würdest nicht einfach mit den Schultern zucken und sagen: *Na ja, der taucht bestimmt wieder auf.*«

»Ja, ich würde ihn finden wollen, aber ich bin mir ziemlich sicher – nein, ich bin mir hundertprozentig sicher –, dass ich nicht seine Ex-Frau heiraten würde, um die Wahrheit herauszufinden!«

Ich zucke zusammen, als er seine Stimme erhebt, weil ich befürchte, dass er den Rest des Fletcher-Clans dazu bringen könnte, die Treppe hinunterzustürmen, um zu sehen, was es mit dem ganzen Lärm auf sich hat. Ich muss Felix so viele Informationen entlocken, wie ich kann. Das könnte meine letzte Chance sein. »Also, was ist mit dem Kerl, mit dem sie durchgebrannt ist – wer ist er? Wie ist er so?«

»Ich habe keine Ahnung.«

»Du bist ihm also nie begegnet?«

»Nö.«

»Du musst doch zumindest einen Namen haben.«

»Nichts.« Felix ist sichtlich verärgert über meine Frage, aber das ist mir egal.

Ich stoße ein frustriertes Knurren aus. »Was, wenn er sie gegen ihren Willen entführt hat? Woher weißt du, dass er nicht gefährlich ist?«

»Das ist ein bisschen dramatisch.« Er schüttelt den Kopf. »Hör zu, Seb und Amy hatten eine toxische Ehe. Sie hatten schon seit langem Probleme. Sie hat Seb nicht einmal ins Gesicht gesagt, dass sie ihn verlassen will. Sie hat es Mum erzählt.«

Ich klammere mich an diesen Informationsbrocken. »Amy hat Lilian gesagt, dass sie Seb verlässt? Was hat sie genau gesagt?«

»Ich weiß nicht, irgendwas in der Art, dass sie sich in einen anderen verliebt hat, dass sie meinen Bruder für immer verlässt und dass er nicht versuchen soll, sie zu kontaktieren, und so weiter und so fort.«

»Kannst du deine Mutter fragen, was genau Amy gesagt hat, bevor sie gegangen ist?«

»Nein.« Er rümpft die Nase.

»Warum nicht? Ich kann sie aus offensichtlichen Gründen nicht fragen.«

»Weil das alles, was unsere Familie betrifft, längst Geschichte ist. Ich werde meine Mutter nicht noch einmal verärgern. Es hat sie sehr mitgenommen, als Amy uns verlassen hat. Außerdem ist es wichtiger, dass Seb die Wahrheit darüber erfährt, wer du wirklich bist.«

»Nein«, antworte ich. »Du darfst nichts sagen. Noch nicht. Nicht, bevor ich sie gefunden habe. Wenn er weiß, wer ich wirklich bin, wird er nie wieder mit mir reden.«

»Ich muss es ihm sagen. Er ist mein Bruder. Ich kann das auf keinen Fall vor ihm verheimlichen. Auf gar keinen Fall.«

»Bitte, Felix.« Ich greife über die Theke und lege ihm eine Hand auf die Schulter. »Ich flehe dich an. Ich verspreche, dass ich es ihm zu gegebener Zeit sagen werde. Es ist besser, wenn er es von mir erfährt. Das weißt du. Wenn es von dir kommt, wird er am Boden zerstört sein. Er wird sich so verraten fühlen. Wenn ich es ihm sage, kann ich es behutsam tun.«

»Du machst dir was vor, wenn du glaubst, dass du ihn sanft im Stich lassen kannst. Er wird am Boden zerstört sein, egal wer es ihm sagt. Er ist ganz vernarrt in dich.«

»Ich weiß, dass es hart wird, aber ich brauche noch etwas Zeit. Es sei denn, du weißt, wo sie ist?«

»Ich weiß genauso viel wie du«, antwortet Felix. Er stützt sich mit den Ellbogen auf den Tresen und reibt sich die Augenbrauen. »Ich bin erschöpft, ich muss jetzt ins Bett.«

»Du wirst niemandem von mir erzählen? Weder Seb noch deinen Eltern. Nicht mal Nicki. Bitte.«

»Ich werde heute Abend nichts sagen, aber ich kann nicht garantieren, was ich morgen tue. Das ist alles nur …«

»Versprich mir, dass du mich wenigstens vorwarnst.«

Er starrt mich an. »Gut.«

»Danke.« Mein Herzschlag verlangsamt sich ein wenig, als er widerwillig zustimmt. Auch, wenn ich nicht sicher bin, ob er sein Wort hält.

Was habe ich nur getan?

ACHTUNDDREISSIG

LILIAN

Ich läute an der Tür und warte unter der kühlen Veranda, wobei ich versuche, das Brennen in meinem pochenden Handgelenk zu ignorieren. Ich habe letzte Nacht schlecht geschlafen, wurde abwechselnd von den Schmerzen und von unliebsamen Gedanken über meine neue Schwiegertochter wachgehalten. Apropos Schwiegertochter, meine andere hat gerade ihre Haustür geöffnet.

»Oh, äh, hallo, Lilian«, begrüßt mich Nicki mit Mantel, Schal, Handschuhen und Wollmütze. Teddy ist hinter ihr, ebenfalls dick eingepackt und in seinem Kinderwagen angeschnallt. »Komm rein«, sagt sie, obwohl ihr Gesichtsausdruck so aussieht, als wäre das das Letzte, was sie will.

»Gehst du raus?«, frage ich und stelle das Offensichtliche fest.

»Ich bin mit Kim auf einen Kaffee und für ein Spieltreffen mit ihrem Sohn Spencer verabredet. Es gibt da so ein Bällebad hinter Claire's Bakery.«

»Wirklich?« Ich schaudere. »Du weißt, dass diese Dinger voller Keime sind.«

»Er wird es überleben«, antwortet Nicki. »Das stärkt sein Immunsystem.«

Ich sage nicht, dass es nicht Teddys Immunsystem ist, um das ich mir Sorgen mache. Er wird höchstens für ein paar Tage einen Schnupfen haben, während wir anderen darunter leiden, wenn wir alle über die Weihnachtszeit von der Grippe heimgesucht werden. »Lass dich nicht von mir aufhalten«, sage ich stattdessen. »Ich bin eigentlich hier, um Felix zu sehen.«

»Oh. Alles in Ordnung?«

»Ja, alles gut, nur Pub-Kram.«

»Okay, er liegt noch im Bett. Er war erst spät zu Hause. Klingt, als hättet ihr gestern Abend viel zu tun gehabt. Oh, das hätte ich fast vergessen, wie geht es deinem Arm?«

»Nicht so schlimm. Sie haben es verbunden und mir Schmerzmittel verabreicht.«

»Du Arme. Das war so beängstigend. Ich fühle mich sogar ein bisschen schuldig. Ich glaube, ich habe Felix angerempelt, als ich dir Teddy abgenommen habe.«

»Nein, das warst nicht du.« Die Erinnerung daran, wie Caroline Felix angestoßen hat, blitzt in meinem Kopf auf.

»Na ja, wenn du dir sicher bist. Wie auch immer, du solltest nicht draußen in der Kälte stehen. Ich gehe raus, dann kannst du reinkommen.«

Wir tauschen die Plätze und ich küsse meinen Enkel zum Abschied. »Habt einen schönen Tag«, rufe ich ihnen nach.

Sie hebt die Hand und geht zügig davon, die Räder des Buggys klappern über den eisigen Asphalt. Ich schließe die Haustür und seufze, weil ich mich kein bisschen auf dieses Gespräch freue. Brian hat versucht, mich zu überreden, heute Morgen im Bett zu bleiben, aber ich werde nicht faulenzen, während alle anderen beschäftigt sind. Wem will ich etwas vormachen? Ich bin nur deshalb so früh aufgestanden, weil ich weiß, dass ich keinen Moment Ruhe haben werde, bevor ich nicht mit Felix gesprochen habe. Dennoch konnte ich mich zwingen, noch eine gute Stunde zu warten.

Ich werfe einen Blick auf den staubigen, unordentlichen Flur, schaue in das feuchtkalte, unaufgeräumte Wohnzimmer und versuche, dem Drang zu widerstehen, mit dem Putzen zu beginnen. Selbst, wenn ich Nickis Verärgerung riskieren wollte, wäre das mit meinem lädierten Handgelenk schwierig.

Ich gehe nach oben und bleibe vor der leicht geöffneten Schlafzimmertür stehen, hebe meine Faust, halte einen Moment inne und klopfe dann zweimal. Ich warte, aber es kommt keine Antwort. Durch den Spalt sehe ich, dass der Raum dunkel ist. Ich schiebe die Tür einen Spalt auf und erkenne einen großen Buckel mittig des Doppelbetts unter einer zerknitterten Decke. Dieses Zimmer ist genauso chaotisch wie der Rest des Cottages. Ich atme tief durch und sage mir, dass das keine Rolle spielt. Sie haben ein kleines Baby, da haben sie natürlich keine Zeit, alles ordentlich zu halten.

»Felix?«, rufe ich sanft.

»Ich schlafe«, ertönt die genervte und müde Antwort.

Ich gehe hinunter in die Küche. Es gibt keine sauberen Tassen, also spüle ich mit meiner heilen Hand ein paar ab und mache uns beiden einen starken Kaffee. Dieser Raum stellt ein Gesundheitsrisiko dar. Ich wundere mich über Felix, denn die Küche des Pubs hält er tadellos in Schuss. Nun, vermutlich hat er keine andere Wahl. Der Gesundheitsinspektor würde den Pub dichtmachen, wenn es nur ansatzweise so schlimm wäre wie in dieser Küche.

Ich finde eine Keksdose, die ein reichhaltiges Teegebäck und einen halben Schokoladenkeks enthält. Die müssen genügen. Ich trage alles ins Schlafzimmer und stelle es auf Felix' Nachttisch.

»Felix«, sage ich fest. »Ich habe dir einen Kaffee gemacht.« Ich stelle mich ans Fenster und ziehe einen der Vorhänge zurück.

»Was? Mum, bist du das?« Er atmet ein und setzt sich mit einem lauten Gähnen auf. »Wie spät ist es?«

»Kurz nach neun.«

Er streckt sich und stopft sich ein Kissen hinter den Kopf. »Sagtest du Kaffee?«

Ich zeige auf den Nachttisch.

»Großartig.« Er beugt sich vor, um den Becher anzuheben, und wendet sich dann wieder mir zu. »Warum bist du überhaupt hier? Ist alles in Ordnung? Wie geht es deinem Arm?«

»Gut, alles in Ordnung. Ich bin hier, weil ich mit dir reden wollte.«

»Um neun Uhr morgens?« Er täuscht einen erschrockenen Blick vor. »Hast du diese Kekse hier hingelegt?«

»Ich habe sie aus der Küche, aber ich kann nicht für ihre Frische garantieren.«

Er tunkt einen der Kekse in seinen Kaffee und stopft ihn sich in den Mund.

»Felix«, beginne ich. »Dad hat mir erzählt, dass du gestern Abend mit Caroline in der Bar warst.«

Er hört einen Moment lang auf zu kauen und schaut mich ungläubig an. »Mu-um.«

»Nun, ich halte es nicht für angemessen«, fahre ich fort und ärgere mich darüber, wie prüde ich klinge.

»Wir arbeiten zusammen«, sagt er. »Wir haben danach noch was getrunken, das ist alles.« Ein Ausdruck huscht über sein Gesicht. Ein Stirnrunzeln oder ein Schaudern. Als würde er sich an etwas erinnern.

»*Was?*« Ich springe auf. »Was sollte dieser Blick?«

»Welcher Blick? Nichts. Du hast nur recht, der Keks war altbacken. Igitt.« Er pustet auf seine Tasse und nimmt einen vorsichtigen Schluck des heißen Kaffees.

»Felix, ich kenne dich. Sag mir, was dir durch den Kopf geht.«

»Mum, du hast mich gerade geweckt. Mir geht durch den

Kopf, dass ich gerne noch eine halbe Stunde weiterschlafen würde.«

»Versprich mir, dass du dich nicht zu sehr mit Caroline anfreundest. Diese Australierinnen flirten gern, weißt du. Du bist jetzt verheiratet und hast ein Baby. Du musst Verantwortung für deine Familie übernehmen und aufhören, so zu tun, als wärst du Single.«

»Mensch, Mum.«

»Ich meine es ernst, Felix.«

»Ich weiß. Aber ich habe nichts falsch gemacht.«

»Nicki hat dich furchtbar vermisst, während du weg warst. Du solltest deine Freizeit mit ihr und Teddy verbringen. Mach ihr Abendessen, führe sie aus. Trink nach der Arbeit etwas mit *ihr* in der Bar. Nicht mit der Frau deines Bruders!«

»Na gut, na gut. Habs verstanden.« Er reibt sich den Nasenrücken.

Ich puste auf meinen Kaffee und fühle mich etwas schlecht, weil ich ihn geweckt habe, um ihm die Leviten zu lesen, aber wenn ich es nicht anspreche, tut es ja sonst niemand. »Ich führe nur *ungern* solche Gespräche, weißt du. Ich *will* mich nicht in dein Leben einmischen, aber ...«

»Ja, ja, ich weiß. Du brauchst nichts mehr zu sagen, okay?« Er schließt die Augen und nimmt einen tiefen und langmütigen Atemzug.

»Gut. Sorg dafür, dass ich es nicht muss.» Ich starre meinen gutaussehenden Sohn an und hoffe, dass ich genug gesagt habe. Ich will nicht noch mehr Drama. Ist das zu viel verlangt?

NEUNUNDDREISSIG

MICHELLE

»Der Wolfsbarsch geht zur Neige«, ruft Felix herüber. »Es sind nur noch vier übrig.«

»Okay«, antworte ich und nehme die Bestellung von Tisch dreizehn auf: einmal Erbsenrisotto, einmal Parmesan-Gnocchi und zweimal gebackene Forelle. Ich bin heute Abend wieder im Service eingeteilt, denn Lilian ist nach dem gestrigen Geburtstagspatzer immer noch außer Gefecht gesetzt.

Natürlich bin ich froh, endlich aus der Küche raus zu sein und wieder die Gäste zu bedienen, denn da fühle ich mich am wohlsten, aber das bedeutet, dass ich keine Minute mit Felix allein sein kann. Er und Hugo haben den ganzen Tag herumgealbert, und es ist offensichtlich, dass Felix mir aus dem Weg geht und so tut, als wäre nichts. Er lässt nicht einmal eine Millisekunde Augenkontakt zwischen uns zu. Ich will unbedingt mit ihm reden, jetzt, da wir beide nüchtern sind. Ich will wissen, was er vorhat, nachdem ich gestern Abend enthüllt habe, dass Amy meine Schwester ist.

Hat er vor, es Sebastian zu sagen? Hat er es Nicki erzählt oder – noch schlimmer – seiner Mutter? Ich glaube nicht, dass er es getan hat, denn niemand hat heute etwas Unpassendes zu mir gesagt, aber ich kann mich nicht entspannen. Ich fühle mich, als würden meine Kleider von Ameisen wimmeln, und jedes Mal, wenn ich daran denke, dass die anderen Fletchers herausfinden könnten, wer ich wirklich bin, würde ich mich am liebsten übergeben.

Gestern Abend wäre ich fast abgehauen. Es gab ein paar Momente, in denen ich kurz davor war, eine Tasche zu packen und zu gehen. Aber nun, da ich schon mal hier bin, wäre es sinnlos zu verschwinden, ohne zumindest zu versuchen, mehr Informationen über Amys Aufenthaltsort zu bekommen. Meine Schwester zu finden, ist so ziemlich alles, woran ich denken kann.

Ich wusste, dass meine wahre Identität irgendwann ans Licht kommen würde, aber ich bin immer noch keinen Schritt weiter, herauszufinden, wo Amy ist, und ich habe Angst, dass Seb und seine Familie sich weigern werden, mit mir zu reden, sobald sie es erfahren. Wenn das passiert, welche Möglichkeit habe ich dann noch, meine Schwester zu finden? Vielleicht muss ich mich an eines dieser Suchbüros wenden. Das Problem ist nur, dass ich kein Geld mehr habe, da ich alles für mein Flugticket ausgegeben habe. Wenigstens hat Felix noch niemandem etwas gesagt. Die Tatsache, dass er über Nacht geschwiegen hat, könnte bedeuten, dass er beschlossen hat, mein Geheimnis für sich zu behalten. Er müsste nur lange genug schweigen, damit ich an ein paar nützliche Informationen komme. Vielleicht hilft er mir sogar herauszufinden, wo sie hin ist.

Inzwischen scheinen Seb und ich einen Waffenstillstand geschlossen zu haben. Wir haben heute Morgen zusammen gefrühstückt, und er war erleichtert, dass ich ihn nicht wegen Amy bedrängt habe. Er denkt, ich hätte die Sache auf sich beruhen lassen, während ich in Wirklichkeit über mein weiteres Vorgehen nachdenke. Es ist schwer, mit ihm zu reden, wenn wir kaum Zeit für uns haben. Er arbeitet den ganzen Tag, und ich arbeite meistens abends. Ich habe ihm gesagt, er solle heute Abend früh ins Bett gehen und dass er nicht auf mich zu warten braucht. Ich glaube, er war erleichtert. Er sieht so erschöpft aus, wie ich mich fühle.

Zu all diesem inneren Aufruhr kommt noch hinzu, dass ich mit meinem größten Fan, Mariah, zusammenarbeiten muss, die heute wieder zu ihrem unhöflichen Wesen zurückgekehrt ist. Ich hatte gedacht, dass wir nach unserem gestrigen Streit unsere Differenzen überwunden haben. Offensichtlich habe ich mich geirrt. Ich weiß, dass ich sie nicht hätte ohrfeigen sollen, aber ich habe es in der Hitze des Gefechts getan. Ich habe mich von ihr provozieren lassen, und das hätte nicht passieren dürfen.

»Versuch heute niemandem das Handgelenk zu brechen«, ruft sie, als sie die Küche verlässt.

Ich bin ohnehin schon angespannt, aber ihre abfälligen Kommentare sind nicht gerade hilfreich. Mit den Tellern in der Hand folge ich ihr auf den Flur hinaus. »Können wir nicht einfach höflich zueinander sein, Mariah? Ich habe mich bereits für die Ohrfeige entschuldigt. Du hast mich ein Miststück genannt, weißt du.«

Sie bleibt stehen, dreht sich um, mustert mich spöttisch von oben bis unten, bevor sie sich abwendet und ins Restaurant schlendert.

Ich ziehe die Luft durch die Zähne ein und sage mir, dass ich es gut sein lassen sollte. Ich habe schon genug Sorgen, ohne Mariah auf die Liste meiner Probleme zu setzen. Mit einem freundlichen Lächeln liefere ich die Bestellung von Tisch dreizehn ab, nehme die Getränkebestellung eines netten älteren Paares an Tisch elf entgegen und mache mich auf den Weg zurück in die Küche.

Der Rest meiner Schicht vergeht in Rekordzeit. Das Restaurant und die Bar sind wie immer brechend voll, sodass ich keine Zeit mehr habe, über irgendetwas nachzudenken, geschweige denn mir Gedanken zu machen, oder eine Strategie zu entwickeln, was ich als Nächstes tun kann, um meine Schwester zu finden.

Nachdem Hugo sich verabschiedet hat, wendet sich Felix mit einem kalten Gesichtsausdruck an mich. »Ich glaube, wir müssen reden«, sagt er. »Es gibt da etwas, das du wissen musst.«

Ich nicke, und trotz seiner frostigen Haltung hebt sich meine Laune. Seine Worte geben mir Hoffnung, dass er vielleicht tatsächlich Informationen für mich hat. Ich bin froh, dass er immerhin nicht alles ignoriert, so wie es Seb tut.

»Wir warten besser, bis alle anderen weg sind.« Er zieht seine Schürze aus, bringt sie nach hinten und wirft sie mit der restlichen Schmutzwäsche in die Waschmaschine.

Ich stehe in der Tür und beobachte ihn. »Wir können uns in der Bar treffen, aber ich trinke heute Abend nichts«, antworte ich, noch immer flau vom Whiskey der letzten Nacht.

»Nicht in der Bar«, sagt er und richtet sich auf.

»Okay, und wo dann? Hier, in der Küche?«

»Wir dürfen uns nicht im Pub treffen«, antwortet Felix und weigert sich, mir in die Augen zu sehen.

»Nicht im Pub?«, frage ich. »Warum?«

Er lacht bitter auf. »Mum hat die irrsinnige Vermutung, dass da etwas zwischen uns läuft.«

»*Was?*«

»Ja, nachdem Dad uns gestern Abend zusammen trinken gesehen hat, hat er es Mum erzählt. Sie hat zwei und zwei zusammengezählt und kam auf achtundfünfzig.«

»Oh«, antworte ich. »Das ist nicht gut.«

»Nein. Sobald sie oben ist, müssen wir getrennt aufbrechen. Kannst du fahren?«

»Äh, ja. Aber ich habe kein Auto und …«

Er schließt die Tür der Waschmaschine und drückt den Startknopf. »Hier.« Er zieht einen Schlüsselbund aus der Tasche und nimmt einen Autoschlüssel ab. »Du kannst mit meinem fahren. Es ist der marineblaue Ford Kuga, der hinten geparkt ist. Ich nehme den Lieferwagen.«

»Gut, aber wohin fahren wir? Es ist fast Mitternacht. Alles hat schon zu. Es sei denn, du willst in einen Club gehen?« Ich ziehe eine Augenbraue hoch, um ihm zu signalisieren, dass ich scherze.

»Mach dir darüber keine Sorgen. Ich kenne einen guten Ort.«

»Ich verstehe nicht, warum wir nicht einfach hier reden können ...«

»Meinetwegen, dann kannst du meiner Mum und Seb erklären, warum wir außerhalb der Arbeit Zeit miteinander verbringen ...«

Ich hebe die Hände. »Okay, der Punkt geht an dich.«

Jetzt, da Felix die Gelegenheit hatte, zu verdauen, wer ich wirklich bin, frage ich mich, was er vorhat. Zu welcher Entscheidung er gekommen ist. Ich bete, dass ich das richtige Mitglied der Fletcher-Familie ausgewählt habe, um mir bei der Suche nach Amy zu helfen, aber ich weiß, dass ich mir keine allzu großen Hoffnungen machen darf.

Vermutlich werde ich es heute Abend herausfinden.

VIERZIG

LILIAN

Während ich darauf warte, dass das Wasser kocht, schaue ich aus dem Küchenfenster im Obergeschoss und beobachte, wie die letzten Gäste des heutigen Abends in ihre Autos steigen und wegfahren. Ich höre das zufriedenstellende Klopfen und Rütteln der Haupttür der Bar unten, als Brian sie zuzieht und den Riegel vorschiebt. Ich kann stets die Stille spüren, die sich um diese Zeit über das Gebäude legt. Ein ruhiger Seufzer nach all der Hektik und Betriebsamkeit.

Brian hat darauf bestanden, dass ich mir heute freinehme, um mich zu erholen, aber ich hätte viel lieber gearbeitet, als hier oben herumzusitzen und mich nutzlos zu fühlen. Außerdem haben all diese erzwungenen Ruhezeiten dazu geführt, dass ich viel zu viel Zeit hatte, über Dinge nachzudenken. Nicht, dass das Nachdenken geholfen hätte. Im Gegenteil, ich bin unruhiger denn je.

Ich greife nach der Teedose, nehme einen Rooibos-Teebeutel heraus und hänge ihn in meine Lieblingsteetasse aus Porzellan. Ich frage mich, ob der Versuch, das Familienunternehmen aufrechtzuerhalten, nicht mehr Mühe macht, als er wert ist. Hätten Brian und ich uns nicht schon vor Jahren zurückziehen und unsere Zeit mit Gartenarbeit oder Reisen verbringen sollen, damit sich die Jungs um ihre eigene Zukunft kümmern können? Wir haben uns den Arsch aufgerissen, um den Jungs ein sicheres Zuhause und Einkommen zu bieten, aber im Moment scheinen unsere Kinder alles daran zu setzen, es zu ruinieren.

Vielleicht bin ich ein wenig zu streng mit ihnen. Immerhin sind es äußere Einflüsse, die den Karren in den Dreck fahren. Felix und Seb brauchen nur ab und zu eine kleine helfende Hand, um sie vor einer Katastrophe zu bewahren und wieder auf die richtige Spur zu bringen. Und ich finde es toll, dass wir alle hier zusammen sind. Unsere Großfamilie, die sich gegenseitig unterstützt. Heutzutage ist es selten, drei Generationen unter einem Dach zu haben. Brian und ich haben uns immer stolz und privilegiert gefühlt, dass unsere Kinder hierbleiben wollten, dass sie uns so sehr lieben, dass sie ihr Leben an unserer Seite gestalten wollen, anstatt wegzuziehen. Außerdem glaube ich nicht, dass ich für den Ruhestand besonders geeignet wäre. Zusammen mit meiner Familie ist der Pub mein Leben.

Ich gieße kochendes Wasser in meinen Becher und halte inne, als ich draußen das Knirschen von Kies höre. Ich spähe aus dem Fenster nach unten und sehe einen Mann, der im Schein der Sicherheitsbeleuchtung über den Parkplatz stapft, aber ich kann nicht genau erkennen, wer es ist. Meine Fernbrille liegt in meinem Auto – ich sollte wirklich eine Ersatzbrille bestellen. Es stehen keine Gästefahrzeuge mehr auf dem Parkplatz. Vielleicht hat derjenige ein Fahrrad irgendwo da draußen abgestellt. Der Mann hält an unserem dunkelgrünen Lieferwagen, blickt nach links und rechts und setzt sich auf den Fahrersitz.

Wer ist das? Brian oder einer der Jungs? Bestimmt nicht. Wo sollten sie um diese Zeit hinfahren? Ich habe einen Verdacht, und ich werde nicht sehr glücklich sein, wenn ich Recht behalte. Ich gehe durch die Küche, schalte das Küchenlicht aus und eile zurück zum Fenster. Der Lieferwagen steht immer noch da, bewegt sich nicht, die Scheinwerfer sind nach wie vor aus.

Ich werde mich nicht hier oben verstecken und spekulieren. Ich nehme mein Handy und meine Schlüssel vom Küchentisch und gehe zur Wohnungstür. Ich bleibe nur stehen, um den erstbesten Mantel, der mir in die Hände fällt, aus dem Flurschrank zu holen – meinen schicken schwarzen Wollmantel mit dem dicken Samtkragen.

Ich eile die Treppe hinunter, den Flur entlang und in das dunkle, verlassene und stille Restaurant. Ich gehe zum nächstgelegenen Erker und knie mich auf den weinroten Samtsitz am Fenster, von dem aus ich das Kommen und Gehen auf der Einfahrt zum hinteren Parkplatz gut beobachten kann.

Es ist ein seltsames Gefühl, hier unten allein herumzulungern. Als wäre ich ein Eindringling in meinem eigenen Haus. Ich höre Schritte in der Bar nebenan. Das müssen Brian oder Tarik sein, die ihren abendlichen Rundgang machen. Draußen ist es still und ruhig, der Himmel ist weißlich-grau, was wahrscheinlich bedeutet, dass noch mehr Schnee im Anmarsch ist.

Ich hoffe, ich habe denjenigen nicht verpasst, der weggefahren ist, während ich die Treppe herunterkam. Ich verlasse das Restaurant und gehe den Flur entlang zurück. Dann schalte ich die Sicherheitsbeleuchtung aus, bevor ich das Haus durch den Seitenausgang verlasse und die Tür hinter mir schließe. Die Kälte der Nacht lässt mich den Atem anhalten. Der Himmel ist voller Schnee und verleiht der Dunkelheit eine unheimliche, leuchtende Atmosphäre.

Ich bahne mir vorsichtig einen Weg um die Seite des Pubs und kann gerade noch sehen, wie die Scheinwerfer des Lieferwagens aufleuchten. Eilig trete ich in den Schatten zurück und beobachte, wie er rückwärtssetzt und über den Parkplatz davonfährt. Ich kann nur eine Silhouette auf der Fahrerseite erkennen, also war meine Theorie, dass es Felix und Caroline gewesen sein könnten, die zu einem romantischen Rendezvous aufbrechen, zum Glück falsch.

Nichtsdestotrotz eile ich über den Kiesplatz, bleibe im Schutz der Gebäudeflucht und erreiche den Lorbeerstrauch neben Felix' und Nickis Cottage. Ich beobachte, wie der Lieferwagen zur Ausfahrt rollt und nach rechts abbiegt, stadtauswärts.

Vielleicht sollte ich ihm folgen …

Wenige Augenblicke später höre ich, wie sich Schritte nähern. Ich ducke mich hinter den Lorbeerstrauch und sehe nach, wer es ist. Mir rutscht das Herz in die Hose, als ich die gertenschlanke Gestalt von Caroline erkenne, die nervös über den Parkplatz läuft und deren blonde Wellen über die Schultern ihres Parkas fallen. Sie kommt direkt auf mich zu. Ist sie auf dem Weg zu Felix' und Nickis Cottage? Bestimmt nicht.

Sie bleibt neben Felix' marineblauem Ford Kuga stehen, blickt sich um und geht dann weiter in meine Richtung. Ich schrecke zurück und ducke mich unter das Laub. Die Scheinwerfer von Felix' Auto blinken zweimal auf, begleitet von einem Piepton. Sie setzt sich auf den Fahrersitz und lässt den Motor an. Sie fährt vom Parkplatz und biegt in dieselbe Richtung ab wie zuvor der Lieferwagen.

Halten die mich für dumm?

»Felix, was machst du da?«, murmle ich vor mich hin.

Ich werde nicht tatenlos zusehen, wie meine Familie wegen eines Mädchens zerbricht, das meint, sie könne meine Söhne mit ihrem Wimpernschlag um den Finger wickeln und uns alle für dumm verkaufen.

Ich halte mich nicht damit auf, nachzudenken, und eile zu meinem VW Polo. Ich habe so viele Schmerzmittel intus, dass ich nicht einmal sicher bin, ob ich fahren kann, aber ich werde es verdammt nochmal versuchen. Als ich mich auf den Fahrersitz setze, zittere ich stark.

Ich kann nicht glauben, dass Caroline und Felix eine Affäre

haben. Armer Sebastian. Ich hatte so recht, Caroline nicht zu vertrauen. Ich wische mir eine Träne aus dem Augenwinkel, nehme meine Brille aus dem Handschuhfach und lasse den Motor an. Ich bin so wütend auf Felix, dass ich ihn erdrosseln könnte.

Es ist genau wie beim letzten Mal.

EINUNDVIERZIG

MICHELLE

Felix' Lieferwagen biegt von der Hauptstraße ab und nimmt einige Kurven hintereinander. Während ich ihm folge, wird mir schlecht vor Angst, dass er Seb meine wahre Identität verraten könnte. Ich habe ein schlechtes Gewissen, weil ich Felix in diese unangenehme Lage gebracht habe. Es ist nicht schön für ihn, dass er dieses große Geheimnis vor seinem Bruder für sich behalten muss. Es ist auch nicht gut für meinen Gemütszustand, dass ich versuche, mich auf diesen engen Landstraßen zurechtzufinden. Ich besitze seit Jahren kein Auto mehr – zu teuer im Unterhalt – und ich bin noch nie in Großbritannien gefahren. Ich bin nicht sicher, ob ich hier überhaupt versichert bin.

Mir wird klar, dass ich Seb sehr bald die Wahrheit sagen muss. Ich muss ihm sagen, wer ich wirklich bin und dass wir nicht rechtmäßig verheiratet sind. Das bin ich ihm schuldig, aber ich fürchte mich vor dem Gespräch. Nach dem, was ich von ihm weiß – seine Affäre mit Mariah ausgenommen –, scheint er ein guter Mensch zu sein. Ein unüberlegter, impulsiver, emotionaler, verkorkster Mensch, aber trotzdem gut. Er hat es nicht verdient, noch einmal verletzt zu werden.

Ich hoffe, dass Seb, sobald er weiß, wer ich bin, Mitleid mit mir hat und mir etwas über Amy verrät. Er könnte mir einen Hinweis auf ihren Aufenthaltsort geben. Selbst, wenn er mir nur sagt, wo sie ist, um mich loszuwerden, wäre das in Ordnung. Ich kann es mir nicht erlauben, an die Möglichkeit zu denken, dass er genauso im Dunkeln tappt wie ich. Dass niemand weiß, wo sie ist. Meine Schwester zu finden, ist wichtiger als alles andere. Selbst, wenn ihre Funkstille darauf zurückzuführen ist, dass sie nichts mehr mit mir zu tun haben will, muss ich wissen, dass es ihr gut geht.

Ich spähe durch die Windschutzscheibe in die Finsternis. Alles, was ich sehen kann, sind der rote Schimmer der Rücklichter des Lieferwagens und die überwucherten Hecken zu beiden Seiten der Straße. Ich habe absolut keine Ahnung, wo wir sind. Es fühlt sich an wie mitten im Nirgendwo. Die Straße ist steil und offenbar fahren wir bergauf. Ich hoffe, Felix hält bald an. Ich bin erschöpft, und zu allem Überfluss hat es gerade angefangen zu schneien, sodass die Flocken in weißen Klumpen gegen die Fenster geschleudert werden.

Schließlich flacht die Straße ab, und der Lieferwagen biegt in einen einspurigen Weg ein, wobei sein rechter Blinker aufleuchtet. Ich folge ihm auf etwas, das wie ein Parkplatz aussieht, hinter dem sich eine Grünfläche erstreckt. Ich holpere über den unebenen Schotter und parke in einiger Entfernung vom Lieferwagen vor einem Streifen Wiese, der schnell unter einem weißen Teppich verschwindet. Die Scheinwerfer des Autos beleuchten eine einzelne Holzbank und etwas, das wie ein tiefes Tal aussieht. Das muss eine Art Aussichtspunkt sein.

Ich stelle den Motor ab, steige aus, schließe die Tür und zittere, als eine eisige Brise aus Schneeflocken über mich hinwegfegt. Es ist viel zu kalt, um auf der Bank zu sitzen, also gehe ich zum Lieferwagen hinüber, um neben Felix auf den Beifahrersitz zu klettern. Doch noch bevor ich das Fahrzeug erreiche, ist er schon ausgestiegen. Er hat die Scheinwerfer angelassen, sodass sie einen Lichtbogen geradeaus werfen und es so aussieht, als würde der Schnee direkt aus dem Licht kommen, wie eine riesige Schneekugel.

Felix sieht irgendwie anders aus. Kräftiger. Er dreht sich um und winkt, und in diesem Moment wird mir klar, dass dieser Mann gar nicht Felix ist.

»Hallo, Caroline.«

Es ist Brian.

»Oh.« Ich bin verblüfft und weiß nicht, was ich sagen oder tun soll.

»Keine Sorge«, sagt Brian sanft und kommt näher. »Felix hat mir alles darüber erzählt, wer du wirklich bist.«

»Oh. Okay.« Mein Magen dreht sich um. Ich fühle mich auf dem falschen Fuß erwischt. So viel zu Felix' Schweigen über meine Offenbarung. Ich kann nicht glauben, dass er sein Wort gebrochen und es weitererzählt hat, ohne es mir zu sagen. Brian muss mich für einen schrecklichen Menschen halten, weil ich seinen Sohn auf diese Weise belogen habe. Ich frage mich, ob Felix es noch jemandem erzählt hat. Bestimmt hat er es auch Lilian gesagt. Und was ist mit Seb? Mein Hirn rast bei dem Gedanken, was das bedeuten könnte. Der optimistische Teil von mir hofft, dass Brian vielleicht Informationen für mich hat.

»Ich nehme an, ich sollte dich *Michelle* nennen«, sagt er. »Ein schöner Name. Erinnert mich an einen Beatles-Song. *Michelle, ma belle.* Kennst du den?«

»Ähm, ja.« Eine lange vergrabene Erinnerung blitzt in meinem Kopf auf: Mein Vater hat es mir vorgesungen, als ich klein war. Ich blinzle die Tränen weg und rede mir ein, dass sie von dem stechenden Wind herrühren.

»Setzen wir uns.« Brian deutet auf die Bank vor uns.

Wir nähern uns ihr von entgegengesetzten Richtungen. Er setzt sich auf die linke, ich mich auf die rechte Seite. Die Sitzfläche ist bereits mit Schnee bedeckt und ich spüre, wie die kalte Nässe durch meine Jeans sickert. Ich habe das Gefühl, dass wir dieses Gespräch in der Wärme eines unserer Fahrzeuge führen sollten, aber ich zögere, es vorzuschlagen. Ich will jetzt nicht anfangen, Forderungen zu stellen. Nicht, wenn ich ihn auf meine Seite ziehen muss.

Ich räuspere mich. »Es tut mir wirklich leid, dass ich dir und Lilian nicht gesagt habe, wer ich bin.«

Er antwortet nicht.

»Hat Felix erklärt, warum ich es für mich behalten musste?«

Brian nickt einmal. »Ja, das hat er. Irgendetwas über das Verschwinden deiner Schwester und dass du sie nicht erreichen konntest. Du hättest es uns trotzdem sagen können, Liebes. Du hättest nicht so drastische Maßnahmen ergreifen müssen.«

»Ich habe Felix schon gesagt, dass ich das versucht hatte, aber keiner von euch wollte mit mir reden, als ich anrief und mich als Amys Schwester vorstellte. Deshalb musste ich etwas anderes probieren.« Ich huste, als die kalte Luft den Weg in meine Lunge findet. »Darf ich fragen, warum Felix heute Abend nicht gekommen ist?«

Brian dreht sich zu mir um und seufzt. »Er hat sich Sorgen gemacht. Es war nicht wirklich fair von dir, ihn zu bitten, ein so großes Geheimnis vor seiner Familie zu haben. Er wollte es mir nicht sagen, aber er brauchte jemanden, mit dem er reden konnte. Wir hielten es für das Beste, wenn *ich* stattdessen heute Abend komme. So können wir beide das alles klären, ohne emotional zu werden. Weißt du …«, sagt er und starrt mich mit gesenktem Kopf an. »Jetzt, da ich weiß, wer du bist, kann ich die Ähnlichkeit erkennen.«

Ich berühre verunsichert meine Wange. »Wirklich? Amy und ich sahen uns als Kinder nie ähnlich.«

»Nun, jetzt auf jeden Fall. Du bist ihr Ebenbild, um genau zu sein.«

Trotz meines dicken Parkas zittere ich heftig. Ich schiebe

mir die Hände zwischen meine Oberschenkel, um sie zu wärmen, mein Gehirn rast, die Gedanken schwirren, und ich wünschte, ich wäre nie in diese unangenehme Situation geraten. Hätte ich doch nur gestern Abend meinen Mund gehalten und Felix meine Identität nicht verraten. Aber hatte ich wirklich eine andere Möglichkeit? Ich muss meine Schwester finden, und ich glaube, zumindest einer der Fletchers könnte die Wahrheit darüber wissen, wo sie ist.

Ich räuspere mich. »Da du nun alles weißt, habe ich mich gefragt, ob du mir vielleicht helfen könntest, meine Schwester ausfindig zu machen – das wollte ich eigentlich Felix fragen, aber nun frage ich dich.«

Er steht auf und reibt die Hände aneinander. »Brrr. Ganz schön kalt hier draußen, nicht wahr?«

»Vielleicht sollten wir mit einem der Autos zurückfahren«, schlage ich sehnsüchtig vor. Der Schnee fällt jetzt so dicht, dass ich Brians Gesicht kaum noch sehen kann.

»Komm und sieh dir erst einmal diese Aussicht an«, sagt er und bedeutet mir, an den Rand der Wiese zu gehen. »Das ist atemberaubend. Natürlich ist es im Dunkeln etwas schwierig zu erkennen, aber wenn wir schon mal hier sind, kannst du es dir auch gleich ansehen. Das ist eigentlich ein alter Steinbruch.« Er geht los.

Da es mir widerstrebt, noch mehr Zeit hier draußen zu verbringen, stehe ich auf und hole ihn ein, denn je schneller ich die Aussicht betrachte und die richtigen anerkennenden Geräusche von mir gebe, desto schneller können wir zurück ins Warme und über die Suche nach meiner Schwester sprechen.

Die Scheinwerfer des Lieferwagens leuchten uns den Weg, aber es ist nicht gerade einfach, sich in diesem windigen, verschneiten Gelände zurechtzufinden. Meine Füße in den Turnschuhen sind bereits zu Eisblöcken gefroren. »Vielleicht sollten wir zurückkommen, wenn es hell ist«, sage ich mit einem nervösen Lachen. »Und es nicht mehr schneit.«

»Noch ein paar Schritte, dann ist es geschafft«, antwortet er und legt mir eine Hand auf den Rücken, um mich zu führen.

Ich zittere wie verrückt und meine Zähne klappern, wie diese Aufziehzähne, die man kaufen kann. Langsam bekomme ich ein ungutes Gefühl bei der Sache. Ich halte abrupt an. »Ehrlich gesagt, Brian, ich friere. Ich bin diese britischen Temperaturen nicht gewohnt.«

»Komm schon«, sagt er forsch. »Du bist doch ein englisches Mädel, oder nicht? Das ganze Getue, Australierin zu sein, zählt nicht mehr.«

»Stimmt, aber ich habe über zehn Jahre dort gelebt. Ich bin an die Hitze gewöhnt. Und außerdem kann ich hier draußen nichts sehen! Tut mir leid, ich fahre zurück. Wir können ja im Auto reden.«

Brian hält mich am Oberarm fest. »Nur noch ein paar Schritte, dann wirst du es sehen.«

Ich lache verwirrt auf. »Ehrlich gesagt, Brian, tust du mir am Arm weh. Kannst du mich bitte loslassen?«

Er packt ihn fester.

»Brian, was *tust* du da?« Ich versuche, ihn abzuschütteln, und bin plötzlich wütend auf ihn, weil er mich so grob behandelt. Dieses rüpelhafte Verhalten passt nicht zu ihm. Er war immer so sanftmütig und einfühlsam. Hier nicht. Nicht jetzt. Die Wut kocht in mir hoch und ich verdrehe ruckartig meinen Arm, in der Hoffnung, dass er dadurch loslässt.

Aber das tut er nicht. Er ist zu stark. Sein Griff ist eisern.

Ich spüre einen dunklen Hauch von Angst, einen sauren Geschmack in meiner Kehle, als er mich weiter zerrt.

»Da ist es, fast geschafft«, trällert er, als wäre ich ein verängstigtes Pony.

Ich drehe den Kopf und sehe ihn an. Seine Augen sind auf die Klippe vor mir gerichtet. Mir wird schlecht, als ich merke, dass diese ganze Situation außer Kontrolle gerät. Sie macht mir

Angst, schreckliche Angst. »Okay, es reicht, lass los!«, schreie ich. »Ich will zurück!«

»Nein«, antwortet er, seine Stimme klingt unerwartet tief und laut in meinem Ohr. »Es ist zu spät, umzukehren. Du musst weitergehen.«

Und dann sehe ich es. Ich blinzle schnell, unsicher, ob meine Augen mir einen Streich spielen.

Aber das tun sie nicht.

In seiner linken Hand hält er ein langes Küchenmesser mit schwarzem Griff.

ZWEIUNDVIERZIG

MICHELLE

»Brian, was hast du vor?« Mir schwirrt der Kopf vor Angst und meine Knie werden weich, aber ich kann es mir nicht erlauben, nachzugeben. Ich darf mich nicht in den Schnee sinken lassen und aufgeben. Ich muss wachsam bleiben. Ich muss begreifen, was hier vor sich geht.

»Mach einfach ein paar große Schritte auf die Kante zu, dann ist alles ganz schnell vorbei.« Brian redet immer noch mit mir, als wäre ich ein nervöses Pony.

»Bist du verrückt?«, rufe ich. »Warum tust du das? Was hab ich denn falsch gemacht?«

Er schüttelt den Kopf und hebt das Messer ein wenig an.

Ich kann meine Augen nicht abwenden.

»Du hast uns belogen, Michelle. Du hast Sebastian belogen. Er denkt, du liebst ihn. Er denkt, du bist seine *Frau*. Wir haben dich als Schwiegertochter in unser Haus aufgenommen und du hast uns betrogen.«

»Es tut mir leid! Das tut es wirklich. Aber du verstehst sicher, warum ich es getan habe. Hat Felix das mit Amy nicht erklärt? Dass ich hierhergekommen bin, um sie zu finden?«

»Er hat es nur zu gut erklärt.« Brians Gesicht verfinstert sich.

»Ich verstehe, dass du wütend bist. Das wäre ich auch. Aber das ist kein Grund, *das* zu tun. Was auch immer das ist! Willst du mich wirklich *umbringen*, nur weil ich euch in der Frage, wer ich bin, getäuscht habe?«

»Ich fürchte, ich habe keine andere Wahl, meine Liebe.« Sein Gesichtsausdruck ist von echter Traurigkeit geprägt und mir wird klar, dass dieser Mann nicht bei klarem Verstand ist.

»Natürlich hast du eine Wahl«, antworte ich und versuche, ruhig zu bleiben und ihn zur Vernunft zu bringen. »Weiß Felix, was du hier tust? Was meinst du, wie Seb reagieren würde, wenn er wüsste, dass du hier bist und versuchst, mein Leben zu beenden?«

»Was auch immer ich tue, ich tue es zu ihrem Besten! Alles, was ich tue, tue ich für diese Familie. Als ich herausgefunden habe, wer du wirklich bist und dass du hierhergekommen bist, um uns nach deiner Schwester auszuspionieren, nun ... Ich wusste, dass die Dinge nicht gut ausgehen würden. Es ist besser, es früher als später zu beenden. Ich kann dir jetzt sagen, dass ich damals wütend auf Felix war.«

»*Wütend?* Warum?« Je länger ich ihn am Reden halte, desto größer ist meine Chance, einen Weg zu finden, zu fliehen.

»Ich habe ihm gesagt, dass er alles hat – eine wunderschöne Frau und einen wundervollen Sohn, warum sollte er das alles aufs Spiel setzen? Und wie konnte er das seinem Bruder antun? Ich hätte ihn krankenhausreif schlagen können. Ich habe Lilian gesagt, dass sie zu nachsichtig mit den Jungs war. Sie haben immer ihren eigenen Willen durchgesetzt. Das war nicht gut für sie. Sie haben nie die Konsequenzen für ihr Handeln gesehen. Sie dachten, sie könnten tun und lassen, was sie wollten, ohne Konsequenzen. Und wo hat uns das hingeführt? Hierhin, nicht wahr?« Er wirft mir einen bedauernden Blick zu. »An den Rand eines Steinbruchs, mitten in einem Schneesturm.«

»Aber was hat Felix denn *getan?*«, frage ich, wobei für einen kurzen Moment echte Neugier meine Angst überwindet.

»Die Frage ist eher, was er *nicht getan hat.*«

DREIUNDVIERZIG

AMY

»Mum weiß alles«, zischt Felix und fährt sich mit beiden Händen durch sein dunkles Haar.

»Was meinst du?« Amy ist nach einem stressigen Arbeitstag gerade durch die Hintertür ins Royal Oak gekommen, als sie von Felix in den Lagerraum gezerrt wird. Zuerst dachte sie, er wolle einen heißen Quickie. Es ist schon eine Weile her, dass sie hier drin Sex hatten, und der Gedanke daran lässt ihren Puls rasen. Aber sein Gesichtsausdruck sagt etwas anderes.

»Sie hat uns vor ein paar Tagen gesehen, als wir uns in der Bar gekusst haben.«

»Kannst du es nicht leugnen?«, fragt Amy. »Du weißt doch, wie es um die Sehkraft deiner Mum bestellt ist.«

»Das habe ich. Aber anscheinend hat sie uns vor Monaten erwischt, als wir im Cottage Sex hatten. Weißt du, der Abend, als Nicki mit ihren Freundinnen unterwegs war. Mum hat damals nichts gesagt, weil sie gehofft hat, dass es eine einmalige Sache war. Ein Fehler.«

Amy atmet aus, ihr Gehirn trifft schnelle Entscheidungen. »Okay … Also könnte das vielleicht Schicksal sein.« Sie lächelt hoffnungsvoll und zuckt mit einer Lässigkeit mit den Schultern, die sie nicht spürt.

»Ja, das stimmt«, antwortet er.

Amy drückt sich an ihn. »Ich bin so froh, dass du das sagst. Es ist an der Zeit, dass wir alles öffentlich machen. Ich bin es leid, es zu verstecken.«

»Wovon redest du?«, schnauzt Felix und schiebt sie von sich weg. »Es tut mir leid, Ames, aber wir müssen die Sache beenden. Und zwar sofort.«

»Die Sache beenden?« Amys Haut wird kalt. »Warum sollten wir das tun? Die Sache zu beenden, ergibt keinen Sinn.« Sie legt eine Hand auf seine Brust. »Nicht, wenn wir uns lieben.«

»Hör zu, Ames, du weißt, dass ich dich liebe. Das tue ich wirklich. Aber ich bin jetzt Vater. Ich muss an Teddy denken.« Er nimmt ihre Hand von seiner Brust und geht in die Küche, schaut nach links und rechts, um sicherzugehen, dass niemand lauscht.

Amy folgt ihm, aber er treibt sie zurück in den Lagerraum. »Es tut mir leid, Amy, es ist vorbei. Diesmal für immer.«

»Nein.« Sie beißt sich auf die Lippe, um zu verhindern, dass ihr Kinn zittert.

Amy ist schon immer ein vernünftiges, fürsorgliches Mädchen gewesen, das keinen Unsinn macht. Sie heiratete Sebastian Fletcher mit offenem Herzen und hätte sich nie vorstellen können, dass sie ihn einmal betrügen würde. Aber das war, bevor Felix anfing, ihr Aufmerksamkeit zu schenken. Bevor Felix sie küsste. Bevor Felix sie berührte und ihr das Gefühl gab, sie sei die einzige Frau im Universum. Und in diesem Moment ist die Vorstellung eines Universums ohne Felix eines, in dem sie nicht sein möchte.

»Sieh mal, was, wenn ich es heute Abend Seb erzähle?«, schlägt sie vor und versucht, ihre Stimme nicht zittern zu lassen. »Sobald er die Wahrheit kennt, können wir mit unserem Leben

weitermachen. Wenn du es Nicki zur gleichen Zeit sagst, können wir es schnell hinter uns bringen. Das Pflaster mit einem Ruck abreißen. Es ist nicht fair, aus einer falschen Verpflichtung heraus bei unseren jeweiligen Ehepartnern zu bleiben. Du kannst immer noch ein toller Vater für Teddy sein. Viele Eltern trennen sich …«

»Nein, Amy! Du verstehst das nicht. Ich werde meine Familie deswegen auf keinen Fall auseinanderreißen. Dass Mum es herausgefunden hat, hat sich als Segen erwiesen. Es zwingt uns dazu, aufzuhören. Ich habe mich so schrecklich gefühlt, meine Frau und meinen Bruder auf diese Weise zu betrügen. Wenn einer von ihnen es herausfindet, wäre das eine riesige Katastrophe.«

Amys Herz hämmert gegen ihren Brustkorb. Sie hat das Gefühl, dass ihre Eingeweide von innen nach außen gedreht werden. »Felix, hör zu, du warst es, der das von Anfang an wollte. Du hast mich dazu gebracht, mich in dich zu verlieben. Du hast mir gesagt, dass du mich liebst.« Sie schafft es kaum, die Worte herauszubringen. Sie weiß, dass ihn ihre Verzweiflung nur noch weiter weg treibt, aber sie kann nicht anders.

»Ich liebe dich auch«, sagt er. »Aber nicht genug, um meine Familie zu zerstören.« Er ergreift ihre Handgelenke. »Denk darüber nach. Darüber, was das für Seb bedeuten würde.«

»Ich habe darüber nachgedacht. Ja, er wäre aufgebracht. Aber er würde darüber hinwegkommen. Er würde weitermachen. Jemand anderen finden.« Sie blickt in seine dunklen Augen und versucht, ihn dazu zu bringen, sie anzusehen. Sie wirklich anzusehen. Aber er weigert sich.

Felix' Blick hängt irgendwo über ihrer Schulter. Dann blinzelt er sie beunruhigt an. »Wenn du nicht an Seb denkst, was ist dann mit meinem Lebensunterhalt? Als Mum und Dad mich damit konfrontiert haben, haben sie mir alles schwarz auf weiß erklärt. Sie sagten, wenn du und ich die Sache weiterverfolgen, wäre das höchstwahrscheinlich das Ende des Royal Oak. Im

Moment führt Seb den Laden und ich bin der Küchenchef. Mum und Dad werden älter – sie können das nicht ohne uns beide machen. Der Laden würde auseinanderbrechen. Hör zu, Amy, was auch immer zwischen dir und mir vorgefallen ist, ich liebe meinen Bruder. Er würde mir das nie verzeihen. Niemals. Es wäre das Ende meiner Familie.« Er befreit sich sanft aus ihrem Griff und macht einen Schritt zurück.

»Du hast das ja ganz schön durchdacht«, sagt Amy, deren Stimme jetzt hoch und zittrig ist.

»Es tut mir leid«, sagt er sanft.

»Du triffst die falsche Entscheidung«, sagt sie weinend. »Du ziehst den Praktizismus unserem langfristigen Glück vor.«

»Nein, das tue ich nicht. Die Wahrheit zu sagen, würde nur alle unglücklich machen.«

»Und was ist mit mir?«, fragt sie, und ihre Stimme versagt in einem Schluchzen.

»Es tut mir leid«, wiederholt er, diesmal mit mehr Nachdruck.

»Vielleicht nehme ich dir die Entscheidung ab«, sagt sie trotzig. »Wenn Seb und Nicki von uns wissen, dann kannst du endlich frei entscheiden, mit wem du zusammen sein willst.« Amy weiß, dass sie unvernünftig handelt. Normalerweise würde sie nie mit so etwas drohen, aber ihr Gehirn kocht über vor Angst bei dem Gedanken, ihn zu verlieren. Ihr ganzer Körper ist krank vor Sehnsucht. Wie soll sie hier mit Sebastian leben können, während Felix mit Nicki glückliche Familie spielt?

Das ist unmöglich.

Das wird sie nicht tun.

VIERUNDVIERZIG

MICHELLE

Während ich Brian zuhöre, wie er mir von Amys und Felix' Affäre erzählt, habe ich das Gefühl, als stünde ich außerhalb meines Körpers. Er hat mir nicht explizit gesagt, wie diese schreckliche Situation ausgegangen ist, aber mein Gehirn versucht allmählich, alles zusammenzufügen. Der schneereiche Wind ist wie Nadeln auf meiner Haut, dringt in mein Inneres ein und lässt mein Blut erkalten und mein Herz gefrieren. Alles fühlt sich an, als würde es in Zeitlupe ablaufen, und ich habe auch das Gefühl, dass mir ein wichtiges Teil des Puzzles fehlt. Dass es genau dort in der Schachtel liegt und darauf wartet, herausgenommen und eingesetzt zu werden.

Brians gleichbleibende Stimme dröhnt weiter: »Felix hat zugegeben, dass er Amy nie geliebt hat. Es war nur eine unnötige Affäre. Aber trotzdem hat sie gedroht, seine Familie und seine Lebensgrundlage zu zerstören. So was kann man niemandem antun und erwarten, dass man damit durchkommt. Das ist nicht richtig. Ich habe Felix gesagt, dass er sich nicht nur um *seine* Lebensgrundlage sorgen muss! Das hat uns alle betroffen. Ich habe ihn gefragt, was er dachte, was Sebastian tun würde, wenn er dahinterkäme. Ob er glaube, dass sein Bruder jemals wieder mit ihm arbeiten wolle. Dieses Wissen hätte Sebastian am Boden zerstört. Natürlich hätte es das. Und was ist mit seiner Mutter? Alles, was meine Lilian tut, tut sie für die Jungs. Für ihre Familie. Wir haben dieses Geschäft für unsere Kinder aufgebaut, für ihre Familien. Und Felix wollte einfach alles in die Tonne kloppen. Ich habe ihm gesagt, dass er ein verdammter Idiot ist und Amy in die Schranken weisen müsse. Ihr sagen, was Sache ist. Nicht einmal das konnte er richtig machen. Sie hat gedroht, alles auszuplaudern. Also habe ich Felix gesagt, dass es dann wohl an mir läge, die Sache zu klären. Nun, er war froh, nichts Genaues zu wissen. Er überließ es mir, mich um alles zu kümmern. Aber das ist es, was man für seine Kinder tut, habe ich recht? Man kümmert sich um sie, wenn sie in Schwierigkeiten geraten.« Er starrt in den Abgrund, seine Gedanken sind für einen Moment woanders.

Obwohl ich fast betäubt bin vor Schreck, nutze ich diese Gelegenheit. Es könnte meine einzige sein. Ich spanne meinen ganzen Körper an, reiße meinen Arm aus seinem Griff und drehe mich weg, als er mir das Messer entgegenstößt. Ich schreie und weiche am Rand der Klippe zurück, aber das Glück ist nicht auf meiner Seite. Ich stolpere und falle rücklings in den Schnee.

Brian taucht über mir auf, eine riesige Gestalt in einem Strudel aus wirbelndem Schnee.

»Bitte«, wimmere ich.

»Das hättest du nicht tun sollen«, sagt er, beugt sich herunter und zieht mich mühelos auf die Beine. Er nimmt das Messer in die rechte Hand. Versucht, mich nach hinten zu drängen.

Mein Blick ist auf die Klinge geheftet, und ich bin mir der Klippe hinter mir überaus bewusst. Ich kann nicht sagen, wie weit sie entfernt ist, und mir wird schon beim Gedanken daran schwindelig.

»Ich hätte dich fast erstochen«, sagt er, »aber das hätte alles vermasselt. Es muss wie ein Unfall aussehen. Als wärst du gestürzt oder hättest es vielleicht selbst beendet. Dieser Schnee ist ein Geschenk des Himmels. Er wird unsere Spuren wunderbar verwischen. Wir müssen uns beeilen, bevor es aufhört zu schneien.«

Als er mir in aller Ruhe erklärt, dass er ernsthaft vorhat, mich umzubringen, überkommt mich eine weitere dunkle Erkenntnis. »Hast du ...?« Ich schlucke. »Was hast du mit Amy gemacht?«

»Okay, genug Fragen.« Er hält das Messer jetzt auf Brusthöhe und stößt es mir entgegen. »Ich mochte dich, als du ankamst, als ich noch dachte, du wärst Caroline aus Byron Bay. Aber du hast dich als genauso egoistisch wie deine Schwester entpuppt. Ihr seid beide faule Eier. Beide zerstörerisch. Ihr seid in unser Leben getreten und habt Unheil angerichtet. Ich werde nicht zulassen, dass du meine Lilian mit all deinen Geheimnissen belästigst. Du wirst meine Familie nicht auseinanderreißen, wie es deine Schwester tun wollte.«

»Was hast du GETAN?!«, schreie ich und lasse meinen Tränen des Schreckens und der Angst freien Lauf.

»Genug jetzt. Beruhige dich. Ich habe nur getan, was ich tun musste. Was jeder Ehemann und Vater tun würde, um seine Familie zu beschützen. Hör zu, ich wusste, dass, wenn du so weit gehst, um deine Schwester zu finden, du bald über die Wahrheit stolpern würdest. Und ich fürchte, das kann ich einfach nicht zulassen.«

»O mein Gott«, weine ich. »Du hast Amy getötet, nicht wahr? Du hast sie umgebracht.«

FÜNFUNDVIERZIG

LILIAN

Ich biege auf den Parkplatz beim alten Steinbruch ein und mir liegen eine Million Vorwürfe und Anschuldigungen auf der Zunge. Ich bin so enttäuscht von Felix. Ich dachte wirklich, er hätte seine Lektion inzwischen gelernt.

Nachdem ich Anfang des Jahres seine Affäre mit Amy aufgedeckt hatte, hat Brian eindringlich mit Felix gesprochen, der schließlich ein Einsehen hatte und die Sache mit ihr beendet hat. Traurigerweise hat sie Sebastian noch am selben Tag ohne ein Wort des Abschieds verlassen. Offenbar hatte sie neben Felix noch jemanden. Sie hat Brian erzählt, dass sie Sebastian nicht mehr gegenübertreten könne, und Brian hat sie ermutigt, zu diesem anderen Mann zu gehen. Ich war froh darüber. Amys Weggang verringerte die Wahrscheinlichkeit, dass Sebastian von ihrer Affäre mit Felix erfuhr. Es bedeutete, dass die Beziehung meiner Jungs zueinander gerettet werden konnte. Dass unsere Familie wieder glücklich werden konnte.

Aber jetzt ist alles in Gefahr, wegen Felix und Caroline. Langsam steuere ich meinen Polo über den schneebedeckten Parkplatz, wobei ich kaum mehr als ein paar Meter weit sehen kann. Schließlich erreiche ich zwei Fahrzeuge, die nebeneinander geparkt sind – den Lieferwagen und Felix' Kuga. Beide scheinen verlassen.

Als ich den Motor abstelle, bemerke ich, dass die Scheinwerfer des Lieferwagens eingeschaltet sind. Doch ich erkenne nur Schneegestöber im Lichtkegel. Keine Spur von Felix oder Caroline. Ich schnalle mich ab, öffne die Autotür und keuche, als die eisige Luft hereinströmt. Ich trete hinaus ins Schneetreiben, knöpfe meinen Mantel zu und schlage den Samtkragen hoch, um meine Ohren zu schützen. Inzwischen ist es ein ausgewachsener Schneesturm. Hoffentlich stranden wir hier nicht. Mit jeder Sekunde, die verstreicht, wächst meine Wut auf die beiden. Vor allem, wenn man bedenkt, dass der arme Sebastian nichtsahnend zu Hause im Bett liegt.

Vorsichtig gehe ich zu Felix' Auto und blinzle in den dunklen Innenraum, halte den Atem an und frage mich, ob die beiden vielleicht auf dem Rücksitz sind. Gott sei Dank sind sie es nicht. Als Nächstes öffne ich eine der hinteren Türen des Lieferwagens, aber dort befinden sich nur ein paar leere Kisten. Ich schließe die Tür und kämpfe mich gegen den Wind um den Lieferwagen herum, spähe in die wirbelnde graue Düsternis, die nur schwach von den Scheinwerfern beleuchtet wird.

Ich meine, die Umrisse einer Bank vor mir ausmachen zu können und vielleicht eine Gestalt dahinter, aber es ist schwer zu sagen. Was in aller Welt machen die beiden hier draußen? Sex haben in einem Schneesturm? Es würde mich nicht wundern, wenn sie etwas so Lächerliches vorhätten wie Schneeengel machen. Nur sollten sie besser vorsichtig sein; die Steinbruchkante ist steil. Ein falscher Schritt und ich wage nicht, daran zu denken, was passieren würde. Ein Frösteln verwandelt sich in ein tiefes Schaudern und plötzlich steigt Sorge in mir auf.

»Felix!«, rufe ich, aber meine Stimme wird vom Sturm verschluckt. »Felix, bist du hier irgendwo?«

Ein kurzer Schrei rechts von mir erregt meine Aufmerksamkeit.

»Caroline?« Meine Stimme zittert und ist kraftlos. »Wo bist du?« Ich mache ein paar vorsichtige Schritte, wie gelähmt vor Ungewissheit, wie nah ich wohl dem Rand des Abgrunds sein könnte.

Und dann sehe ich sie. Carolines Gesicht ist weiß. Sie sieht verängstigt aus. Was macht Felix? Er steht mit dem Rücken zu mir, aber er sieht aus, als würde er ... Moment mal, das ist nicht Felix. Das ist ...

»Brian!«, rufe ich.

Plötzlich bemerkt mich Caroline. »Lilian! Lilian, o Gott sei Dank! Hilf mir! Bitte!«

Mein Mann wendet sich mir zu, und in dem Moment duckt sich Caroline unter seinem Arm hindurch. Brian dreht sich um, und zu meinem Entsetzen sehe ich, dass er ein tödlich aussehendes Küchenmesser in der Hand hält, mit dem er nach Caroline sticht, als sie sich zu befreien versucht.

Sie verharrt, schreit und windet sich. Dann sprintet sie auf mich zu, wobei sie ihren Oberarm umklammert, bevor sie in Richtung der Autos abdreht.

»Michelle!«, brüllt Brian. Er dreht sich um, das Messer immer noch in der Hand, und stürmt ihr hinterher.

»Brian?«, rufe ich. »Was ist hier los? Hat sie versucht, dich anzugreifen? Warum hast du ein Messer? Hast du sie gerade *Michelle* genannt?« Ich versuche, mich zu erinnern, wann ich diesen Namen schon einmal gehört habe.

»Halte sie auf!«, schreit er mir zu, während er an mir vorbeirauscht und die Verfolgung aufnimmt.

Ein Schreck durchfährt mich, als ich feststelle, dass Felix nicht da ist. »Wo ist Felix?«, schreie ich. Ich zerre verzweifelt am Mantel meines Mannes, wodurch ich ihn versehentlich ins Schleudern bringe, und er mit dem Gesicht im Schnee landet.

»Oh nein!«, rufe ich. »Bri, es tut mir leid, geht es dir gut?«

Aber während ich nach meinem Mann sehe, versuche ich im Geiste zu verarbeiten, was ich soeben gesehen habe. Hat Brian wirklich gerade auf Caroline eingestochen?

Brian rappelt sich auf. »Lass sie nicht entkommen, Lil!«, schreit er.

»Was? *Warum?*«

Ein Automotor springt an, Scheinwerfer leuchten mir direkt in die Augen. Caroline sitzt wieder in Felix' Auto und setzt zurück. Was wollte sie hier? Hat sie Felix etwas angetan? Mir wird schlecht, als ich an den Steinbruch denke. Ich fühle mich so schwach, dass ich nicht mehr stehen kann. War Brian hier, um Felix zu retten? Hat sie unserem Sohn etwas angetan? Ich knie jetzt im Schnee und kämpfe mich hoch. »Wo ist Felix?«, keuche ich. »Geht es ihm gut?«

Er schreit vor Verzweiflung auf. »Du hast sie entkommen lassen, Lil.«

»Felix!«, rufe ich. »Wo ist er?«

»*Felix?* Mach dir keine Sorgen um ihn, er ist zu Hause«, sagt Brian.

»Bist du sicher?«

»Ja, ja.« Er kommt taumelnd auf seine Füße und zieht mich mit sich hoch. Er hat Blut, Schnee und Schmutz im Gesicht.

»Wir müssen ihr nach«, sagt er. »Jetzt sofort.«

»Nein. Sag mir, was hier los ist, ich will die Wahrheit wissen.«

Ich folge seinem Blick zu Carolines schwindenden Rücklichtern. Er zieht einen Schlüsselbund aus seiner Hosentasche. »Ich erzähle es dir später, aber jetzt müssen wir sie aufhalten.«

SECHSUNDVIERZIG

MICHELLE

Ich kann das Lenkrad kaum greifen, so sehr zittern meine Hände. Sie sind bis auf die Knochen taub. Mein ganzer Körper ist steif und eiskalt und meine Schulter brennt. Brian hat versucht, mich umzubringen. Aber ich bin noch am Leben. Ich funktioniere noch, trotz des pochenden Schmerzes, der in meinen Arm ausstrahlt. Zum Glück trage ich meinen Parka. Wenigstens hat er nur meinen Arm erwischt. Ich hoffe inständig, dass das Messer nicht zu tief eingedrungen ist. Bei dem Gedanken daran wird mir schwindlig und übel. Ich muss mich zusammenreißen.

Trotz meines starken körperlichen Unbehagens und des emotionalen Schmerzes, den ich noch nicht einmal ansatzweise verarbeiten kann, fahre ich rückwärts über den Parkplatz. Ich spüre, wie die Räder unter mir durchdrehen, aber das ist mir egal. Ich war noch nie so erleichtert, Lilian zu sehen. Ihr Gesicht zeigte völlige Verwirrung. Ich weiß nicht, was sie hier draußen macht oder ob sie in irgendetwas verwickelt ist, aber ich bin dankbar, dass sie aufgetaucht ist. Wäre sie ein paar Minuten später gekommen, könnte ich tot sein.

Brian wollte mich umbringen! Er wollte, dass ich über die

Kante in den Steinbruch falle. Ich steuere den Wagen in Richtung Ausgang und werfe einen Blick in den Rückspiegel, um zu sehen, ob hinter mir Scheinwerfer aufleuchten. Ich kann keine erkennen, aber das heißt nicht, dass er nicht hinter mir her ist. Denk nach, Michelle, *denk nach*. Mein Gehirn ist eine Wolke aus Angst und Verwirrung.

Ich fahre vom Parkplatz zurück auf die Straße und versuche, nicht zu schnell zu fahren, auch wenn ich am liebsten instinktiv den Fuß auf den Boden rammen und so viel Gas wie möglich geben würde. Ich habe keine Ahnung, wo ich bin, und habe auch nicht die Zeit, Google Maps zu öffnen. Ich weiß nur, dass ich an einen sicheren Ort gelangen muss, wo Brian mich nicht finden kann.

Ich fahre die Straße entlang und biege dann im Zickzack, mal links und mal rechts in dunkle, schneebedeckte Landstraßen. Das Bild meiner Schwester hat sich in mein Gedächtnis eingebrannt. Ist sie wirklich tot? Werde ich sie nie wiedersehen? Hat Brian sie umgebracht?

Ich weiß nicht, wie ich es überhaupt schaffe, das Auto auf der Straße zu halten. Es gleicht einem Wunder, dass ich es noch nicht gegen einen Baum gefahren habe. Aber ich bin noch am Leben. Ich halte mich weiterhin am Lenkrad fest und den Blick auf die Straße vor mir gerichtet. Und die ganze Zeit über schlägt mir das Herz bis zum Hals, und ich bete zu Gott, dass keine Scheinwerfer hinter mir auftauchen.

SIEBENUNDVIERZIG

LILIAN

Als Brian den Autoschlüssel aus seiner Tasche zieht, versuche ich verzweifelt, ihn dazu zu bringen, mir zu erklären, was los ist. Er wirft mir einen verärgerten Blick zu, während ihm das Blut über das Gesicht rinnt.

»Bri, deine Nase blutet«, rufe ich.

Er führt eine Hand an die Oberlippe und betrachtet teilnahmslos seine blutigen Fingerspitzen. Dann starrt er auf den Schnee hinunter und sieht sich nach etwas um.

Ich folge seinem Blick und sehe, wonach er gesucht haben muss – das Messer, das im Schnee liegt. Ich schlucke die aufsteigende Galle hinunter, als ich feststelle, dass die Klinge, die bereits allmählich vom fallenden Schnee bedeckt wird, blutverschmiert ist.

Ich blicke zu meinem Mann auf, dem das Blut noch immer aus der Nase tropft. »Was hast du hier draußen gemacht?«, frage ich und fürchte mich vor der Antwort. »Warum in aller Welt hast du ein Messer dabei?«

»Sie hat uns bestohlen, Lil.« Brian bückt sich und hebt das Messer auf, schiebt es unbeholfen in seine Manteltasche und richtet sich wieder auf. Der schwarze Griff ragt aus der Tasche, und ich muss an das Blut auf der Klinge denken. Wie es das Futter seiner Tasche durchtränkt.

»Ich habe sie dabei erwischt, wie sie Geld aus der Kasse genommen hat«, sagt er unwirsch. »Sie hat es geleugnet und ist davongelaufen. Sie hat Felix' Auto genommen. Ich habe sie mit dem Wagen verfolgt.« Er ergreift meine Hand. »Komm, wir müssen ihr nach. Sie kennt die Gegend nicht, wir können sie noch einholen.«

»Warum lügst du mich an, Brian?« Ich starre meinen Mann an, in sein schmutziges, blutverschmiertes Gesicht. Den verschlagenen, verzweifelten Blick in seinen Augen. »Du bist ihr nicht gefolgt«, beharre ich. »*Sie* ist *dir* gefolgt. Ich habe euch beide getrennt wegfahren sehen.«

»Nein, Lil, hör zu. Ich sage dir doch ...«

»Hör auf, Brian! Hör einfach auf! Du hast auf sie eingestochen! Man sticht nicht auf jemanden ein, nur weil er stiehlt. Man konfrontiert ihn vielleicht, oder ruft die Polizei.«

Er humpelt zum Wagen hinüber. »Wir reden später. Wir haben keine Zeit mehr. Wir müssen sie zu fassen kriegen. Sie aufhalten.«

»Nein! Sag es mir jetzt. Wenn du mich liebst, Brian Fletcher, dann bleibst du stehen und sagst mir genau, was hier vor sich geht.«

Er geht weiter, also laufe ich hinter ihm her, reiße ihm den Schlüssel aus der Hand und stecke sie tief in meine Manteltasche.

»Was machst du da?«, brüllt er. »Gib die zurück!«

»Brian!«, rufe ich. »Was ist in dich gefahren? Lass sie einfach gehen. Wenn sie fort ist, ist sie fort. Jetzt sag mir, was zum Teufel hier los ist!«

Er stürzt sich auf mich und versucht, an meine Manteltasche zu gelangen. »Ich brauche den Schlüssel, Lilian. Gib ihn mir einfach, sonst war alles umsonst.«

Ich weiche aus, ziehe den Schlüssel aus meiner Tasche und

schleudere ihn in Richtung Klippenrand. »Jetzt wirst du mit mir reden *müssen*.«

»Warum hast du ...? Gut, dann nehmen wir eben dein Auto«, knurrt er.

»Nein! Sie ist weg, Brian. Du wirst sie nicht erwischen. Sie könnte inzwischen überall sein. Wenn du nicht willst, dass ich *meine* Autoschlüssel auch über die Klippe werfe, solltest du besser anfangen zu reden.«

»Gib mir deinen Schlüssel, Lil.«

»Nein.«

»Bitte, du verstehst das nicht.«

»Erklär's mir.«

Er brüllt vor Frustration, und zum ersten Mal in meinem Leben habe ich Angst vor meinem Mann. Ich mache einen Schritt zurück und schlinge die Arme um mich. Ich zittere und habe das Gefühl, dass es sich hierbei um einen schrecklichen Albtraum handeln muss.

Brian muss die Angst in meinen Augen bemerken, denn er bleibt stehen. Er steht einfach vor mir und keucht. Plötzlich scheint sein Kampfgeist vor meinen Augen zu verpuffen. Sein ganzer Körper erschlafft.

Er neigt den Kopf und legt sich die Finger auf den Nasenrücken.

Ich halte inne, atme zitternd ein und mache schließlich einen zaghaften Schritt auf ihn zu. Ich streiche ihm über die Schulter. »Was auch immer es ist, Brian, wir können es gemeinsam in Ordnung bringen, hörst du?«

Er fährt sich mit den Händen an die Schläfen und schüttelt den Kopf. »Es ist zu spät«, murmelt er. »Es tut mir leid, Lilian. Ich habe es versucht. Aber es ist zu spät.«

»Zu spät für was?«, frage ich.

Aber er schüttelt nur noch einmal den Kopf, wendet sich ab und geht den Weg zurück, den er gekommen ist. In Richtung des Steinbruchs.

ACHTUNDVIERZIG

MICHELLE

Ich weiß nicht, wie lange ich schon gefahren bin. Es könnten Sekunden, Minuten oder eine Stunde sein. Alles tut weh und meine Gedanken sind ein Wirrwarr aus Schmerz und Verwüstung.

Amy ist tot. Das muss sie sein. Meine liebe, wunderschöne Schwester ist *tot*. Es ist zu schrecklich, um es auch nur zu erwägen. Wie kann sie fort sein? Mein Gehirn kann es nicht verarbeiten. Wir hatten nicht einmal die Chance, uns wiederzusehen. Es gibt so viele Dinge, die ich ihr gerne gesagt hätte, und jetzt ist es zu spät. Das Adrenalin, das mich vom Parkplatz des Steinbruchs gebracht hat, ist verflogen. Mein Körper ist eiskalt, mein Geist träge. Eigentlich müsste ich jetzt schluchzen, aber ich kann nicht einmal weinen. Ich glaube, ich stehe unter Schock. Alles fühlt sich an wie ein surrealer Albtraum.

Nachdem ich mich zahlreichen Stellen zum Anhalten genähert und sie wieder verworfen habe, taucht ein weiterer Rastplatz vor mir auf und ich befürchte, am Steuer zusammenzubrechen, wenn ich nicht anhalte. Ich hoffe nur, dass ich weit genug vom Steinbruch entfernt bin, um vor Brian sicher zu sein.

Trotz meiner Angst, dass sich jeden Moment Scheinwerfer nähern könnten, drossele ich mein Tempo, riskiere mit klopfendem Herzen, auf den Rastplatz zu fahren.

Ich lasse vorsichtshalber den Motor laufen und ziehe mit zitternden Fingern mein Handy aus der Jackentasche, um die Polizei zu rufen.

NEUNUNDVIERZIG

LILIAN

»Brian, halt! Wo willst du denn hin?« Ich sehe zu, wie er in die graue, verschneite Düsternis stolpert. Mein Herz rast und ich bin so verwirrt, dass ich kaum noch klar denken kann. Hat Caroline eine Affäre mit Felix? Oder geht hier etwas anderes vor? Mein Atem geht stoßweise und meine Lungen brennen vor Kälte. Warum ist Caroline weggelaufen? Hat Brian wirklich auf sie eingestochen? Ich wünschte, ich hätte heute Abend keine Schmerztabletten genommen. Alles fühlt sich plötzlich ganz verschwommen an. Ich mache ein paar Schritte vorwärts, und noch ein paar mehr, bis ich endlich die Gestalt meines Mannes erkenne. Wenn er nicht aufpasst, stürzt er gleich in die Tiefe. »Brian, halt!«, schreie ich mit aller Kraft, die ich aufbringen kann.

Es funktioniert. Mein Mann bleibt stehen, aber er dreht sich nicht um.

Ich gehe zu ihm, meine Füße versinken in seichten Schneewehen. Ich lege ihm eine Hand auf den Arm und schaue ihn an. »Was ist hier passiert? Was habt ihr zwei gemacht?« Einen verrückten Moment lang denke ich, dass vielleicht Brian und Caroline ... Aber das ist lächerlich. Ich schüttle den verrückten

Gedanken ab. Mein Mann ist der loyalste Mensch, den ich kenne.

»Du solltest nach Hause fahren, Lil«, sagt er, und seine Stimme ist wegen des Pfeifens und Summens des Windes kaum zu hören.

»Ja«, antworte ich, »wenn du mit mir kommst. Lass uns aus diesem Schneesturm verschwinden, dann kannst du mir erzählen, was hier passiert ist.«

»Oh, Lil, dafür ist es zu spät ...« Er schaut über meinen Kopf hinweg in die Ferne.

»Hör auf, so zu reden!«, schnauze ich, weil ich dieses Verhalten von Brian nicht gewohnt bin. Ich will meinen durchsetzungsstarken, pragmatischen Ehemann zurück, einen Mann, der weiß, wo es langgeht.

»Vermutlich sollte ich es dir besser sagen.« Er dreht sich zu mir um, und seine Augen sind voller Kummer. Voller Niedergeschlagenheit.

»Was in aller Welt ist in dich gefahren?«, frage ich schnippisch, um meine Angst zu überspielen. »Und warum hast du mich gerade eben angelogen?«

»Weil ... nun ... ich fürchte, ich habe etwas getan.« Er holt tief Luft und strafft die Schultern. »Etwas, das getan werden musste.«

»*Was?* Was hast du getan?«

Er atmet noch einmal tief ein und lässt seinen Atem durch zusammengebissene Zähne ausströmen. »Amy hat Sebastian nicht verlassen.«

»Wovon redest du? Natürlich hat sie das! Hat Caroline dir Lügen in den Kopf gesetzt, weil ...«

Brian hält eine Hand hoch, um mich zum Schweigen zu bringen.

Ich schlage mir eine Hand vor den Mund, weil ich nicht weiß, ob ich hören will, was er mir gleich sagen wird.

»Amy hat Sebastian nicht verlassen. Weil ich ihr nicht die Möglichkeit dazu gegeben habe.«

Mein Herz schlägt gleichmäßig, aber so laut und energisch, dass es sich anfühlt, als würde sich mein ganzer Brustkorb vor und zurück bewegen. Als würde jemand meine Rippen wie Gitarrensaiten zupfen.

Brian fährt fort: »Amy hat gedroht, Sebastian von ihrer Affäre mit Felix zu erzählen. Ich weiß, dass du Angst hattest, dass alles herauskommen könnte. Dass die Jungs sich prügeln und die Familie spalten. Und dass das Geschäft zusammenbricht. Ich wollte nicht riskieren, dass sie die Wahrheit sagt. Felix hat das Mädchen nicht einmal geliebt. Für ihn war es nur eine Affäre – dummer Idiot. Aber sie war Hals über Kopf in ihn verliebt, nicht wahr? Sie war bereit, alles zu zerstören, um ihn zu bekommen.«

Ich will Brian fragen, was er getan hat. Ihm sagen, dass ich, egal was es war, für ihn da bin und wir das gemeinsam durchstehen. So etwas würde ich normalerweise sagen. Aber während ich hier in den frühen Morgenstunden mitten in einem Schneesturm stehe und darauf warte, dass mein Mann etwas gesteht, das so unvorstellbar ist, dass ich nicht einmal wage, meine Gedanken in diese Richtung zu lenken, wird meine Kehle trocken und mein Geist erstarrt. Es gibt keine beruhigenden Worte, die ich sagen könnte.

Brian schürzt einen Moment lang die Lippen. »Ich habe Amy draußen bei den Recycling-Tonnen umgebracht. Ich habe sie mit einem Küchenmesser erstochen, dann habe ich sie in den Wald gebracht und begraben.«

Ich schlage die Hand vor den Mund und schreie leise in meine Handfläche. Meine Augen fühlen sich an, als wären sie so weit geöffnet, dass sie mir aus dem Kopf springen könnten.

Brian scheint meinen Schock nicht zu bemerken. Er redet weiter. Die Worte kommen ihm über die Lippen wie Eiter aus einer Wunde. »Caroline ist keine Australierin. Sie hat Sebastian in eine Beziehung gelockt. Und sie sind nicht wirklich verheiratet. Ihr richtiger Name ist Michelle Nelson. Sie ist die Schwester von Amy.«

Ich höre die Worte, die er sagt, aber ich bin scheinbar nicht in der Lage, etwas anderes zu verarbeiten als die Tatsache, dass er Amy kaltblütig ermordet hat. Dass er sie mit einem Messer erstochen hat. Mein Mann. Der Mann, neben dem ich seit über vierzig Jahren schlafe. Der angesehene Gastwirt, den jeder kennt und liebt. *Mein Brian.*

»Michelle ist nach Stalbridge gekommen, um nach Amy zu suchen«, fährt er fort. »Ich konnte sie also auch nicht am Leben lassen, weil sie die Wahrheit herausgefunden hätte. Ich wollte es wie einen Unfall aussehen lassen. Als wäre sie von der Kante des Steinbruchs gestürzt. Es war ein simpler Plan, der leicht hätte funktionieren können. Aber jetzt ist sie verschwunden. Und sie weiß, was ich getan habe. Deswegen, Lilian, Liebste ...« Er sieht endlich zu mir herunter. »... ist alles vorbei. Ich bin am Ende.«

»Du hast Amy getötet?«, flüstere ich.

»Ich hatte gehofft, dass ich es dir nie würde sagen müssen. Ich wollte nie diesen Blick in deinen Augen sehen, Lil. Den Schock.«

»Du hast mir gesagt, dass sie abgehauen ist«, sage ich, meine Stimme ist kaum mehr als ein Flüstern. »Dass sie ihr und Sebastians Bankkonto leergeräumt hat.«

»Ich habe das Konto geleert, um es überzeugender aussehen zu lassen. Ich habe ihre PIN und ihr Passwort in ihrem Tagebuch gefunden und das Geld auf ihr persönliches Konto überwiesen.«

»Was erzählen wir den Jungs?«, frage ich, und allein der Gedanke daran erfüllt mich mit einem unwirklichen Grauen. »Weiß Felix, was du getan hast?«

»Nein«, bekräftigt Brian. »Ich habe Felix dieselbe Geschichte erzählt wie dir – dass ich Amy überredet habe, zu gehen und nie wiederzukommen. Niemand außer mir wusste etwas. Bis heute. Jetzt weißt *du* es, und Michelle weiß es auch.«

Die Brandwunde an meinem Arm pocht. Es ist so kalt, dass es sich anfühlt, als würde er wieder in Flammen stehen. Ich kann nicht glauben, dass meine Geburtstagsparty erst gestern war. Es fühlt sich an, als wäre es eine Ewigkeit her. Wenn ich daran denke, dass meine einzige Sorge damals war, ob *Caroline* gut genug für meinen Sohn ist. Ich war so eine Närrin.

Ein Teil von mir würde am liebsten sofort in den Ehefrauenmodus wechseln. Für meinen Mann kämpfen. Alles in Ordnung bringen. Ich könnte zum Auto rennen und die Fahrspuren von Michelle verfolgen, um sie zu finden. Um sie anzuflehen, den Mund zu halten … Wir könnten ihr Geld anbieten. Um … Ich unterbreche meinen Gedankengang. Michelle wird das auf keinen Fall für sich behalten. Sie wird Gerechtigkeit wollen. Und das zu Recht.

Ich merke, dass ich weine, der Schnee vermischt sich mit meinen warmen Tränen. Ich weine um den Verlust von allem. Das, was ich am meisten befürchtet habe, ist eingetreten. Aber nicht wegen eines bösartigen äußeren Einflusses. Sondern wegen einer Entscheidung, die mein Mann getroffen hat. Einer *falschen* Entscheidung.

Der Wind hat sich gelegt und es liegt eine seltsame Stille in der Luft. Nur die Dunkelheit, der Schnee und dieses ungewollte Geständnis, das mich unter seinem Gewicht zu erdrücken droht.

Zum ersten Mal in meinem Leben wird mir klar, dass ich keine Ahnung habe, was ich tun soll.

Brians Augen leuchten für einen Moment auf und werden dann sofort wieder dunkel.

»Was?«, frage ich. »Was hast du gerade gedacht?«

»Ich habe mich gefragt, ob die Stichwunde, die ich ihr zugefügt habe, vielleicht mehr Schaden angerichtet hat, als ich zuerst dachte. Dass sie vielleicht einen Unfall gebaut hat. Oder dass sie anhalten musste ... Vielleicht ist sie schon tot ... Ich habe mich gefragt, ob wir mit deinem Auto nach ihr suchen könnten. Vielleicht können wir das noch retten, Lilian.« Aber er spricht ohne wirkliche Hoffnung in der Stimme. Er macht keine Anstalten, zum Auto zu gehen.

Ein plötzliches Geräusch am anderen Ende des Parkplatzes lässt mich aufschrecken. Brian und ich wenden gleichzeitig den Kopf.

Autos.

Blaue Blinklichter nähern sich uns.

Die Polizei ist hier.

Brian nimmt meine heile Hand in seine und drückt sie. Er beugt sich vor und gibt mir einen Kuss auf die Lippen. Ich schmecke Blut und Tränen. Er richtet sich auf und räuspert sich.

Ich presse meine Lippen zusammen, damit sie aufhören zu zittern.

»So, das war's dann also, Lil. Das ist nicht gut. Jetzt wird alles ans Licht kommen. Du kannst ihnen die Wahrheit sagen.« Er deutet mit dem Kopf in Richtung der Polizeiautos. »Versuch nicht, irgendetwas zu vertuschen. Ich will nur, dass du weißt, dass ich es für uns getan habe. Für unsere Familie. Um uns zu beschützen. Das ist mein Job.« Er hält inne und schluckt. »Aber ich habe versagt.« Seine Augen glänzen vor Tränen. »Ich liebe dich, Lilian. Du warst das Licht in meinem Leben. Es tut mir leid, dass ich es nicht besser gemacht habe. Es tut mir wirklich leid.«

Er dreht sich um und geht ein paar Schritte.

»Was hast du vor?«, schreie ich mit erstickter und scharfer Stimme. Ich bin wie erstarrt angesichts des Schocks über sein Geständnis. Angesichts des Schreckens über alles, was sich abgespielt hat.

Brian macht noch ein paar Schritte von mir weg. Er verschwindet rasch aus meinem Blickfeld, als der wirbelnde

Schnee und die Dunkelheit ihn verschlingen. Irgendwie schaffe ich es, ihm hinterherzustolpern, strecke die Hand aus, um ihn zurückzuholen, aber meine Hände greifen nur ins kalte, leere Nichts. Ich schnappe nach Luft, als mein rechter Fuß abrutscht, taumle zurück und stelle mit einem Schwindelgefühl fest, dass ich direkt an der Kante des Steinbruchs stehe.

Mein Mann schreit nicht, aber mein Herz zerbricht, als ich einen dumpfen Aufprall höre und dann noch einen und noch einen. Jeder Schlag ist weiter entfernt als der vorherige. Der Gedanke, dass er tot ist, ist unerträglich. Dass ich zu spät komme, um ihn aufzuhalten.

Trotz allem, was er getan hat, war dieser Mann mein Leben.

Ich sinke auf die Knie, rufe leise seinen Namen und zwinge mich, nach unten zu schauen.

Aber alles, was ich vor mir sehe, ist Schwärze.

FÜNFZIG

MICHELLE

Fünf Tage später

Meine Stiefel versinken im schmutzigen Schneematsch auf dem Gehsteig, während ich mit gesenktem Kopf und in die Manteltaschen gesteckten Händen die Hauptstraße entlanglaufe. Es ist für mich unglaublich, dass die Menschen ihrem Alltag nachgehen, als wäre nichts geschehen. Nun, vermutlich *ist* für sie nichts geschehen. Aber für mich ... war es die Hölle.

Die Erkenntnis, dass Amy tot ist, und das schon seit fast acht Monaten, macht mich so unsagbar traurig. So *wütend*. Vor allem, weil ich weiß, dass ich diejenige bin, die dafür verantwortlich ist. Ich war vielleicht nicht diejenige, die sie getötet hat, aber ich war keine gute Schwester. Ich habe sie nicht zurückgerufen, als sie mich brauchte. Ich habe meine eigenen Belanglosigkeiten über ihr Wohlergehen gestellt.

Hätte ich sie direkt zurückgerufen, hätte ich mit ihr reden können. Ihr einen Rat geben können. Ihr sagen können, dass sie Sebastian Fletcher verlassen soll, wenn sie ihn nicht liebt. Ich hätte sie bitten können, in ein Flugzeug zu steigen und zu mir zu fliegen. Wir hätten zusammen eine Wohnung mieten können. Sie hätte Byron Bay geliebt. Sie hätte keine Probleme gehabt, dort Arbeit als Ärztin zu finden.

Ich schlucke eine Welle von Emotionen hinunter. Ich weiß nicht, warum ich mich mit all den Was-wäre-wenn-Fragen quäle. Die Wahrheit ist, dass ich eine beschissene Schwester war und es verdient habe, über ihren Tod am Boden zerstört zu sein. Zu wissen, dass Amy nicht mehr auf dieser Welt ist, stellt einen gewaltigen Verlust für mich dar.

Ich habe akzeptiert, dass meine Eltern gestorben sind, ohne mich mit ihnen versöhnt zu haben; unsere Beziehung war nie besonders gut. Ich habe immer noch das Gefühl, dass sie mich nicht gut behandelt haben. Ja, ich war diejenige, die gegangen ist, aber sie wollten ziemlich schnell nicht mehr für mich verantwortlich sein und haben sich nie bemüht, mich in ihr Leben zurückzuholen. Aber Amy zu verlieren ... das fühlt sich immer noch nicht real an. Auch, wenn wir uns nicht persönlich gesehen, seit Jahren nicht mehr miteinander gesprochen, uns nur die eine oder andere Nachricht geschickt haben, hatte ich das Gefühl, dass sie bei mir war. Sie dachte an mich. Sie wünschte mir alles Gute für mein Leben. Jetzt ist sie weg, und ich habe nicht mehr diese eine konstante Person an meiner Seite. Selbst, wenn sie am anderen Ende der Welt war.

In all dem Schmerz gibt es für mich zumindest einen Lichtblick: dass meine Schwester mich nie verlassen hat. Bevor ich nach Großbritannien zurückkehrte, dachte ich, Amy hätte mich nach meinem langen Schweigen aufgegeben. Wäre weggezogen und hätte keine Nachsendeadresse und keine Kontaktdaten hinterlassen. Ich dachte, sie hätte sich endgültig von mir abgewandt. Aber die Wahrheit ist, dass Amy mich überhaupt nicht aufgegeben hatte. Die Wahrheit war viel schlimmer ...

Als ich mich dem Stadtrand nähere, werde ich langsamer und würde am liebsten umkehren. Ich war seit der Nacht des Schneesturms nicht mehr im Royal Oak. Ich bin nicht gerade wild darauf, jetzt dorthin zurückzukehren. Aber ich schlucke meine Angst hinunter und tue es trotzdem.

Ich habe stundenlang mit der Polizei gesprochen. Bin immer wieder alles durchgegangen, was in jener Nacht und seit dem Verschwinden meiner Schwester passiert ist. Zum Glück war die Stichwunde an meiner Schulter nur ein oberflächlicher Schnitt. Ein Sanitäter verband sie mir, nachdem ein Rettungswagen und ein Polizeiauto auf dem Rastplatz eingetroffen waren, wo ich in Felix' Auto wartete. Sie brachten mich ins Krankenhaus, wo sie mich wegen des Schocks behandelten und mich über Nacht zur Beobachtung dortbehielten.

Bis jetzt habe ich es geschafft, alle anderen zu meiden. Obwohl ich weiß, dass sie alle zum Verhör geladen wurden – die Fletchers und das Personal des Pubs, die Nachbarn und andere Anwohner.

Abgesehen von den Stunden auf dem Revier habe ich die letzten fünf Nächte in einer Frühstückspension am anderen Ende von Stalbridge verbracht, zu verängstigt, aufgebracht und emotional ausgelaugt, um irgendeine Art von Gespräch mit den Fletchers zu führen. Und das, obwohl Lilian für meine Unterkunft bezahlt – sie hat es mir angeboten, weil sie wusste, dass ich überhaupt kein Geld habe, und ich war zu aufgebracht, um ihr Angebot abzulehnen.

Seb riefmich ständig an und schickte mir Nachrichten, aber abgesehen von einer kurzen Textnachricht, in der ich ihn bat, mir etwas Freiraum zu lassen, habe ich bis heute Morgen nicht geantwortet, und dann habe ich irgendwie zugestimmt, ihn im Pub zu treffen. Ich meinte zu ihm, ich würde meine Sachen abholen. Ich weiß nicht einmal, was ich ihm sagen soll – *Tut mir leid, dass ich gelogen habe? Tut mir leid, dass dein Vater tot ist, aber er hat meine Schwester getötet? Tut mir leid, dass dein Bruder dich mit deiner Frau betrogen hat?* Das ist alles so furchtbar schrecklich. Der Gedanke, einen von ihnen zu sehen, macht mich krank.

Ich kann immer noch nicht glauben, dass Brian tot ist. Dass er sich von dieser Klippe in den Steinbruch gestürzt hat. Denselben Steinbruch, in den er *mich* fallen lassen wollte. Seit dieser Nacht hatte ich mehrere schreckliche Träume vom Fallen, aber ich wache immer auf, bevor ich unten aufschlage.

Als ich durch das Tor und den Weg zum Eingang des Royal Oak gehe, werden meine Knie allmählich weich. Ich stütze mich an einem der hölzernen Pfeiler der Veranda ab und versuche, mich zusammenzureißen. Ich schaffe das schon. Es ist nur ein kurzer Besuch und dann brauche ich nie wieder zurückzukommen. Dann kann ich weitermachen.

Ich stoße die Tür auf und gehe hinein. Die Bar ist nahezu leer. Nur ein älterer Mann sitzt am hinteren Ende, nippt an einem Bier und beugt sich über eine Zeitung.

Nichts hat sich verändert. Warum sollte es auch? Und doch *fühlt* es sich so anders *an*. Wie eine alternative Version des Ortes, den ich kannte. Ich erwarte fast, dass Brian hinter der Bar auftaucht und mich fragt, wie es mir geht. Stattdessen sieht Tarik zu mir herüber und muss zweimal hinsehen, was er durch ein Husten zu vertuschen versucht.

»Caroline ... äh, Entschuldigung, ich meine, *Michelle*, oder?« Seine Unbeholfenheit ist unerträglich.

Ich gehe auf die Bar zu. »Hey, Tarik. Ja, ich bins, Michelle. Vermutlich hast du es schon gehört.«

»Äh, ja. Tut mir leid wegen ... allem. Du bist hier, um Seb zu sehen, oder?«

»Genau.«

»Er meinte, du sollst nach oben kommen, wenn du da bist.«

»Oh. Okay.« Ich schätze, das hätte ich erwarten sollen. Ich hoffe nur, dass Lilian nicht auch dort oben ist. Ich glaube nicht, dass ich es ertragen könnte, mit beiden gleichzeitig zu reden. Ich bin mir nicht einmal sicher, was Lilian über mich denkt. Gleichwohl sie ja für meine Unterkunft bezahlt, also gibt sie mir vielleicht nicht die Schuld an Brians Tod. Vielleicht will sie aber auch einfach nicht, dass ich hier wohnen bleibe. Nicht, dass ich vorhabe, jemals wieder eine Nacht hier zu verbringen.

»Caroline!«

Beim Klang der vertrauten Stimme drehe ich mich um, und das Herz rutscht mir in die Hose. »Mariah«, sage ich und spüre, wie meine spärlichen Reserven an mentaler Energie rapide schwinden.

EINUNDFÜNFZIG

LILIAN

»Bist du sicher, dass du nicht mitkommen willst, Lil? Es wird dir sicher guttun, ein bisschen an die frische Luft zu kommen.«

Ich starre meine jüngere Schwester ausdruckslos an. Rose ist stark gealtert. Sie hat zugenommen. Gibt sich nicht die geringste Mühe, stilvoll zu sein. Ihr einst kastanienbraunes Haar ist jetzt grau meliert und ihre Haut fleckig. Aber sie hat immer noch dieselben wachsamen braunen Augen.

»Lil?«, wiederholt sie.

»Hm?« Ich sehe von dem Sessel auf, in dem ich zusammengesackt bin. Ich kann mich nicht einmal daran erinnern, heute Morgen aufgestanden zu sein. Oder mich angezogen zu haben. Ich schaue an mir herunter und sehe, dass ich eine schwarze Jeans und einen cremefarbenen Pullover trage. Auf dem Ärmel befindet sich ein großer Fettfleck.

»Du solltest mit mir zum Einkaufen kommen. Danach können wir etwas essen gehen. Das wäre doch nett.«

»Nein, mir geht es gut.« Meine Stimme ist monoton. Ich höre mich überhaupt nicht wie ich an.

»Aber …«

»Ich sagte, es geht mir gut, Rose.«

Sie lässt die Schultern hängen, nickt aber, während sie sich einen hässlichen blauen Regenmantel überstreift. »Ich werde nicht lange brauchen. Wir essen zu Mittag, wenn ich zurück bin.«

Ich nicke abwesend, nicht im Entferntesten an Essen interessiert. Ich habe keinerlei Interesse an irgendetwas.

Seitdem es passiert ist, kann ich nicht mehr richtig denken. Die letzten Ereignisse sind in meinem Kopf durcheinandergeraten. Michelle, Brian, der Steinbruch, die Polizei, Sebastian ... *Amy*. Es ist alles nur ein großer Klumpen Horror. Das perfekte Leben, das ich aufrechtzuerhalten glaubte, hat sich als reine Lüge entpuppt.

Sobald die Polizei mit dem Verhör fertig war, wusste ich, dass ich wegmusste aus dem Pub, aus Stalbridge, wo ich von nichts als idyllischen Erinnerungen umgeben war, die nun alle verdorben sind. Ich habe mich danach gesehnt, in ein stilles, weißes Zimmer zu fliehen, in dem es außer einem Bett nichts gibt. Keine anderen Möbel oder Ornamente. Nur ein Ort, an dem ich sitzen und starren könnte, bis mein Geist so leer wäre wie die Wände. Stattdessen bin ich in dem kleinen Reihenhaus meiner Schwester am Stadtrand von Poole gelandet, das sehr beengt und unordentlich ist. Sie lebt allein mit ihren zwei Katzen, sodass ich mich wenigstens nicht mit anderen Familienmitgliedern herumschlagen muss, und Rose ist Gott sei Dank keine große Rednerin.

Die Haustür fällt mit einem lauten Knall ins Schloss, als sie zum Einkaufen aufbricht. Ein Hauch kalter Luft strömt ins Wohnzimmer. Stille senkt sich über das Haus und ich atme einen Moment lang durch. Ein und aus. Ein und aus. Ich habe bisher noch nicht einmal geweint. Es ist, als wären mein Körper und meine Gefühle eingefroren.

Eine der Katzen kommt herein und springt auf meinen Schoß. Es ist die getigerte Katze mit dem fantasievollen Namen Tiger. Sie ist übergewichtig und zufrieden, beginnt zu schnurren und leckt sich die weiße Pfote. Ich streichle ihr über den Kopf.

Amys Gesicht taucht vor meinem inneren Auge auf. Ihre warmen braunen Augen und ihr sanftes Lächeln. Als ich sie zum ersten Mal traf, hatte ich das Gefühl, als wäre sie die Tochter, die ich nie hatte. Ich freute mich für Sebastian, dass er diese schöne, kluge Ärztin zur Frau bekommen hatte. Später gab ich ihr die gesamte Schuld an der Affäre mit Felix. Ich fühlte mich von ihr betrogen. Ich war wütend. Schockiert. Aber wenn ich ehrlich zu mir selbst bin, wusste ich, dass Felix derjenige war, der das Ganze angestiftet hat. Dass er es als eine Art Herausforderung ansah, die Frau seines Bruders dazu zu bringen, sich in ihn zu verlieben.

In meinem Herzen wusste ich, dass Amy versucht hatte, Felix zu widerstehen. Es lag nicht in ihrer Natur, zu betrügen. Sie hatte Sebastian von Anfang an geliebt. Sie war ihm treu ergeben gewesen. Sie hatten vor, gemeinsam eine Familie zu gründen.

Felix hatte all das nicht interessiert. Er ist einer dieser Männer mit einer so starken Ausstrahlung, dass er jede haben kann, die er will. Er hält das für eine Superkraft, für einen Segen. In Wirklichkeit ist es ein schrecklicher, zerstörerischer Fluch, der ihm niemals Glück bringen wird.

Wenn der kleine Teddy nicht wäre, würde ich Nicki raten, das Weite zu suchen. Obwohl man ihr zugutehalten muss, dass sie sich nicht so leicht unterkriegen lässt. Ich glaube nicht, dass sie ein Problem damit hat, ihn wissen zu lassen, was sie von seinem Verhalten hält. Vielleicht ist sie die Einzige, die zu ihm halten kann, ohne dass sein Verhalten ihr Selbstwertgefühl zerstört. Ich hoffe es.

Für vieles, was geschehen ist, gebe ich mir selbst die Schuld. Wenn ich nicht so entschlossen gewesen wäre, dass wir alle unter einem Dach leben und arbeiten, dann wäre all das nie passiert. Ich hätte meine Söhne ihren eigenen Weg gehen lassen sollen. Damit sie ein unabhängiges Leben hätten führen können. Ich hätte wissen müssen, dass Felix versuchen würde, seine Überlegenheit gegenüber Sebastian zu behaupten. Dass er versuchen würde, zu beweisen, dass er der bessere Bruder ist. So war er schon immer, vor allem, als sie jünger waren – er übernahm stets das Kommando bei Spielen und flirtete offensiv mit Sebs Freundinnen. Naiverweise nahm ich an, dass er dem entwachsen würde, nicht, dass es *schlimmer* werden würde. Es macht mich krank, wenn ich daran denke, dass Felix sich wie der wunderbare, beschützende ältere Bruder gibt, während er in Wirklichkeit ...

Ich hebe Tiger von meinem Schoß und setze sie auf dem Teppich ab. Ich erhebe mich aus dem Sessel und stehe auf. Meine Knie knacken und mein Rücken tut weh. Ich fühle mich, als wäre ich in fünf Tagen zwanzig Jahre gealtert.

Ich schlurfe zum vorderen Fenster und blicke durch die Gardinen auf die graue Straße und die gegenüberliegende Reihe von Backsteinhäusern, in denen jeweils Familien leben, die ihre eigenen Dramen und Enttäuschungen durchmachen. Mütter, Väter, Schwestern, Brüder, Ehefrauen, Ehemänner ...

Ich kann nicht zulassen, dass ich an Brian denke. Was sagt es über mich aus, dass ich ihn geheiratet habe? Einen *Mörder*. Ich kann es nicht einmal als einmaligen, schrecklichen Fehler abtun, denn er war im Begriff, dasselbe mit Caroline, oder besser gesagt mit *Michelle,* zu tun. Er wollte sie die Klippe hinunterstürzen und es wie einen Unfall aussehen lassen. Ich schüttele den Kopf und schaudere. Das arme Mädchen. Ich habe sie so schäbig behandelt, als sie hier ankam. Sie war auf der Suche nach ihrer Schwester und ich habe geglaubt, sie sei eine Schmarotzerin oder hätte Sebastian nur geheiratet, um die britische Staatsbürgerschaft zu bekommen. Ich schäme mich für mich selbst. Ich weiß, dass ich irgendwann mit ihr sprechen muss. Um mich zu entschuldigen. Um mich zu vergewissern, dass es ihr gut geht. Und das werde ich. Nur ... jetzt noch nicht.

Eine Bewegung hinter dem Fenster erregt meine Aufmerksamkeit. Eine junge Frau verlässt eines der gegenüberliegenden Häuser mit zwei kleinen Jungen, die in Mäntel und Mützen gehüllt sind. Sie stürmen den Weg vor dem Haus hinauf und hinunter, während ihre Mutter die Tür abschließt. Sie ruft ihnen etwas zu, aber ich kann nicht hören, was sie sagt. Wahrscheinlich ermahnt sie sie, nicht auf die Straße zu laufen. Sie sieht gestresst aus. Die Kinder scheinen das nicht zu bemerken.

Ich lächle über ihre Sperenzchen, während mir die Tränen über die Wangen laufen.

ZWEIUNDFÜNFZIG

MICHELLE

»Können wir reden?«, fragt Mariah, ihr Ausdruck ist nicht zu deuten. Ein paar Locken haben sich aus ihrem Pferdeschwanz gelöst und ihr Gesicht ist blass. Sie hat dunkle Ringe unter den Augen und ihr T-Shirt ist zerknittert.

»Hör zu, Mariah, ich will keinen Ärger. Ich bin nur hier, um Seb zu treffen und dann verschwinde ich wieder.«

»Ich verspreche, es wird nicht lange dauern. Ich will dir keine Umstände machen. Ich ... ich muss es nur erklären.«

Ich zucke erschöpft mit den Schultern und folge ihr zu einem der Fensterplätze. Sie setzt sich auf den Rand der Bank und ich nehme gegenüber Platz.

»Ich wollte mich nur entschuldigen«, sagt sie, sieht auf den Tisch hinunter und dann kurz auf, bevor sie den Blick wieder nach unten richtet. »Und ich muss dir sagen, dass du recht hattest. Was du über mich und Tom gesagt hast, meine ich. Es ist nur außer Kontrolle geraten und ich ... Oh, das klingt jetzt alles so unbedeutend und dumm, nach allem, was du gerade durchmachst. Das mit deiner Schwester tut mir wirklich leid. Es ist ... nun, es ist nicht zu fassen, oder?«

»Danke«, antworte ich, überrascht und ein wenig gerührt von ihrer verworrenen Entschuldigung.

»Darf ich dir erklären, was passiert ist?«, fragt sie.

»Nur zu«, antworte ich.

»Möchtest du was trinken?«

»Nein, mir geht es gut, danke.«

»Sicher? Ich kann dir einen Kaffee machen ...«

»Wirklich, es geht mir gut.« Ich will diesen Besuch nicht weiter in die Länge ziehen als nötig. Ich will so schnell wie möglich wieder von hier weg. Das alles hinter mir lassen.

Mariah schluckt. »Okay, du musst verstehen, dass ich wirklich dachte, Seb und ich würden eines Tages zusammenkommen. Als du dann mit ihm verheiratet aufgetaucht bist ... das war ein Schock.«

Ich nicke und versuche, verständnisvoll zu wirken.

»Es ist so, *Michelle* – es fühlt sich komisch an, dich so zu nennen –,also, es ist so, dass ich Tom gebeten habe, dir an den Hintern zu fassen.« Ihr Gesicht wird rot, als sie das zugibt.

Ich lasse es unkommentiert, aber ihr Eingeständnis überrascht mich nicht. Das hatte ich mir schon gedacht.

Mariah räuspert sich und rutscht auf ihrem Sitz hin und her. »Ich habe das nur aus Spaß gemacht, um zu sehen, wie du mit so was umgehst. Ich dachte, es wäre lustig zu sehen, wie du dich über ihn ärgerst. Aber ich wusste nicht, dass es zu so einem großen Drama führen würde. Nachdem du ihn am Handgelenk verletzt hast, ist er auf mich losgegangen. Er meinte, es sei meine Schuld.«

»Er ist nur ein großer Fiesling«, antworte ich. Ohne hinzuzufügen, dass es kindisch von ihr war, das Ganze überhaupt vorzuschlagen.

»Ich weiß«, stimmt sie zu. »Er hat mich erpresst, mit ihm auszugehen. Er hat gesagt, er würde allen erzählen, dass das Grapschen meine Idee war, wenn ich ihn nicht küsse. Er meinte, ich würde wahrscheinlich meinen Job verlieren, wenn Mrs. F. davon erfährt. Er wollte auch, dass ich mit ihm schlafe, aber ich habe ihm gesagt, dass er mich mal kreuzweise kann.«

»Nun.« Ich ziehe eine Augenbraue hoch und atme tief durch.

»Bist du gar nicht sauer? An deiner Stelle wäre ich stinkwütend.«

Hätte ich letzte Woche ihr Geständnis gehört, wäre ich wahnsinnig wütend gewesen. Aber im Augenblick nehme ich es kaum wahr. »Ich bin nicht sauer, Mariah. Aber danke für die Entschuldigung. Ich weiß es zu schätzen, dass du mir die Wahrheit gesagt hast.«

»Ja, nun, ich dachte mir, nach allem, was passiert ist. Das hättest du nicht auch noch gebrauchen können.«

Ich stehe auf, und sie tut es mir nach. Ich bin überrascht und ein wenig gerührt, als sie um den Tisch herumkommt und sich zu einer unbeholfenen Umarmung vorbeugt. Ich klopfe ihr auf den Rücken und richte mich auf.

»Was hast du jetzt vor?«, fragt sie. »Kommst du zurück ins Oak? Zu Seb?«

»Ich denke nicht«, antworte ich.

»Nein. Okay. Dann mache ich mich wohl besser wieder an die Arbeit.« Sie winkt mir zögernd zu und ich ringe mir ein Lächeln ab, bevor sie sich umdreht und zurück durchs Restaurant geht.

Tarik sieht mich an und nickt mir zu. Ich erwidere das Nicken und gehe in den hinteren Teil der Bar, durch den Flur, der mich die Treppe hinauf zu Seb führt.

Auf dem Weg dorthin werfe ich einen Blick in die Küche und frage mich, ob Felix wohl da drin ist. Ich möchte es lieber nicht wissen. Mit gesenktem Kopf eile ich die Treppe hinauf und klopfe an die Wohnungstür, die leicht angelehnt ist.

Sebastian wartet im Flur. Er öffnet augenblicklich die Tür.

Sein Blick wandert über mich und er sieht gleichzeitig erleichtert und erschüttert aus. Sein Gesicht ist farblos, seine Augen sind rot gerändert. Er macht einen Schritt auf mich zu und fällt mir irgendwie in die Arme. Wir umarmen uns und ich merke, dass er sich an meiner Schulter ausweint. Die Emotionen kochen in mir hoch, bleiben mir aber im Hals stecken.

So stehen wir eine Weile da, während ich ihn an mir ausweinen lasse. Laute Schluchzer, die ihn erschüttern und mir bis in die Knochen nachhallen. Ich weiß nicht, was ich von diesem Treffen erwartet habe. Aber das war es nicht.

Schließlich hält er inne. »Es tut mir leid.« Er schluckt. »Es tut mir wirklich sehr leid. Ich weiß nicht, was über mich gekommen ist. Es ist nur ... dich zu sehen, nach allem, was passiert ist.«

Ich spare mir die Phrasen und Beileidsbekundungen. Stattdessen frage ich, ob wir ins Wohnzimmer gehen und uns dort hinsetzen wollen.

»Ja, natürlich. Lass uns ...« Er gibt mir ein Zeichen, dass ich vorgehen soll. »Mum ist nicht hier, falls du dich das fragst. Sie ist gestern Abend abgereist, um für ein paar Tage bei ihrer Schwester in Poole zu übernachten. Felix ist aber noch hier.« Seb lacht bitter auf. »Er und Nicki hatten einen heftigen Streit, aber sie scheint ihm verziehen zu haben; kannst du das glauben? Nicht, dass ich das jemals tun werde. Die drei ziehen bald aus. Er hat einen neuen Job im Norden ergattert. Den wären wir also los.«

Wir setzen uns aufs Sofa. Er ans eine Ende, ich ans andere. Wir sitzen uns gegenüber wie leere Buchstützen.

»Du weißt, dass ich mit all dem nichts zu tun hatte«, sagt Seb und beteuert seine Unschuld.

»Ich weiß«, antworte ich. »Ich weiß, dass du nichts damit zu tun hattest.«

»Ich habe Amy geliebt. Ich habe ihr vertraut. Und die ganze

Zeit über traf sie sich mit meinem verdammten Bruder.« Er atmet aus und schüttelt den Kopf. »Nachdem sie weg war, habe ich monatelang versucht, sie ausfindig zu machen, was schwierig war, weil sie nach den ersten paar Nachrichten ihr Handy abgeschaltet hat. Und jetzt finde ich heraus, dass es Dad war, der diese Nachrichten geschickt hat. Nachrichten, die ich stundenlang analysiert habe, um nach Hinweisen in diesen Worten zu suchen. Mein eigener Vater hat mich angelogen.« Sebs Nasenflügel blähen sich auf. »Ich bin froh, dass er tot ist. Denn wenn er noch am Leben wäre, würde ich ihn wohl umbringen.«

»Wie habt ihr euch scheiden lassen?«, frage ich. »Wenn sie nicht hier war, um die Papiere zu unterschreiben.«

»Mum und Felix haben sich darum gekümmert.« Er schnieft. »Keiner von ihnen wusste, was Dad getan hatte. Dad hat ihnen gesagt, sie wäre weggegangen und würde nicht mehr zurückkommen. Mum war erleichtert, denn sie wusste, was Felix getan hatte, und sie wollte mich vor der Wahrheit schützen. Unsere brüderliche Beziehung retten – was für ein Schwachsinn! Sie haben Amys Unterschrift gefälscht. Ich war so verärgert darüber, dass sie ›mit einem anderen durchgebrannt‹ ist, dass ich kaum etwas davon mitbekam.«

Ich merke, wie Seb mich anstarrt. »Ihr seht euch überhaupt nicht ähnlich«, sagt er. »Wobei ... Ich fand es schon immer ein bisschen seltsam, dass du das gleiche Lachen hast wie sie.«

»Ist dem so?« Ich schaue auf meine Hände und weiß nicht, was ich diesem Mann noch sagen soll. Dem Mann, dem ich einen Traum verkauft habe. Dem Mann, mit dem ich das Bett geteilt habe, in dem Versuch, hinter die Wahrheit zu kommen. Wenigstens hatten wir keinen Sex. Darüber bin ich froh.

»Es war also alles eine Lüge«, sagt er, sein Gesicht ist fahl, seine grauen Augen sind leer und stumpf.

Ich rutsche hin und her. »Ich wollte dir nicht wehtun, Seb.

Ich wollte nur herausfinden, was mit meiner Schwester passiert ist.«

»Aber ich habe dich geliebt. Für mich war alles echt. Ich dachte, wir wären verheiratet! Warum musstest du es so weit kommen lassen? Hättest du nicht einfach mit mir über Amy reden können?«

Ich schüttle den Kopf, weil ich alles noch einmal erklären muss. »Ich habe es versucht, aber ihr habt mir nicht zugehört. Keiner von euch hat mir zugehört. Als ich noch in Australien war, habe ich so oft im Pub angerufen. Ich habe mit deiner Mutter gesprochen, mit dem Personal, ich habe mit *dir* gesprochen. Aber ihr habt mir alle gesagt, ich solle nicht mehr anrufen. Ich solle es gut sein lassen. Ihr meintet, Amy sei weg. Ihr wolltet nicht mehr für sie verantwortlich sein. Ich habe deine Mutter gefragt, ob ich vorbeikommen kann. Um mit euch allen über Amy zu sprechen und darüber, wo sie sein könnte. Aber sie hat mich abblitzen lassen. Hat mir gesagt, dass ich nie wieder anrufen und niemals herkommen soll.«

»Es tut mir leid«, antwortet Seb. »Ich wünschte, ich wäre aufgeschlossener gewesen. Aber ich war am Boden zerstört. Ich dachte, sie wäre mit einem anderen durchgebrannt.«

»Also habe ich die Polizei angerufen und ihnen mitgeteilt, dass Amy verschwunden ist. Ich habe ihnen erklärt, was passiert ist, und sie meinten, sie wolle wahrscheinlich nicht von mir gefunden werden. Sie meinten, sie könnten kaum etwas tun. Sie habe sich von ihrem Mann scheiden lassen und sei mit einem anderen weggegangen. Es gebe keinen Grund zur Annahme, dass etwas Ungewöhnliches passiert wäre. Ich glaube, die Tatsache, dass ich von Australien aus angerufen habe, hat nicht geholfen. Aber ich wusste, dass etwas nicht stimmt. Die Nachricht, die sie hinterlassen hat, war ein Hilferuf. Und ich habe sie nicht rechtzeitig zurückgerufen. Es war meine Schuld. Wenn ich nicht so stur gewesen wäre. Wenn ich nicht so einen dummen, kindischen Groll gehegt hätte, dann hätte ich es vielleicht verhindern können. Ich hätte helfen können. Oder zumindest *versuchen* können, etwas zu tun.«

»Du solltest dich nicht selbst quälen«, sagt Seb. »Du hattest keine Ahnung, dass mein Vater ...« Er schüttelt den Kopf. »Ich kann es immer noch nicht glauben. Er war mein *Dad*.«

»Mich hat er auch getäuscht. Von Anfang an.« Ich denke zurück an Brians warme, lockere Art. Die mich entspannen ließ und mir das Gefühl gab, Teil der Familie zu sein. »Und Felix auch.« War er so auch gegenüber Amy gewesen? Hat er sie auf diese Weisedazu gebracht, ihm zu vertrauen?

Seb ballt die Fäuste. »Er ist mein älterer Bruder. Ich dachte immer, er wäre vertrauenswürdig. Sympathisch. Ich habe zu ihm aufgesehen. Er war der Einzige, auf den ich mich verlassen konnte. Ich war stolz darauf, dass er mein Bruder ist. *Wie konnte er mir das antun?* Er hat mich betrogen. Er hat Nicki betrogen. Und dann hat Dad versucht, alles wieder in Ordnung zu bringen, indem er das tut. Das ist krank. Mum ist ... nun, du kannst dir vorstellen, dass sie am Boden zerstört ist. Sie ist in der letzten Woche um ein Jahrzehnt gealtert.« Seb weint wieder, stumme Tränen laufen ihm über die Wangen.

Ich wünschte, ich könnte weinen, aber ich fühle mich immer noch wie betäubt von alldem.

Ich kann immer noch nicht glauben, dass Amy tot ist.

Es ist eine Ironie des Schicksals, dass die erfundene Geschichte, die ich Seb darüber erzählt habe, dass ich keine eigene Familie habe, zu meiner Realität geworden ist.

Seb steht auf, verlässt das Wohnzimmer und kommt einen Moment später mit einem Stück Küchenpapier zurück, mit dem er sich das Gesicht abwischt und die Nase putzt. Er setzt sich wieder neben mich, dieses Mal dichter. Es fällt mir schwer, nichts für diesen Mann zu empfinden. Nichts davon war seine Schuld. Er geriet einfach in einen Sturm, der von anderen verursacht wurde.

»Die Sache ist die, Cal ... entschuldige, *Michelle*, ich werde mich nie daran gewöhnen, dich so zu nennen. Die Sache ist die …« Er nimmt meine Hand. Seine Haut ist warm und trocken. »Selbst nach all dem liebe ich dich noch.«

Ich schüttle den Kopf und kaue mir auf der Unterlippe herum. Mein Kinn zittert bei seinen Worten. Ich darf das Gesagte nicht einmal sacken lassen. »Nicht.« Ich löse meine Hand aus seiner.

»Ich kann nicht anders«, sagt er. »Auch, wenn du nicht die bist, die du behauptet hast zu sein. Auch, wenn du Amys Schwester bist. Das spielt im Grunde keine Rolle.«

»Das sollte aber eine Rolle spielen«, antworte ich.

»Ich kann nicht lügen, was meine Gefühle betrifft«, weint er. »All die Monate, die wir online gechattet haben. Ich habe dir mein Herz geöffnet. Ich habe dir alles offenbart. Ich kenne vielleicht nicht dein wahres Ich, aber du weißt alles über mich. *Alles*. Denk nur mal über die Möglichkeit nach, dass wir eine gemeinsame Zukunft haben könnten.«

»Das ist zu seltsam, Seb. Nach allem, was passiert ist, wie sollen wir da noch ein normales Leben führen? Dein Vater hat meine Schwester getötet. Er hat ihr Leben beendet.«

»Ich weiß. Das ist total beschissen. Aber ich bin nicht wie er. Ich bin ganz und gar nicht wie er.«

»Das weiß ich. Aber das tut nichts zur Sache. Wir sind unter falschem Vorwand zusammengekommen. Ich habe dich angelogen. Wie kannst du mich lieben? Du liebst das Bild von mir, das ich dir vorgegeben habe, das ist alles.«

»Caroline, bitte …«

Ich lege ihm eine Hand an die Wange und spüre seine warmen Tränen zwischen meinen Fingern. Dann stehe ich auf.

»Willst du wirklich gehen?«, fragt er mit erstickter Stimme. »Bleib noch ein bisschen, bitte. Lass mich dir wenigstens was zu trinken anbieten.«

»Es tut mir leid. Ich muss gehen. Ich muss zurück nach Byron und meinen Job retten. Meine Wohnung.«

»Hast du genug Geld?«, fragt er. »Du meintest, du seist knapp bei Kasse.«

»Bin ich auch. Aber ein Freund leiht mir das Geld für den Flug – es sei denn, der Pub schuldet mir noch einen Lohn«, füge ich mit einem trockenen Lächeln hinzu.

»Oh, äh, ja, natürlich ...«

»Das war nur ein Scherz.«

Seb kaut auf seiner Unterlippe. »Allem Anschein nach befindet sich auf Amys Konto eine ganze Menge Geld«, sagt er. »Es soll dem Erbfall nach an mich gehen, da sie ihr Testament nie geändert hat und die Scheidung offensichtlich nicht rechtmäßig war. Aber unter diesen Umständen denke ich, dass es an dich gehen sollte.«

»Oh.« Ich brauche einen Moment, um das Gesagte zu verdauen. Ich merke, dass ich mir nicht sicher bin, was ich davon halten soll.

Seb fährt fort: »Das meiste davon hatte sie von euren Eltern geerbt. Es gehört also von Rechts wegen sowieso dir.«

Geld ist noch nie ein treibender Faktor in meinem Leben gewesen, aber ich denke, dass ein bisschen Geld es einfacher machen würde. Für den Moment verdränge ich jedoch alle finanziellen Gedanken aus meinem Kopf. »Hör zu, Seb«, sage ich und wechsle das Thema. »Wenn du meinen Rat willst, dann solltest du auch gehen. Fang woanders neu an.«

»Ich kann meine Mutter nicht an diesem Ort allein lassen«, sagt er. »Nicht nach allem, was sie durchgemacht hat.«

»Nein, vermutlich nicht«, antworte ich. »Du bist ein guter Mensch, Seb.«

»Nur nicht der *richtige* für dich, stimmt's?«, fragt er traurig.

»Nicht der Richtige«, wiederhole ich, während eine einzelne Träne über meine Wange rollt.

Ich weine nicht um Seb. Ich weine um Amy. Um meine Schwester, die sich in diesem dunklen, dysfunktionalen Familiennetz verfangen hat. Seb ist genauso verrückt wie der Rest der

Familie, wenn er glaubt, dass es irgendeine Zukunft für uns beide geben könnte. Nicht nach dem, was passiert ist. *Nein.* Ich kann keinem von ihnen trauen, und im Moment will ich nur noch so weit wie möglich von hier fort.

Das andere Ende der Welt könnte gerade weit genug sein.

EPILOG

Ich sehe Brian zu, wie er Amys Grab aushebt. Wie sein rostiger Spaten sich in den nassen Boden bohrt. Ich wollte heute Abend nicht mitkommen, natürlich wollte ich das nicht. Aber als er mich um Hilfe bat, konnte ich nicht Nein sagen. Schließlich sind Leichen schwer. Zu zweit sind sie leichter zu bewegen.

Das Licht des Halbmonds erhellt kurz die Nacht, als dichte Wolken vorbeiziehen. Der Wald ist dunkel vom Regen, der auf die Blätter spritzt, während ein kalter Wind durch die Äste heult.

Sie liegt mit dem Gesicht nach unten im Schlamm. Brian hat sie umgedreht, aber ich möchte ihr Gesicht noch einmal sehen, um mich davon zu überzeugen, dass sie wirklich tot ist.

Als ich herausgefunden habe, was Brian getan hat, und er mir erklärt hat, warum ... Nun. Ich konnte mich nicht wirklich beschweren, oder? Er hat es für mich getan. Für die Familie. Um uns alle zusammenzuhalten. Amy war diejenige, die den Karren in den Dreck gefahren hatte, also war sie selbst schuld. Streng genommen war vermutlich auch Felix schuld, aber man muss das Gesamtbild betrachten. Brian hätte sich wohl kaum seines eigenen Sohnes entledigen können, oder? Nein. Amy war diejenige, die gehen musste.

Natürlich wird Seb bestürzt sein, dass seine Frau ihn verlassen hat, aber wir werden ihm helfen, darüber hinwegzukommen.

Es ist reiner Zufall gewesen, dass ich Zeugin des Mordes an Amy wurde. Es war spät gestern Abend. Ich wollte eine Tüte mit Teddys benutzten Windeln in die Mülltonne werfen, wie ich es an den meisten Abenden tue. Da habe ich gesehen, wie Brian ihr die Kehle aufschlitzte. Ich habe zugesehen, wie sie hinter der großen Recycling-Tonne zusammensank.

Brian war überrascht, wie gelassen ich mit der ganzen Sache umgegangen bin. Und dass ich bereit war, Felix die Affäre zu verzeihen. Ich habe ihm gesagt, dass ich wusste, was für ein Mensch Felix ist, als ich ihn heiratete. Dass ich ein paar Tabubrüche hier und da verzeihen kann. Aber dass ich es nicht hinnehmen würde, wenn er und Amy es direkt vor meiner Nase trieben oder es der ganzen Welt erzählten. Niemals.

Hier sind wir also, in den frühen Morgenstunden, mitten in einem verlassenen Wald. Mein Schwiegervater und ich schaufeln ein dürftiges Grab für eine Person, die verdient, was sie bekommen hat.

Nach allem, was ich mit meinen eigenen nutzlosen Eltern durchgemacht habe, bin ich nicht darauf aus, dass Teddy ähnliche Jahre des Ehebruchs und der Vernachlässigung durchmachen muss. Felix und ich müssen hundertprozentig für unseren Sohn da sein. Meine kleine Familie muss immer an erster Stelle stehen, und ich werde nicht zulassen, dass jemand versucht, uns auseinanderzubringen.

»Ich glaube, es ist jetzt tief genug, was meinst du, Nicki, Liebes? Kommst du und schaust es dir an?« Brian stützt eine Hand auf seine Schaufel und wischt sich den Schweiß von der Stirn.

Ich gehe zum Rand hinüber und spähe in das schlammige

Loch. »Ja, das sollte reichen«, antworte ich. Ich bin dankbar, dass Brian bereit ist, alles zu tun, was nötig ist, um die Familie zusammenzuhalten.

Ich persönlich habe absolut keine Skrupel, Amy Fletcher zu begraben. Sie hat sich selbst in dem Moment unter die Erde gebracht, als sie beschloss, meine Ehe zu ruinieren. Und sollte jemals erneut jemand versuchen, mir meinen Mann wegzunehmen, werde ich es mit Freuden wieder tun.

MEHR VON BOOKOUTURE DEUTSCHLAND

Für mehr Infos rund um Bookouture Deutschland und unsere Bücher melde dich für unseren Newsletter an:

deutschland.bookouture.com/subscribe/

Oder folge uns auf Social Media:

facebook.com/bookouturedeutschland
twitter.com/bookouturede
instagram.com/bookouturedeutschland

EIN BRIEF VON SHALINI

Liebe Leser:innen,

vielen Dank, dass ihr euch entschieden habt, *Die Schwiegertochter zu* lesen. Ich hoffe, es hat euch gefallen.

Wenn ihr über meine Neuerscheinungen auf dem Laufenden bleiben möchtet, meldet euch einfach unter diesem Link an und ihr erfahrt, wenn ein neuer Roman erscheint:

deutschland.bookouture.com/subscribe/

Ich liebe es, Feedback zu meinen Büchern zu bekommen. Wenn ihr also ein paar Minuten Zeit habt, wäre ich euch sehr dankbar, wenn ihr online eine Rezension schreibt oder euren Freunden davon erzählt. Eine positive Rezension versüßt mir jedes Mal den Tag!

Wenn ich nicht gerade schreibe, lese, spazieren gehe oder Zeit mit meiner Familie verbringe, könnt ihr mich über meine Facebook-Seite, über Twitter, Goodreads oder meine Website erreichen.

Vielen herzlichen Dank

Shalini Boland x

BLEIB IN KONTAKT MIT SHALINI BOLAND

www.shaliniboland.co.uk

facebook.com/ShaliniBolandAuthor

twitter.com/ShaliniBoland

DANKSAGUNG

Es ist immer eine große Freude, mit meiner äußerst talentierten Verlegerin Natasha Harding zusammenzuarbeiten. Danke für alles. Dafür, dass du genau weißt, wie man mir strukturelle Änderungen präsentieren muss, damit ich keinen Nervenzusammenbruch erleide. Für die leckeren Mittagessen und die tollen Zoom-Gespräche. Für die aufgeregten Nachrichten und Anrufe, wenn eines meiner Bücher eine Sternstunde erlebt. Und dafür, dass du generell ein rundum wunderbarer Mensch bist.

Unendlichen Dank an das engagierte Team von Bookouture: Jenny Geras, Ruth Tross, Peta Nightingale, Richard King, Sarah Hardy, Kim Nash, Noelle Holten, Mark Alder, Alex Crow, Natalie Butlin, Jess Readett, Alexandra Holmes, Emily Boyce, Saidah Graham, Lizzie Brien, Melanie Price, Occy Carr und alle anderen, die zur Veröffentlichung dieses Buches beigetragen haben.

Danke an meinen hervorragenden Lektor Fraser Crichton. Danke auch an Maddy Newquist für ihre fantastischen Korrekturlesefähigkeiten. Vielen Dank an die Designerin Lisa Horton für ein weiteres unglaubliches Cover.

Vielen Dank an die fabelhafte Katie Villa, die alle meine Bookouture-Bücher unter der brillanten Regie von Arran Dutton von der Audio Factory und der fleißigen und talentierten Audio-Managerin von Bookouture, Alba Proko, eingesprochen hat. Ihr leistet stets unglaubliche Arbeit, wenn es darum geht, meine Figuren zum Leben zu erwecken.

Ich kann mich glücklich schätzen, so treue und gründliche Beta-Leser:innen zu haben. Vielen Dank, Terry Harden und Julie Carey. Ihr seid fantastisch!

Danke an alle meine lieben Leser:innen, die sich die Zeit nehmen, meine Romane zu lesen, zu rezensieren oder weiterzuempfehlen. Das bedeutet mir sehr, sehr viel. Danke auch an all die fabelhaften Buchblogger:innen und Rezensent:innen da draußen, die meine Bücher publik machen. Ihr seid die Allerbesten!

Außerdem möchte ich mich ganz herzlich bei meinen treuen Leserinnen Michelle Nelson und Mariah Maudlin bedanken, denen ich zwei der Hauptrollen in diesem Roman gewidmet habe. Ich hoffe, dass euch eure Figuren gefallen. Hoffentlich werden wir uns auf eurer Veröffentlichungsparty viel unterhalten!

Das Leben einer Schriftstellerin ist sehr einsam, also umarme ich in Gedanken meine Familie – Pete, Dan, Billie und Jess – dafür, dass ihr für mich da seid, wann immer ich aus meinem Schreibversteck auftauche.

Printed in Poland
by Amazon Fulfillment
Poland Sp. z o.o., Wrocław

37967630R00181